VALÉRIE GANS

PARA BAILAR NO
HAY QUE SER DOS

Traducción de Isabel González-Gallarza

ESPASA

Título original: *Le bruit des silences*

© Éditions Jean-Claude Lattès, 2013
© por la traducción, Isabel González-Gallarza, 2015
© Editorial Planeta, S. A., 2015
Avda. Diagonal, 662-664, 08034 Barcelona (España)

Por esta edición:
© Espasa Libros, S. L. U., 2015
Avda. Diagonal, 662-664, 08034 Barcelona (España)
www.espasa.com
www.planetadelibros.com

Primera edición: febrero de 2015
ISBN: 978-84-670-4369-3
Depósito legal: B. 280-2015
Composición: Fotocomposición gama, sl
Impresión y encuadernación: Gráficas Estella, S. L.
Printed in Spain - Impreso en España

El papel utilizado para la impresión de este libro es cien por cien libre de cloro
y está calificado como **papel ecológico**.

Espasa, en su deseo de mejorar sus publicaciones, agradecerá cualquier sugerencia que
los lectores hagan al departamento editorial por correo electrónico: sugerencias@espasa.es

A mi madre y a mis hijas

Siempre he seguido una idea
que al final acaba de otra manera.

GEORG BASELITZ

El paquete llegó al final del mes de agosto de 1968.

Amari no recordaba la fecha exacta, pero fue más o menos entonces. Ya empezaban las tormentas al caer la noche, y los gatos, asustados, se refugiaban en los hangares donde se ponía el tabaco a secar. El olor intenso de las hojas, que la humedad exhalaba, marcaba el fin del verano.

Amari estaba en la cocina preparando los membrillos para la mermelada cuando el cartero le trajo el paquete. Intrigado por el tamaño y la procedencia del envío —venía de la capital, y no era frecuente que en un pueblo tan pequeño como el de Saint-Vincent-de-Cosse, en el Périgord, se recibiera esta clase de correo—, se quedó un momento en el umbral, con la esperanza de que Amari abriera el paquete y revelara su contenido. Lo que ella se cuidó mucho de hacer. Muy ocupada con su mermelada, lo dejó en una silla sin darle importancia y siguió pelando la fruta como si nada.

No se acordó del paquete hasta mucho más tarde, cuando los tarros ya estaban todos cerrados y guardados boca abajo en la alacena de la bodega. Lo subió a su habitación y lo observó mucho rato antes de rasgar el envoltorio con un vago temor. ¿Acaso tuvo entonces un presentimiento? Tras leer con atención la carta que contenía, la arrojó al fuego. Dejó sobre la repisa de la chimenea el cuadro que la acompañaba; era un desnudo de mujer cuyos pechos plenos y cuyo vientre abombado ponían de manifiesto una maternidad triunfante, salvo que donde debería haber estado el niño había un pájaro, y el vientre en sí era una jaula. Después de eso, Amari ya no volvió a pronunciar una sola palabra.

Desde ese día, desde esa carta, Amari, a pesar de su naturaleza tan locuaz, se quedó muda. No volvió a decir una palabra. Jamás.

A los cuarenta años, Lorraine volvía a estar en el mercado.

En el mercado era en todo caso la manera en la que veía ella las cosas en esa época, de tanto como la había marcado la dictadura del binomio, según la cual una mujer no puede existir sin un hombre a su lado. *En el mercado*, así consideraban ella y sus amigas su estado, eternas solteras o recién divorciadas, lo que venía a ser lo mismo: lo llamaran *soledad* o *libertad*, esas mujeres dormían solas, elegían solas el color del sofá y de las cápsulas de café cuando no el nombre del gato, en los casos más duraderos o más desesperados. *En el mercado*, para encontrar un hombre, *el bueno*, como decían ellas, esas mujeres se ofrecían inconscientemente a la concupiscencia de todos los demás. Como si sólo ellos pudieran elegir. Sin embargo, para bailar hay que ser dos.

Nada más firmar el divorcio, Arnaud, el padre de sus hijos, se había marchado al extranjero con una nueva conquista, con la que se había apresurado a *rehacer su vida*, como se suele decir. Tan rápido que Lorraine no podía evitar preguntarse si no era precisamente esa conquista —que por lo tanto ya no sería tan nueva— la razón por la que su marido la había dejado.

Lorraine estaba desde entonces *en el mercado*, pero también sola, o casi, para educar a Louise y Bastien, que tenían catorce y quince años respectivamente, y un mechón francamente rebelde que le ocultaba los ojos y la mayor parte de las ideas, y una capilaridad galopante que tendía a la verticalidad y cuya implantación baja le ocultaba asimismo los ojos por un efecto visera, así como la mayor parte de las ideas también.

—Pero ¡cómo se te ocurre! —exclamó Lorraine, abriendo la puerta y encontrándose cara a cara con su hija, que acababa de quemar en el tostador unas minúsculas rebanadas de pan que trataba ahora de recuperar con la ayuda de un cuchillo de acero inoxidable—. ¡Cuántas veces te he dicho que no se mete nada metálico en el tostador! ¡Sobre todo si está enchufado!

Soltando los tiestos de rosas antiguas —unas Constance Printy que había encontrado en Bélgica, no sin esfuerzo, y que pensaba cultivar en el pequeño patio anexo a su casa antes de llevárselas a la tienda para elaborar con ellas los ramitos redondos y perfumados que tanto gustaban a sus clientes—, Lorraine tiró del cable para desenchufar el aparato y le dio a Louise un beso en la mejilla. Se arrepentía ya de haberse puesto nerviosa con su hija, pero los accidentes domésticos le daban muchísimo miedo. Se sentía culpable por tener que dejar a sus hijos apañarse solos en casa tan a menudo. Trabajaba muchas horas al día y no podía permitirse una canguro, y, aunque ya eran casi mayores, le daba la impresión de que por más que les advirtiera no le hacían ni caso. Prueba de ello era la de veces que había tenido que explicar a Louise y a Bastien que... Sí, bueno, vale. Inspiró hondo, esforzándose por sonreír y diciéndose que de nada servía ponerse nerviosa. Ya habían pasado a otra cosa. No tenía sentido decir nada más.

—¡Jajá! ¡Te lo dije! —exclamó feliz Bastien, que no perdía ocasión de fastidiar a su hermana.

Mimando unas comillas con las manos e imitando a la perfección el tono de su madre, recitó con aire docto:

—No hay que meter nada...

—¡Sí, vale ya, pesado! —replicó Louise, dándole un empujón.

Y fue a encerrarse en su cuarto con el tarro de Nutella.

—No te pases con la Nutella, Loulou. ¡Te recuerdo que cenamos dentro de una hora! —gritó Lorraine lo bastante fuerte para silenciar la música de Lady Gaga que retumbaba en la habitación.

—¿Qué hay de cena?

—¡Pollo y brécol!

—¡No me gusta!

La música sonó aún más fuerte, los bajos se apoderaron de las paredes de la casa, que empezaron a vibrar, peligrosamente imitadas por los vasos guardados en la vitrina. Lorraine se dirigió a la habitación de su hija, pero cambió de idea y volvió sobre sus pasos, encogiéndose de hombros. No tenía ganas de soportar ese jaleo, pero menos ganas tenía aún de enfrentarse de nuevo a Louise por eso, un tema recurrente de altercados entre madre e hija. Esa noche no.

—¿Quieres que le diga que baje esa música de pedorra? —preguntó Bastien, haciéndole la pelota.

Odiaba a Lady Gaga. De hecho, por principio, despreciaba sistemáticamente los gustos de su hermana, que calificaba, en el mejor de los casos, como *cosas de chicas*, pero por lo general, y para dejar bien clara su aversión, como *cosas de pedorras*: ropa de pedorra, películas de pedorra, libros de pedorra, voz de pedorra, risa de pedorra y hasta pedos de pedorra... Nada se salvaba. Y esa noche: música de pedorra.

—No hables así —lo reprendió suavemente Lorraine—. Sabes que no me gusta nada.

—Pareces agotada, mamaíta...

A Bastien se le daba muy bien cambiar de tema. Como a todos los chicos. Lorraine le sonrió y sintió que se derretía cuando su hijo la rodeó torpemente con sus largos brazos.

Le alborotó el pelo con una mano, como hacía desde que era muy pequeño.

—¡No, mamá! —gimió él con una expresión exageradamente afligida, zafándose—. ¡El pelo, no!

Se quedó un momento mirando a su madre, balanceándose de un pie a otro, sin atreverse a abordar el tema que lo preocupaba. Por fin decidió tirarse a la piscina:

—Oye, mamá..., ¿no tendrías unos cuantos euros que darme?

—¡Otra vez! —exclamó su madre, cogiendo el pollo de la nevera—. Pero ¡si es la segunda vez en tres días! ¡Ni que te los comieras!

Se sacó unas monedas del bolsillo. En total no llegaba a diez euros.

—¡Toma! ¡Y procura que te duren hasta fin de mes!

Bastien cogió el dinero y le mandó un beso a su madre. Luego salió de la cocina y fue a echarle un sermón a su hermana.

—¿Cuánto? —preguntó Bastien nada más cerrar tras de sí la puerta de la habitación de Louise.

Absorta en su música y en chuparse los dedos de Nutella al compás de *Poker Face*, Louise no le hizo ni caso, lo cual, y ella lo sabía, tenía el doble efecto de irritarlo sobremanera y de debilitarlo lo suficiente para darle a ella ventaja en la negociación que iba a tener lugar a continuación. Pues, perspicaz como ella sola, había adivinado para qué venía su hermano a su cuarto.

—¿Cuánto? —repitió Bastien, alzando un poco la voz.

Pero su hermana siguió haciéndose la sorda.

Bastien se quedó un momento ahí parado sin hacer nada, antes de amagar darse la vuelta y marcharse.

—¡Cinco por la música! —anunció Louise tranquilamente, sin dejar de teclear en su móvil.

—¡Dos! —replicó su hermano—. Ya van dos veces esta semana...

—No. ¡Tres!

Para demostrar su buena voluntad, Louise bajó la música y se enfrascó en una conversación por Messenger, dándole a entender así a su hermano que, en lo que a ella respectaba, la negociación había concluido. Sólo quedaba que él le diera las monedas.

—Vale, tres... —se rindió Bastien—. Pero es la última vez esta semana, ¡y, a este precio, el brécol te lo comes tú!

—Dos por la música, y dos por el brécol. El brécol es caro... porque está asqueroso...

—¡Sí, pero al menos cuando lo comes te vuelves amable!

—¡Qué va! ¡Te vuelves verde!

La chiquilla tenía respuesta para todo.

—Tres con el brécol incluido, chata —insistió sin embargo Bastien—. O lo tomas o lo dejas.

Sin darle tiempo a su hermana a contestar, arrojó tres monedas de un euro sobre la cama, que Louise se apresuró a guardar en su monedero de Hello Kitty.

—Qué plasta eres... —rezongó, más por costumbre que porque de verdad lo pensara.

Adoraba a su hermano mayor, del que conseguía todo lo que quería —le costaba creer que sus pequeños tejemanejes financieros funcionaran todavía— y con el que probaba todas sus técnicas de mujer fatal en ciernes. En un futuro todo ello le resultaría muy útil.

—Y ¡podrías ser un poco más amable con mamá, de vez en cuando! —añadió Bastien—. ¡No se lo pones nada fácil, que lo sepas!

«Hay días en los que en esta casa haría falta de verdad un hombre», se dijo Lorraine antes de ahuyentar la idea. Aunque, a veces, a sus dos adolescentes les viniera bien una autoridad masculina —sobre todo a su hija—, no se había librado de un matrimonio fracasado para meterse en otro. ¡Ya había llenado su cupo de alegrías cotidianas con un macho dominante y exigente en su territorio!

Llevó los rosales al patinillo, que le confería al bajo de la rue Marcadet un aire como de pequeño chalet, y se dispuso a plantarlos en el hueco que les había hecho junto a los Belles de Crécy. Allí permanecerían al sol buena parte del día, estarían cómodos y al cabo de unos meses, echarían flores rosas y dobles en forma de cáliz con una fragancia deliciosamente especiada. «Ideales para ramos de novia», apuntó Lorraine en un rincón de su cabeza, y se prometió comentárselo al día siguiente a su amiga Maya, la cual, desde que la había contratado en su floristería, más por echarle un cable tras su divorcio que porque de verdad necesitara a alguien a jornada completa en la tienda, no podía quejarse ni de su talento ni de su curiosidad. También es cierto que las flores siempre habían sido la pasión de Lorraine. Una pasión transmitida de generación en generación, pues a su abuela siempre le había encantado cultivar todo tipo de variedades, y su padre la había convertido en su profesión. Lorraine esperaba que alguno de sus hijos recogiera el testigo, aunque sólo fuera como pasatiempo, pero ni Louise ni Bastien parecían manifestar el más mínimo interés por sus cultivos, al menos hasta entonces.

Bióloga de formación, Lorraine había disfrutado enormemente trabajando de investigadora en el CNRS, pues le tocaba viajar a la isla de Ambon, en el archipiélago de las Molucas, para seguir la pista de la augusta *Papilio priamus*, ornitóptero endémico de grandes alas de un negro aterciopelado y un verde dorado del que dependía la polinización de las especies más raras. Con la maternidad había tenido que renunciar a los viajes y se había quedado estancada en un puesto sedentario que, aparte de hacerle ganar un sueldo mísero, ya no le permitía satisfacer su sed

de explorar y de descubrir. En efecto, cada año los presu-
puestos destinados a la investigación mermaban, lo cual se
había llevado por delante la vocación de más de uno. El
laboratorio se había convertido en un campo de batalla en
el que cada cual iba a lo suyo, más preocupados todos por
conservar su puesto de trabajo que por los progresos de la
ciencia... ¡Los investigadores investigan, pero nadie los
obliga a encontrar nada!

Por eso, Lorraine había recibido como agua de mayo la
propuesta de su amiga, a quien su nuevo —y viejo— marido había regalado la floristería con la que siempre había
soñado. Era también para ella la ocasión de demostrar su
valía. Ahora ya se reconocían entre mil sus ramos de plantas olorosas y de flores de jardín, y una clientela siempre
creciente no dudaba en cruzar París de una punta a otra
para arrancárselos de las manos. Si esos nuevos rosales
cumplían sus expectativas, monopolizaría también el mercado de los ramos de novia. ¡Y esa idea le gustaba mucho!

Cyrille no paraba de llorar. Sentado, como todos los miembros de la familia, en el primer banco de la nave de la iglesia de Santa Clotilde, escuchaba distraído la homilía del padre Anselm —a pesar de ser un orador emérito, no tenía parangón cuando se trataba de embellecer la vida del difunto—, pues su atención se dirigía sin cesar al féretro en el que descansaba su suegro. El hombre que allí yacía, el padre de Bénédicte, su mujer, había sido para él un amigo, un mentor y, más todavía, el padre que nunca había tenido. Por ello, pese a las miradas furiosas de su esposa, para quien un hombre no debía llorar bajo ningún concepto, Cyrille no lograba contener las lágrimas. De hecho, había renunciado a intentarlo siquiera. Como también había renunciado a hacer pasar sus resoplidos por los síntomas de un resfriado imaginario, pese a que hubieran resultado creíbles, tal era el frío y la humedad que hacía entre esas paredes inmóviles y sobre esos bancos. Sospechaba por otro lado que a esa estratagema recurría ya la hermana del difunto, así como su propia esposa, que, aunque no tenía corazón, o sólo un poco, sí le quedaban aún lágrimas. Cyrille lloraba abiertamente. Se moría de tristeza.

—Pero ¡deja ya de fingir! —le susurró Bénédicte, lanzándole una mirada furiosa—. ¿Qué va a pensar la gente?

Cyrille se encogió de hombros y se sonó con estruendo. Le traía sin cuidado lo que pudiera pensar la gente. Estaba seguro de que su suegro habría llorado sin ocultar sus lágrimas. Era precisamente lo que había hecho cuando, unos años atrás, había incinerado a su adorada esposa, respetando así su última voluntad. Quizá siguiera haciéndolo, desde allá arriba, él que tanto había amado la vida, quizá llorase el hecho de que la suya se hubiera acabado tan bruscamente... ¡Si ni siquiera le había dado tiempo a terminar el libro que se estaba leyendo! «Siempre hay que tener una lectura que quieras proseguir —solía decir—, ello te dará una razón para levantarte cada mañana.» Una mañana, sin embargo, no se había levantado; sobre su mesilla de noche había quedado un tomo abierto de las tragedias de Shakespeare: *El rey Lear*, acto III, primera escena.

Bénédicte suspiró con impaciencia. Algunas cabezas se volvieron hacia ellos.

Se extendió un murmullo incómodo entre los presentes. Algunos aprovecharon para toser, y una vieja, para quitarle el papel a un caramelo que se llevó a la boca con una mano enguantada de negro, bajando la cabeza con aire culpable. A la derecha de su madre, Jules y Lucrèce, los mellizos, empezaban a ponerse nerviosos, mientras que Octave, su hermano mayor, bajaba la cabeza él también, no por tristeza ni por devoción, sino para contarle a sus amigos en detalle, mediante la mensajería de su BlackBerry, el *coñazo* de ceremonia que ya no soportaba más. Sólo el clínex con el que el adolescente se daba golpecitos distraídos en los ojos podía dar el pego, y ni siquiera: más que lágrimas, eran churretes de maquillaje lo que se enjugaba, pues Octave, como partidario precoz de la tendencia metrosexual, le pedía prestados a su madre sus productos de belleza.

—Podrías haberte ocupado de él —prosiguió Cyrille, dirigiéndose a su mujer—. De tu padre, me refiero. ¡No tenías otra cosa que hacer en todo el día! Pero ¡no! Preferiste abandonarlo...

—Pero ¿qué me estás contando? ¡Estaba muy bien en esa residencia! ¡Ya podía estarlo, con lo que me gastaba!

—¡Chis! —chistó alguien entre los presentes.

Cyrille miró a su mujer. Única heredera de la fortuna de su padre y de sus acciones en la sociedad de cosméticos médicos que éste había creado y que Cyrille dirigía desde hacía varios años, Bénédicte pasaba a ser ahora accionista mayoritaria. Y, de facto, por muy director general que fuese, su marido se convertía en su empleado. Muy pronto, con el control de la sociedad, Bénédicte ocuparía el puesto de su padre como presidenta del directorio. Un cargo más honorífico que operativo: aunque había obtenido la licenciatura en Farmacia con muy buen expediente, su mujer nunca había trabajado y no sabía gran cosa de la profesión. Siempre había sido su padre, secundado por Cyrille, quien había dirigido la empresa, alzándola a base de investigación, de ingenio y de tesón hasta el lugar que ocupaba hoy en día en el mercado. Y, a partir de ahora, sería Bénédicte quien, sin dirigirla verdaderamente, daría siempre su opinión sobre todo... Y tendría siempre la última palabra.

—Y ahora os invito a poneros en pie para acompañar a François de Monthélie, nuestro difunto querido amigo, hasta su morada postrera.

Mientras el organista destrozaba las primeras notas del *Ave Maria* de Verdi, y la voz grabada de una soprano eructaba el aria de Desdémona, Bénédicte se irguió, imponente y muy tiesa, para ir a ocupar su lugar junto al féretro y recibir la cohorte de pésames. Situado a su izquierda, Cyrille le apretaba el brazo para apaciguarla a la vez que asentía a las manifestaciones de simpatía, en su mayoría fingidas, que se sucedían una tras otra. Sus hijos los esperaban fuera de la iglesia.

La mirada de Cyrille se perdió entre la multitud, buscando en otra parte un refugio, un consuelo o quizá, inconscientemente, tratando de divisar a la joven que había entregado las flores antes de la ceremonia. Él le había dedicado una sonrisita apenas perceptible. Algo en sus andares le había resultado familiar.

A continuación su mirada volvió a posarse sobre la silueta caballuna de su mujer. La muerte de François había dado el golpe de gracia a su relación. Cyrille se dio cuenta en ese momento de que ya no la amaba.

Bénédicte estaba muy afectada.

No tanto por la muerte de su padre —eso la entristecía, desde luego, pero se había preparado para ello— como por la nueva configuración familiar que ésta traía consigo. Ella lo heredaba todo, lo que le daba el control tanto desde un punto de vista financiero como profesional. Aunque hasta entonces Cyrille había logrado llevar bien la superioridad financiera de su familia política, ¿qué ocurriría a partir de ahora? Ya no era la familia la que tenía el dinero, sino su propia esposa, lo cual era muy distinto, y Bénédicte se daba cuenta de que había sido muy torpe por su parte recalcárselo. No hace falta más para castrar a un hombre, y para muchos basta con menos.

Pero Bénédicte era de esas mujeres que necesitan dirigirlo todo y que al no tener carrera profesional para realizarse o para desahogarse han hecho de su hogar su único campo de batalla y de su pareja, su único adversario. A pesar de ser más poderosa a partir de ahora por la fuerza de las cosas, iba a tener que moderarse y mantenerse un paso atrás. Una situación paradójica que distaba mucho de complacerla.

—¿Sabes?... —empezó diciendo, entrando en su dormitorio y acurrucándose junto a su marido, que leía tumbado en la cama—. No creas que, porque haya heredado la empresa, tu situación va a cambiar.

Enfrascado en su novela, Cyrille no se tomó la molestia de contestar, o bien porque a su juicio no había nada que contestar, o bien porque no la oyó. La segunda opción parecía poco probable.

—No, porque... —vaciló Bénédicte—. He estado pensando durante la misa que a lo mejor lo llevas mal a partir de ahora, aunque sea de forma inconsciente, ¿sabes?... Me refiero al hecho de que ahora yo tenga el poder, por así decirlo, así es que prefiero hablar de ello para evitar cualquier malentendido.

Le acarició la cara y lo besó suavemente detrás de la oreja. Como hacía con sus hijos.

—¿Entiendes?

—Mmm... —masculló Cyrille, que, era obvio, no tenía ganas de hablar del tema.

—Seguimos como hasta ahora, tú diriges y yo no me meto, ¿vale? ¡De todas maneras, yo no entiendo nada de esta profesión! Y, además, tengo que criar a nuestros hijos...

Cyrille se levantó con más brusquedad de la que hubiera deseado y dejó el libro abierto sobre la mesilla de noche. El tono de su mujer le parecía condescendiente, y lo que le había dicho, fuera de lugar.

—¿De verdad te parece que éste es momento de hablarlo?

Sintió que se le llenaban los ojos de lágrimas y apartó la cabeza para ocultarlas. Éstas no escaparon sin embargo a la perspicacia de Bénédicte, que reprimió un gesto de irritación.

—Pero ¡no vamos a estar lamentándonos todo el tiempo! ¡Hay que seguir adelante!

—¿No podemos esperar a que efectivamente te nombren presidenta del cotarro, y luego ya veremos cómo nos organizamos? —replicó Cyrille con una voz que la tristeza y una pizca de enfado volvían insegura—. Porque, sí, tienes razón, no lo había pensado o, más bien, no había *querido* pensar en ello hasta que vinieras tú a restregármelo, pero es cierto que ahora te conviertes en mi jefa, aparte de ser la tirana doméstica que todos conocemos. ¡Y, mira tú por dónde, voy a necesitar un poquito de tiempo para hacerme a la idea!

Dicho lo cual, salió de la habitación dando un portazo.

—Pero... —protestó Bénédicte estupefacta.

Su marido era un hombre más bien tranquilo y no la tenía acostumbrada a esos prontos. Tildarla de *tirana doméstica*, para empezar, ella que no hacía más que cumplir con su deber de ama de casa y de madre, dirigiendo como mejor podía —es verdad que ello requería un poco de disciplina, pero ¡de ahí a tildarla de *tirana*!— una casa con tres hijos y un marido... Y era la primera vez, estaba casi segura, que la dejaba plantada dando un portazo. No. Era la primera vez a secas que daba un portazo. Por lo general, Cyrille sabía dominarse.

La cosa iba a ser más difícil de lo que Bénédicte había imaginado. Si quería preservar su matrimonio, así como el bienestar de su familia, iba a tener que aprender a ser diplomática. Su padre habría sido la persona perfecta para enseñárselo, pero ya no estaba. Ya no volvería a verlo, ya nunca hablaría con él de nuevo. Cyrille tenía razón: últimamente lo había descuidado, no había sabido aprovechar sus últimos momentos, o no había querido reconocer que eran los últimos, como si al negar su mortalidad le ofreciera un poco más de vida... Y esos momentos ya nunca volverían. Entre padre e hija, todo lo que no se habían dicho, los agravios y los sentimientos de culpa ya nunca se podrían reparar. No había nada que hacer.

Embargada —por fin— por la pena, de la que hasta entonces se había obligado a hacer caso omiso, dándose cuenta de que acababa de perder al hombre de su vida, y que el que le quedaba no reunía exactamente todas las cualidades, Bénédicte hundió la cabeza en la almohada. Se sentía verdaderamente sola.

Desdeñando a la señora con el cochecito de bebé que trataba de cruzar por el paso de cebra, Lorraine aparcó a toda velocidad delante de la floristería de Maya. No tenía costumbre de saltarse así la prioridad de los peatones en general, y de las madres de familia en particular, pero la pregunta que la atormentaba desde que había salido de la iglesia ya no podía esperar más.

Detrás del mostrador, Maya elaboraba pequeños centros de mesa con guisantes de olor que llenaban el ambiente con su delicioso perfume.

—¡Qué bien huele!

Sin poderse resistir, Lorraine cogió una rama y se la llevó a la nariz. Ese olor a miel era algo que le encantaba.

—¡Los *Latyrus odoratus*! ¡Por fin han llegado!

—¡Hace una hora! Ya pensaba que nunca los tendríamos a tiempo, con tantas huelgas... Y menos mal que estás aquí tú también: tenemos que repartir treinta centros dentro de... —Consultó su reloj— cuarenta y cinco minutos exactamente.

Lorraine ya se había atado el delantal y estaba separando las flores por colores para componer los ramos.

—¿Te acuerdas de Cyrille... estooo...?

Incapaz de recordar el apellido del amigo de infancia de ambas, Lorraine entornó los párpados.

—¿Cyrille Gournet? —preguntó Maya, mientras trenzaba hojas de parra alrededor de los pequeños recipientes—. ¡Era tu novio en el colegio! ¿Cómo podría olvidarlo?

—No te burles de mí —le reprochó Lorraine sin acritud, sonrojándose—. ¿Crees que es posible que estuviera en el entierro?

—¿En el papel de muerto?

—En el papel de marido. No te hagas la tonta, Maya, por favor... ¿Crees que es posible?

Ahora que le había puesto nombre a esa mirada que se había cruzado con la suya, por espacio de un nanosegun-

do, en la nave de la iglesia de Santa Clotilde, ya no albergaba ninguna duda. Se trataba seguro de Cyrille, amigo de
infancia de ambas y enamorado perdido de Lorraine desde sexto hasta la mitad de séptimo. Llevaban treinta años
sin verse. Y, sin embargo —Lorraine estaba segura de
ello—, se habían reconocido mutuamente.

Maya consultó su cuaderno de encargos antes de decla-
rar en tono tajante:

—Imposible. La factura está a nombre de Monthélie.
Nada de Gournet. ¡Te habrás confundido, querida! O, si
no, será uno de los invitados...

Invitados... Así llamaba Maya, por pudor, a las personas
que asistían a los entierros pero no formaban parte de la
familia. Como si se hubiera tratado de una recepción, una
boda o una merienda campestre. Así consideraba ella la
muerte, como una transición y no como un final. De hecho,
para las coronas y el cementerio insistía en elaborar arre-
glos florales que *aguantaban*, para que el difunto pudiera
disfrutarlos mucho tiempo.

—No, no —insistió Lorraine—. Estaba al lado de la señora que recibía los pésames. ¡De eso estoy segura!

—¿Sería su hermana?

Lorraine negó con la cabeza.

—¡Que no! ¿Acaso recuerdas tú que tuviera alguna hermana?

—No... ¿Su mujer, entonces?

Era la única posibilidad. Si el hombre al que había creído reconocer era su amigo de la infancia, entonces la rubia
grandona y caballuna que estaba a su lado, y que obviamente no era su madre, sólo podía ser su esposa.

—¡Pues pobrecito! Si yo fuera un hombre, ¡por nada del
mundo habría querido una mujer así! ¡Parecía un travesti!

Lorraine recordó entonces una imagen, la del hombre
derramando unas lágrimas que no se molestaba siquiera
en esconder, y la mujer de pie a su lado, muy tiesa, severa,

con gafas negras y un rictus antipático en los labios. Terriblemente fría, o con un inmenso dominio de sí misma.

—De todas formas, eso ni te lo plantees siquiera porque no eres un hombre —subrayó Maya muy alegre—. Bueno, ¿qué, me ayudas a cargar los ramos y así terminamos ya por hoy?

Abrió la trasera de la furgoneta y, sin preocuparse de que se le subiera el jersey, descubriendo un michelín al que había terminado por acostumbrarse, empezó a colocar con cuidado los centros de mesa uno al lado de otro. De origen iraní, piel mate y ojos muy azules, Maya siempre había convivido bien con su ligero sobrepeso, pues lo consideraba un plus de feminidad y de dulzura.

—¿Quieres que vaya yo? —se ofreció Lorraine, aunque esperaba que su amiga dijera que no.

Ya eran las siete, no le había dado tiempo a comprar nada para cenar y, ocupada últimamente con las horas extra en la floristería y sus nuevos cultivos, ya no recordaba la última vez que había compartido con sus hijos una cena digna de ese nombre.

—¡No, tranquila! —Le sonrió Maya—. Yo me encargo. Es justo al lado de mi casa.

Cogió su bolso y se instaló al volante.

—Tú mejor cierra la tienda y corre a comprar algo rico para tus niños. ¡Venga, *ciao*, guapa! ¡Hasta mañana!

Dicho esto se alejó a toda velocidad, dejando a Lorraine en la acera, con la palabra en la boca. Maya era perspicaz y se había dado cuenta de que esa noche a Lorraine sólo le apetecía una cosa: correr a su casa para reunirse con sus hijos y reconstituir con ellos lo más parecido a un momento de vida familiar. Encima que ya no tenían padre, o sólo en contadas ocasiones, no los iba a privar, además, de su madre. Sabía demasiado bien, por haber criado ella misma sola a su hija adolescente, lo importante que era que el progenitor de una familia *monoparental* estuviera presente.

Mientras metía en la tienda los cubos con flores cortadas y los guardaba en el almacén, Lorraine consultó su móvil y vio que tenía tres mensajes de texto. Dos de Louise y uno de Bastien, que la instaba a volver urgentemente. Date prisa, mamá, esto es un horror, luego te cuento. Su hijo era el rey de la elipsis. Intentó llamarlo a su móvil, pero ni él ni su hermana contestaban.

Lorraine cerró la tienda todo lo deprisa que pudo y se precipitó hacia el metro. Al entrar en el vagón volvió a intentar contactar con sus hijos, pero tampoco esta vez lo consiguió. Cinco estaciones la separaban de su casa. Sintió que la angustia se adueñaba de todo su ser.

—Pero ¿qué haces tú aquí? —le preguntó Lorraine a su hermana mayor cuando, al entrar en la cocina, la vio sentada a la mesa con sus hijos.

Los tres parecían muy afligidos, tenían una cara como de funeral. «Pues vaya —pensó Lorraine—, hoy es el día de los entierros.» Se fijó en que su hermana había llorado.

—¡Vaya susto me habéis dado! —no pudo evitar exclamar aliviada al constatar que, aunque el ambiente no era muy festivo, al menos no había ocurrido nada grave—. Bast, ten cuidado con los mensajes que me mandas. ¡Ya sabes que cuando estáis solos en casa me preocupo enseguida!

De una hábil patada y a la vez que besaba a sus hijos y a su hermana, Lorraine se zafó de los escarpines. ¡A quién se le ocurría ir a trabajar con ese calzado! Pero había tenido que asistir al entierro y no se veía con botas de goma en una iglesia, y se le había olvidado llevarse otros para cambiarse después.

—Julie ha perdido el tren... —empezó diciendo Bastien con voz lúgubre.

A sus quince años y en medio de todas esas mujeres, sentía que le correspondía el papel de hombre. Y, de hecho, ni su hermana ni su tía hicieron el más mínimo amago de librarle de la penosa tarea de explicar la situación. Louise escuchaba su iPod con un solo auricular, el otro colgaba a su espalda para poder oír la conversación —algo muy raro en ella, que tenía la costumbre de aislarse las veinticuatro horas en una burbuja hermética de música, indiferente a todo lo que pudiera ocurrir a su alrededor—. En cuanto a Julie, desmigaba metódicamente el resto de una *baguette*, dando de vez en cuando unos golpecitos nerviosos sobre la mesa que no conseguían disimular que le temblaban las manos. Al final, quizá la situación fuera más grave de lo que parecía.

—Sí, bueno, ¿y? —intervino Lorraine, con un tono que le hubiera gustado que sonara apaciguador. Se volvió hacia su hermana—: Avisas a Patrice de que te quedas a dormir aquí y vuelves mañana por la mañana, ¿dónde está el problema?

El problema —Lorraine lo había sospechado nada más ver los ojos enrojecidos de su hermana— era que probablemente ésta ya hubiera avisado a Patrice, y éste se lo había tomado a mal. Celoso y colérico, el compañero de Julie, que, dicho sea de paso, también sabía mostrarse encantador cuando quería, reaccionaba a veces de manera exagerada en situaciones que tampoco eran para tanto. Como perder un tren, por ejemplo.

—¿Se lo ha tomado a mal, es eso? —preguntó Lorraine, abriendo un paquete de clínex.

Julie asintió con la cabeza, cogiendo un pañuelo, y Lorraine la abrazó. Desde que eran pequeñas, era siempre ella, aunque fuera un año menor, la que consolaba a su hermana mayor.

—¡Me... me ha dicho que, ya puestos, mejor que no... volviera a casa! —tartamudeó Julie antes de echarse a llorar otra vez.

—Pásame tu móvil.

Muy tranquila, Lorraine alargó la mano para coger el teléfono y le dio a la tecla de rellamada. El número de Patrice apareció en la pantalla, pero saltó el buzón de voz. Sin dejar mensaje, colgó y volvió a intentarlo. «Éste es el contestador del doctor Pichard. Si es urgente puede llamar a mi secretaria al 06 19 88 25 29, o dejar un mensaje. Le devolveré la llamada en cuanto pueda.» Lorraine dejó pasar unos segundos antes de lanzarse. No le gustaba mucho el hombre con el que vivía su hermana, y necesitaba esa pausa para que su voz no trasluciera ninguna animosidad. «Patrice, Julie está con nosotros, y no sé lo que le has dicho, pero está llorando. Sería un detalle que la llamaras más tarde para tranquilizarla. Mañana por la mañana volverá a casa, pero no pienso dejarla marchar hasta que hayáis hablado. ¡Perder el tren le puede pasar a cualquiera, no es para tanto! *Ciao!*» No lo había bordado, pero tampoco le había quedado tan mal. Al menos, Lorraine había resistido a la tentación de insultarlo. Y, sin embargo, se le ocurría toda una sarta de insultos, a cual más florido.

—¡Gilipollas! —exclamó Bastien, como si le leyera el pensamiento a su madre.

Su hermana no tardó en imitarlo:

—¡Capullo!

—¡Oh, Loulou! —la regañó suavemente Lorraine, antes de sumarse ella también—. ¡Desgraciado!

—¡Imbécil! —murmuró Julie con una sonrisita; el buen humor de su familia la reconfortaba.

—¡Viejo esnob! —añadió Bastien, guiñándole el ojo.

—¡Ca... brón! —exclamó Louise con alegría, feliz de poder proferir horrores por una buena causa y de manera totalmente impune.

Las palabrotas sólo estaban permitidas en caso de fuerza mayor, como desahogo. El resto del tiempo, Lorraine controlaba mucho el vocabulario de sus hijos, y llegaba incluso a sancionarlos con una multa o con una ración extra de brécol si se saltaban esa norma. Y algunas palabrotas, peores que las demás, no se toleraban bajo ningún concepto.

—¡Bueno, ya está bien! —exclamó Lorraine, sacando los

platos y los cubiertos—. Vamos a preparar la cena. ¡Juju, tú te encargas de hacer la tortilla!

—¡Buaj! ¡No me gusta! —se quejó Louise.

Bastien miró a su hermana a los ojos y le hizo un gesto, blandiendo dos dedos. Louise negó con la cabeza y blandió tres.

—¡Ni lo sueñes! —le contestó éste en voz baja—. O lo tomas o lo dejas.

De mala gana, Louise asintió y se acercó a su hermano para que éste pudiera meterle discretamente las monedas en el bolsillo.

—¿Qué os traéis entre manos vosotros dos? —preguntó Lorraine, a quien no se le escapaba nada.

Bastien fue a rodearla con sus largos brazos.

—No te preocupes, mamá. Es entre Loulou y yo...

Le dio un beso en la mejilla.

—¡Te quiero mucho, mamaíta!

—Pelota... —rezongó su hermana antes de ponerse a mirar, con una expresión de disgusto manifiesto, a su tía cascar los huevos en una gran ensaladera.

«Dos euros por una tortilla —pensó— tampoco es tanto.»

Patrice esperó hasta cerca de medianoche para darle la absolución a Julie, con un lacónico mensaje de texto. Y, encima, como era su costumbre, no lo hizo de manera directa. ¿Qué tren coges mañana?, preguntaba en su sms, sin hacer alusión a lo que había dicho antes, ni al hecho de que hubiera tenido el móvil apagado hasta ese momento. Sin disculparse lo más mínimo tampoco, y sin mostrarse nada amable. Patrice pensaba que para ser viril tenía que ser grosero.

Aliviada, Julie, que había consultado su móvil por lo menos cien veces esa noche, quiso llamarlo para decirle de viva voz a qué hora volvía a casa y para tratar de arrancarle la certeza de que la quería, de que no le guardaba rencor, de que la perdonaba... Pero el teléfono sonó en vano. Sabía que estaba al otro lado, pues acababa de enviarle el mensaje, pero, cruel como era, Patrice dejaba su llamada sin respuesta para seguir castigándola.

Julie colgó sin dejar mensaje, con los ojos llenos de lágrimas otra vez. Lorraine observaba a su hermana muy afligida. Hacía un año que Julie estaba bajo el *dominio* de ese tío, pues no había otra palabra para designar la relación que los unía, y ya había asistido decenas de veces a escenas como ésa. Patrice se enfurecía por el motivo más nimio, y luego desaparecía, dejando a la pobre Julie, que por lo general no tenía culpa de nada, sumida en un tormento de dudas y de sentimiento de culpa. Como si maltratarla así le produjera un placer malsano. Cuando decidía enfadarse, cualquier pretexto valía, y si no encontraba ninguno, se lo inventaba directamente: podía ser cualquier cosa, desde el tamaño de las mandarinas hasta el color del gato de la vecina —siempre le llevaba la contraria a Julie en todo—, pasando por el olor del suavizante o la posición del retrovisor del coche que compartían. Y todo ello con el único objetivo de rebajar a Julie, para que se sintiera inútil e incapaz, e incluso gorda y fea, los días en los que le apetecía añadir un poco más de maldad a su estrategia. Lo cual, se daba cuenta Lorraine, ocurría cada vez más a menudo.

—Pero ¿por qué no lo mandas al cuerno? —le preguntó Lorraine a su hermana, abrazándola—. ¿Has visto cómo te trata?

Julie suspiró, enjugándose las lágrimas en la camiseta de su hermana pequeña.

—No es culpa suya. ¡Es que está agotado, trabaja un montón últimamente! Es normal que se ponga nervioso. Y me necesita a su lado, y ¿qué hago yo? Me voy de paseo a París y ni siquiera puedo coger el tren a tiempo. Soy una imbécil...

Incapaz de seguir escuchando esas cosas, Lorraine apartó a su hermana con una expresión irritada y la miró a los ojos.

—¡No! ¡No quiero volver a oírte decir algo así!

Como adivinaba que esas escenas repetidas una y otra vez contribuían a alimentar en Julie un sentimiento de culpa asesino, Lorraine quería protegerla a toda costa.

—¡No eres ninguna imbécil! —prosiguió con energía—. Tienes todo el derecho del mundo a escaparte de vez en cuando, y no debes sentirte culpable por haber perdido un simple tren. No eres ninguna imbécil por perder el tren, ¿vale? Eso es algo que le pasa a todo el mundo. No tiene importancia, ¿lo entiendes?

Julie asintió con la cabeza. Claro, lo entendía. Pero Patrice la necesitaba, sobre todo ahora, con la inauguración de su clínica y todo el estrés que ello le generaba. Necesitaba su presencia. No pedía mucho, y hasta eso era incapaz de dárselo. Y ése era el trato, sin embargo: él le ofrecía una vida cómoda, hasta había podido dejar de trabajar, pero a cambio Julie tenía que estar ahí para él. Tampoco era tan difícil.

Pero hasta en eso fallaba.

—Dime una cosa, Juju, me preguntaba si... —empezó diciendo Lorraine, con mucho cuidado—. ¿Nunca te ha apetecido volver a trabajar?

—Pues...

Lorraine había puesto el dedo en la llaga. A Julie siempre le había encantado su trabajo de enfermera, y había dudado mucho antes de aceptar la propuesta de Patrice de dejarlo. Hay que decir que él se había mostrado muy persuasivo, prometiéndole que, si de verdad lo echaba de menos, podría contratarla en su clínica. Pero la ocasión nunca se había presentado, y aunque a veces tuviera ganas de volver a trabajar y salir un poco de casa, Julie nunca se había atrevido a comentárselo. Esa cuestión había pasado a un segundo plano. Patrice hablaba, con más insistencia cada vez, de tener un hijo. Nunca la dejaría trabajar de nuevo.

Sin más explicaciones, Julie se levantó, le dio un beso a su hermana y desplegó el futón que sus sobrinos le habían preparado. No sabía qué contestar a Lorraine, o más bien sí, lo sabía demasiado bien. Pero ¿qué sentido tenía soñar?

Lorraine la ayudó a instalarse, resistiendo a la tentación de insistir. Notaba que sus preguntas la incomodaban y decidió dejar el tema para abordarlo en otra ocasión, con más calma. Se aseguró de que Louise y Bastien no estuvieran pegados a sus pantallas de ordenador sino de verdad en brazos de Morfeo —como todos los adolescentes, últimamente sufrían un cansancio crónico, y Lorraine temía que ello afectara a sus resultados escolares, que ya de por sí dejaban bastante que desear—. Luego bajó las persianas de la gran ventana del cuarto de baño, donde crecía, entre las variedades raras que destinaba a las terrazas de sus clientes, su colección de orquídeas epifitas, acarició las catleyas Purple Emperor que tantos quebraderos de cabeza le habían dado, pero que florecían ahora sin problemas en la ducha en grandes corolas fucsia, y se fue a la cama.

Aunque estaba agotada, le costó conciliar el sueño. Estaba preocupada por su hermana. ¿Quizá debería comentárselo a su madre? Seguía dándole vueltas al tema cuando por fin se quedó dormida.

«Estoy segura de que era él», se dijo Lorraine por enésima vez, pensando, por enésima vez también, en el hombre con cuya mirada se había cruzado cuando colocaba las flores del entierro. En los días que llevaba reviviendo esa escena en su cabeza, los rasgos del hombre se fundían con los del niño que ella recordaba, hasta coincidir por completo. Más finos, más hermosos, más perfectos, como si el tiempo hubiera embellecido el esbozo, pero eran los mismos: después de todos esos años, Cyrille era idéntico a sí mismo.

La misma sonrisa a los once años que a los... ¡Oh, por lo menos tendría cuarenta ahora! Sólo que ésta ya no se abría sobre unos dientes rodeados de metal, que formaban una especie de teclado de piano visto desde dentro. Pero era la misma, apenas esbozada, fugaz, una sonrisa sólo de los labios, mientras que, paralizados de tristeza, los ojos conservaban todo su misterio.

Cyrille se había convertido en un hombre espléndido.

«Deja de fantasear, bonita», trató de decirse. Y, aunque fuera él, ¿qué cambiaría? Era obvio que estaba casado... ¿Qué se estaba imaginando? Ése era el problema. Desde que se había cruzado con la mirada de Cyrille, Lorraine se imaginaba muchas cosas. La primera, que se veía perfectamente a sí misma desnuda en una cama, retozando con él.

Lo había hablado con Maya, que, después de reírse de ella sin medida y sin reparos, y de añadir que si había llegado a ese punto, urgía que le presentara a todos los machos solteros —o no tan solteros, cuando se trataba de hacer un favor a sus amigas, Maya no era muy mirada a ese respecto— de su libreta de direcciones, había accedido a demostrarle de la manera más sencilla, basándose en el cuaderno de encargos y el registro de facturas, que no podía tratarse de ese Cyrille. Si es que se trataba siquiera de un Cyrille. Lorraine no había tenido más remedio que reconocer que no lo sabía. Nadie lo había llamado por su nombre, y sólo lo había visto de lejos; sin embargo, era él, estaba segura. Lo único que la tenía desconcertada era lo del apellido. Si se trataba de él y estaba casado, el encargo debería haber figurado a su nombre. «A menos que... —le susurraba una vocecita cada vez más insistente que llevaba el arco de Cupido y los cuernos del Maligno— ¡A menos que no estuviera casado!» Una loca esperanza estalló en el pecho de Lorraine, que desde luego no se privaba de fantasear todo lo que quería y más. «Y... —proseguía la vocecita—, aunque lo estuviera..., ¿qué importaba?»

¿Qué importaba? En esas reflexiones tan poco católicas estaba absorta Lorraine cuando sonó la campanilla de la tienda y se encontró cara a cara con Cyrille.

—¡Hola! ¿Es usted Maya? —preguntó éste, cogiendo de un cubo una rosa de jardín de color púrpura y llevándosela a la nariz—. Vaya, qué bien huele —comentó, devolviendo la rosa a su sitio—. ¿Es usted quien me ha llamado?

Lorraine sintió que se ruborizaba, que su tez se ponía del color de la rosa.

—Esto..., ah, pero ¿Maya le ha llamado? Yo...

—Me ha dicho que era necesario que alguien se acercara a la tienda con la tarjeta de crédito con la que hemos hecho el pago... —Vaciló y bajó la voz—. Para lo de las flores del entierro. Al parecer se ha equivocado con el total...

—¡Ah! Y... esto...

«Joder», se dijo Lorraine, furiosa consigo misma por no ser capaz de decir tres palabras seguidas.

—A lo mejor Maya puede ayudarlo, pero... esto... —Lorraine hizo un gesto, señalando la tienda vacía—. Como puede ver, no está aquí. Aunque ya no debería tardar. Si quiere esperarla...

Se armó de valor y miró al hombre a los ojos.

—¡Yo soy Lorraine!

—¡Y yo, Cyrille! —contestó él, tendiéndole la mano—. Cyrille Gournet.

Lorraine sintió un escalofrío por toda la espalda. ¡Claro que sí, lo sabía! Tenía razón ella. Sus antenas —y su memoria— no la habían engañado. Se le agolparon en los labios multitud de preguntas que logró contener con un esfuerzo sobrehumano.

Cyrille la miró con atención. De nuevo, Lorraine sintió que se ruborizaba. Habría dado cualquier cosa por que su cuerpo no se expresara por su cuenta.

—Nos conocemos, ¿verdad?

Con los párpados entornados, el hombre la miraba ahora con aire divertido. Como si acabara de ponerle nombre al rostro de pelirroja de Lorraine, que prácticamente no había cambiado desde el colegio. Madurar sí, quizá, o incluso puede que envejecer —¡desde luego que sí!—. Pero no había cambiado lo más mínimo en lo que a las expresiones se refería y a las constelaciones de pecas. Una pelirroja se olvidaba menos que una rubia o una morena.

En un reflejo de coquetería inconsciente, Lorraine metió tripa y escondió las manos detrás de la espalda, pues, según ella, traicionaban su edad cuando su cuerpo aún podía dar el pego. «Manos de vieja», pensó, manos que, pese a la *cold cream* de la que nunca se separaba, se resentían cada vez más del agua y de la manipulación permanente de las flores.

—Era usted la que estaba en el funeral, el otro día... La vi.

Lorraine sintió una oleada de decepción. ¡Él no la había reconocido a ella! Su cerebro masculino no veía más allá de sus narices. Una vez más, se había hecho ilusiones demasiado rápido.

—Vaya una idea ponerse esos taconazos para llevar flores a una iglesia. Desde luego, le dan unos andares muy bonitos, pero... ¿nunca se ha caído? Yo no podría...

Al menos se había fijado en sus zapatos. Y en sus andares. Y de ahí a pensar que se había demorado sobre sus piernas no había más que un paso. Mmm...

De nuevo, Cyrille cogió una rosa y se la tendió a Lorraine.

—Tome. ¿Le importa hacerme un ramo que huela bien mientras espero a su amiga? Algo bonito, como si fuera para usted. Me fío de su buen gusto.

Le sonrió, y Lorraine se vio de pronto retroceder más de treinta años en el tiempo, de vuelta en un aula en la que flotaban en el aire partículas de tiza que la hacían estornudar. Eligiendo las flores con aplicación, con un extraño nudo en la garganta al pensar que ese ramo se lo daría a su mujer, se concentró en su composición, contenta sin embargo de tener una tarea gracias a la cual recuperar cierto aplomo. Sintiendo que volvía a ruborizarse, dejó que el cabello le cayera sobre el rostro.

—¿Quiere escribir una nota? —preguntó una vez terminado el ramo.

El hombre cogió una tarjetita en blanco de encima del mostrador, escribió algo que metió con un gesto rápido en un sobre y se lo tendió a Lorraine. Luego pagó y salió precipitadamente, olvidando el ramo.

—Dígale a Maya que volveré en otro momento para lo de la factura...

—Pero ¡se olvida el ramo!

Con la mano en el picaporte, Cyrille se volvió hacia ella y sonrió.

—¡Es para usted! Pero ¡espere al menos a que haya doblado la esquina antes de leer la tarjeta!

—Pero...

La puerta se cerró, haciendo sonar la campanilla. Lorraine se acercó al escaparate para verlo caminar —a paso rápido— hacia la rue des Martyrs, donde se perdió entre la multitud presurosa que ultimaba sus compras antes de volver a casa. Era tarde, ya había oscurecido, aunque los días empezaran a ser más largos. Maya ya no vendría. Lorraine dudó si llamarla antes de abrir la tarjetita enganchada al ramo o abrirla primero: así tendría más cosas que contarle. Optó por lo segundo y rasgó el sobre ansiosamente, hundiendo la nariz en el ramo. Inspiró el aroma cerrando los ojos, antes de decidirse a leer lo que Cyrille había escrito: «Para mi pequeña Lolo, a la que nunca he olvidado... y que no ha cambiado. ¡Me alegro de haberte reencontrado! xx». Firmado con un doble beso.

El corazón se le aceleró, sintió que se ruborizaba hasta la raíz del cabello y que sus ojos se llenaban de lágrimas. Quitando el día del nacimiento de sus dos hijos, no recordaba haber sentido nunca tanta emoción.

Miró el ramo, en el que había puesto sus rosas preferidas aunque pensaba que iba dirigido a una rival, y, embargada por sentimientos fuertes y contradictorios, se echó a llorar.

—Bueno, ¿y? —preguntó Maya sin más preámbulos cuando llegó por fin a la floristería, tras pasarse todo el día en una granja de Normandía, colocando la decoración floral para una boda.

Tijeras de podar en mano, Lorraine estaba cortando los tallos de una remesa de rosas Piaget de Ecuador que, tras pasar doce horas metidas en un avión, necesitaban reponerse un poco.

—¡Hola, guapa! —la saludó amablemente Lorraine, haciendo caso omiso de la pregunta de su amiga—. No hacía falta que pasaras por la tienda, ¿sabes? Hoy me las podría haber apañado sola... ¡Y seguro que estás molida!

Maya dejó sus cosas y comprobó el cuaderno de encargos.

—Tenía un último asunto pendiente... —Se puso un delantal de lino verde botella y se lo ató con cuidado a la cintura generosa—. Bueno, ¿y?

—Y ¿qué?

Lorraine no era tonta: el supuesto error en el cobro, y el hecho de que Maya se las hubiera arreglado para no estar allí cuando se había presentado Cyrille... ¡Tenía pinta de estar todo preparado! Y la sonrisita de su amiga, que le dibujaba un hoyuelo en el rostro sin arrugas, era más elocuente que cualquier confesión. Por más que lo hubiera negado, Maya sabía desde el principio quién era Cyrille, y

41

había organizado el reencuentro con pleno conocimiento de causa.

Al pensar en el ramo que adornaba ahora la mesa de su cocina, Lorraine se sintió embargar por una oleada de emoción. La misma que, el día anterior, la había dejado petrificada detrás de la caja mientras se cerraba la puerta de la floristería al marcharse Cyrille.

—Me ha regalado flores —articuló por fin Lorraine.

Era como si a las palabras les costara franquear sus labios, que se habían puesto a temblar.

—¡Flores a una florista! ¡Mira tú qué gracioso este chico! —Maya observó a su amiga con atención—. ¿No te estarás enamorando, espero?

—No, no —contestó Lorraine demasiado deprisa como para resultar creíble—. Si ni siquiera lo conozco, bueno, quiero decir... No conozco al hombre en el que se ha convertido...

Dejó la frase a medias. Pues aunque Lorraine no se estaba enamorando —su amiga tenía la manía de sacar conclusiones apresuradas— desde luego sí que estaba profundamente emocionada. Ella, que no esperaba a nadie en su vida, quizá estuviese a punto de encontrar a alguien. Pero la idea no le agradaba del todo.

—Y ¿vais a volver a veros?

Maya desapareció en la trastienda, de la que salió con un manojo de menta y de hojas de casis. Mezclándolas hábilmente con un manojo de *Hemerocallis* de un blanco muy puro, empezó a componer un ramo. Callada, Lorraine la vigilaba de reojo, esperando una nueva ofensiva por parte de su amiga, que, curiosamente, no llegaba. Sin embargo, no era típico de ella dejar pasar una ocasión así: con las historias de amor no se juega. A menos que, dándose cuenta de la gravedad de la situación, por una vez Maya no estuviera dando muestras de cierta delicadeza.

—No, venga, ahora en serio —añadió entonces, haciendo añicos las ilusiones de Lorraine—. ¿Cuándo vais a volver a veros?

Lorraine debería habérselo imaginado, con la de tiempo que hacía que conocía a Maya... A su amiga al final siempre le podía la curiosidad.

—¡Porque no quiero haberme esforzado tanto por nada! —añadió.

—¡Ah! ¡De modo que eres cómplice! —estalló Lorraine medio contenta medio disgustada—. ¡Estaba segura!

Que su amiga, por sus convicciones personales sobre la necesidad de tener pareja, le diera la tabarra con la urgencia de rehacer su vida era una cosa; que le organizara las citas, y encima alardease de ello, era otra muy distinta. Aunque lo hubiera hecho con buena intención.

Maya no se dio por aludida. Ató las flores con un lazo de rafia y las envolvió en varias hojas de papel de seda violeta antes de embalarlas en papel de estraza. Grapó un sobre, consultó su registro con fingida ostentación y le tendió el paquete a Lorraine.

—¿Te importa llevarlo tú? Te pilla de paso...

Creyéndose salvada y viendo en la huida la ocasión de eludir una pregunta para la que de todas maneras no tenía respuesta —no sabía cuándo, ni siquiera si iba a volver a ver a Cyrille, no habían hablado del tema, por supuesto; y era algo que se reprochaba a sí misma, deberían haberlo hablado, debería habérselo preguntado, en lugar de dejarlo marcharse tan deprisa...—, Lorraine se apresuró a aceptar.

Al leer el nombre y la dirección escritos en el sobre —los suyos propios—, se dio cuenta, mientras una inmensa sonrisa le iluminaba el rostro, de que sus problemas no habían hecho más que empezar.

—¿Crees que mamá se ha echado novio? —le preguntó Louise a su hermano al descubrir las flores colocadas en un jarrón improvisado junto al fregadero—. No, lo digo porque dos ramos en dos días, como que canta un poco, ¿no?...

Lorraine debía de haberlas dejado ahí deprisa y corriendo antes de volver a salir para ir a hacer la compra para la cena. Sin apartar los ojos de sus deberes de matemáticas, de los que, a decir verdad, no entendía gran cosa, Bastien se limitó a gruñir. Louise abrió el armario en el que su madre guardaba las mermeladas, los cereales y todo lo necesario para el desayuno, en busca del tarro de Nutella. Al no encontrarlo, se encogió de hombros y desapareció en su habitación, de donde volvió con otro tarro de un kilo en el que apenas quedaba un dedo de crema de chocolate en el fondo.

—Reserva personal —le dijo a su hermano al ver que éste se apoderaba de una cuchara y se disponía a meterla en el bote—. ¡No se toca!

Para subrayar sus palabras, apartó la Nutella con un gesto brusco, dejando a Bastien y su cuchara plantados.

—¡Anda, Loulou, venga! ¡No seas pesada!

Bastien volvió a intentar acercarse al tarro, pero Louise lo rodeaba ahora con el brazo en un gesto posesivo, mientras con la otra mano se preparaba a saborear el contenido. Le bastaron unos minutos para mancharse toda la cara y pintarse unos bigotes de chocolate alrededor de la boca.

—¡Tres euros! —le propuso de pronto a su hermano, que la miraba con envidia—. O lo tomas o lo dejas.

—¿Estás loca? Pero ¡si eso es más de lo que cuesta!

Louise metió dos dedos en la Nutella, que luego se lamió con deleite, encogiéndose de hombros.

—Ya... Pero la ventaja es que este tarro ya está aquí. Pero, bueno, tú mismo... —Ruidos de succión—. Eres tonto, está buenísima.

Bastien dejó el lápiz y se levantó. Pensando que iba a su habitación a por el dinero, Louise reprimió una sonrisa.

Decididamente, hacía lo que quería con su hermano. Pero, para su sorpresa, se acercó al fregadero y quitó el sobre que estaba aún enganchado al ramo. Por suerte, no estaba cerrado.

—¿Qué es? —quiso saber Louise, con los ojos chispeantes de curiosidad.

Sin contestar, Bastien sacó la tarjetita que había dentro y se abstrajo en su contemplación, de manera algo exagerada.

—¡Oh! Vaya... ¡Nada menos! —exclamó para excitar un poco más la curiosidad de su hermana.

Abandonando su tarro de Nutella, ésta alargó la mano.

—¡Déjame ver!

—¡Ni lo sueñes, tía! A menos que... —Sacó del aparador la cuchara más grande que había—. ¡Es un toma y daca!

Louise miró por turnos el rostro decidido de su hermano, la cuchara, el sobre y su tarro de Nutella, que iba a tener que sacrificar.

—Bueno, vale, venga... Pero ¡no te pases, ¿eh?!

Con el sobre todavía en una mano y la cuchara en la otra, Bastien se sirvió sin miramientos, saboreando a la vez su botín y su victoria. No habría sabido decir cuál de los dos era más delicioso.

Su hermana se disponía a leer la tarjeta, cuando oyeron que se abría la puerta de casa.

—¡Ah, se siente!...

De un salto, haciendo caso omiso de las protestas mudas de su hermana, Bastien recuperó la notita y se apresuró a meterla en el sobre y a devolverla a su sitio. Luego regresó a sus deberes de matemáticas, adoptando una expresión de suma concentración. Por su lado, Louise se guardó el tarro de Nutella en el bolso y fingió abstraerse en la lectura del primer cuaderno que pilló, que era de historia.

—¡Hola a todos! —exclamó Lorraine, dejando las bolsas de la compra sobre la mesa—. ¡Vaya, pues sí que os aplicáis con los deberes! ¡Eso está muy bien!

—¿Quieres que te ayude a sacar las cosas?

Bastien ya se había levantado y empezó a guardar la verdura en la nevera.

—Pelota... —rugió su hermana, que no tuvo más remedio que echar una mano ella también—. ¡Oh, no! —Sacó asqueada una bolsa de plástico mojada—. ¡No me digas que otra vez toca pescado!

—¡Es bueno para la memoria! —replicó Bastien.

—¡No me gusta!

Su hermano la fusiló con la mirada.

—¡No pasa nada, Loulou! —intervino Lorraine, llenando de agua un jarrón para poner el ramo—. ¡No tienes más que prepararte tú misma otra cosa!

Los dos adolescentes la miraron estupefactos: desde luego era la primera vez que su madre, por lo general intransigente con los menús —«Hay que comer de todo —decía—, aquí no hay *no me gusta* que valga»—, se mostraba flexible a ese respecto. ¡Decididamente, debía de tener un novio!

Cuando Lorraine desapareció en su habitación canturreando para dejar allí el ramo, Bastien y Louise se precipitaron como un solo hombre hacia el envoltorio abandonado. El sobre ya no estaba ahí. Lorraine se lo había llevado.

Apenas dos semanas después del entierro de su padre, Bénédicte fue nombrada presidenta de la sociedad familiar, de la cual pasaba a ser accionista mayoritaria. Aunque había insistido en que Cyrille siguiera siendo el director, como antes, había notado que algunos miembros del consejo no estaban muy cómodos con esa decisión. Bénédicte era la hija del antiguo presidente y la propietaria del negocio, y todos sabían en su fuero interno —y su marido, el primero— que habría que rendirle cuentas. Aunque sólo fuera por lealtad para con el fundador de la empresa, al cual, durante largos años, habían profesado su amistad y su respeto. En vida, François de Monthélie había sido un gran hombre; la muerte lo elevaba a la categoría de icono. Si bien nadie sentado a esa mesa ponía en duda el innegable talento como investigador y como gestor de Cyrille, todos se preguntaban qué sería de los laboratorios Monthélie sin un Monthélie a la cabeza. Una sucesión que, mal que bien y pese a su ignorancia total de la profesión, Bénédicte iba a tener que asumir.

Consciente de que todos iban a necesitar algo de tiempo para acostumbrarse a la nueva situación, Cyrille decidió dejar para más adelante lo que para él era un punto crucial de la agenda del día, pero requería un mínimo de concentración: el desbloqueo de fondos para financiar las últimas pruebas de un producto que, si cumplía las expectativas —de lo que Cyrille no tenía la menor duda—, iba a revolucionar el mercado de los complementos alimentarios. Pero dudaba de que alguno de los presentes siquiera fuera capaz de concentrarse ese día. Propuso, pues, aplazar la reunión y convocar otra asamblea ese mismo mes, cuando ya todo el mundo hubiera digerido la nueva situación.

—¿Por qué no has abordado el orden del día? —lo atacó Bénédicte en cuanto estuvieron a solas durante la cena.

Se había prometido esperar al postre y hacerle la pregunta con ligereza, pero la curiosidad había sido más fuerte que ella. En cuanto al tono empleado, se había percatado en el momento exacto en el que las palabras salían de su boca —es decir, demasiado tarde, y ése era precisamente el problema con Bénédicte, siempre se daba cuenta de las cosas demasiado tarde—, era el mismo con el que regañaba a sus hijos cuando no respetaban sus instrucciones o cuando hacían mal algo que les pedía. Un tono de madre de familia numerosa o de maestra de escuela.

—No empieces otra vez a hablarme con ese tono —reaccionó instantáneamente Cyrille, a quien los acontecimientos del día habían dejado maltrecho.

Había ocultado su malestar para aguantar el tipo y dirigir el consejo y la asamblea como lo había hecho siempre cuando aún vivía su suegro. Pero, por más que Bénédicte le asegurase lo contrario, las cosas habían cambiado. Si bien todo el mundo había aceptado al protegido de François de Monthélie mientras éste aún vivía, a partir de ahora su lealtad era para con su heredera. Cyrille se había dado cuenta y se sentía herido por ello.

Ofendida por la violencia de la reacción de su marido, Bénédicte dudó entre levantarse de la mesa o quitarle hierro a la cosa. Al final optó por esto último, y bebió un buen trago de Chardonnay helado para infundirse valor.

—Mmm... —empezó, carraspeando—. Perdóname, yo...

Dejó la frase en el aire. A Bénédicte no se le daba bien disculparse. Su ego no se lo permitía.

—No, si no importa. No tienes que disculparte. Eres mi jefa y me pides cuentas. Es lógico, después de todo.

Como solía hacer cuando se sentía atrapado en una situación que lo superaba, Cyrille trató de mostrarse irónico. Sin embargo, su voz seca, en la que vibraba un temblor que no lograba dominar, lo traicionaba. Cyrille estaba a punto de estallar.

Reconociendo los síntomas, y en un vano intento por apaciguar a su marido —aunque jamás perdiera ocasión de originarlo, la mayoría de las veces por pura torpeza, Bénédicte detestaba el conflicto—, volvió a disculparse. Pero no hizo sino empeorar aún más la situación.

—Oiga, señora presidenta —estalló Cyrille, mirando a su mujer a los ojos con aire poco amable—, o me dejas dirigir el cotarro como lo he hecho siempre y evitas hacerme preguntas durante la cena...

—Pero...

—¡Que me dejes hablar! O me dejas hacer las cosas a mi manera, y si hay preguntas que hacer o decisiones que tomar que superen mis prerrogativas de director general, las asambleas y los consejos están para eso, o persistes como esta noche en tu actitud intrusiva y contraproducente... —Se bebió la copa del tirón antes de proseguir—. En cuyo caso te presento mi dimisión. Y verás qué risa, entonces.

—Pero si yo no quería decir eso... —protestó Bénédicte con una voz casi inaudible.

Sabía que el enfado de su marido era excesivo, pero no quería echar más leña al fuego. Por ahora no le quedaba más remedio que tragarse el sapo. De ello dependía el futuro de la empresa. Terminó de comer en silencio y sirvió más vino para ambos. Cyrille se lo bebió sin decir palabra.

Estaban ahí mirándose sin decir nada, terminando de cenar en silencio, como la vieja pareja desgastada que en realidad eran, cuando un gran estruendo los hizo volverse. El balón de Jules acababa de estrellarse contra la biblioteca, arrastrando en su caída las fotos enmarcadas que adornaban los estantes.

—¡Jules! ¿Es que no puedes tener más cuidado? —gritó Cyrille un poco más alto de lo que la situación exigía—. ¿Cuántas veces te he dicho que no quiero ver más ese balón en casa? —Se levantó y se apoderó del juguete—. ¡Hala! ¡Confiscado!

Sorprendido por el tono de su padre, el niño se echó a llorar. Bénédicte se precipitó hacia él para consolarlo.

—¿Y tú no puedes dejarlo en paz? ¿Es que también a éste lo quieres convertir en una nenaza?

No debería haber dicho eso, y Cyrille se dio cuenta nada más terminar la frase. Pero no digería el gusto de su hijo mayor por los cosméticos —ahora tenía ya su propio neceser con hidratante, crema de contorno de ojos, leche reafirmante para el cuerpo y demás serums— y, aunque nunca hubieran abordado el tema, sabía que Bénédicte compartía su preocupación.

—¡Bueno, y, ahora, déjanos en paz!

Los esfuerzos que Bénédicte llevaba haciendo desde el principio por contenerse saltaron por los aires. No soportaba lo severo que se mostraba su marido con los mellizos, ni sus alusiones a Octave. Y su reacción excesiva no tenía nada que ver con el balón. Cyrille pagaba su enfado con su hijo, y eso no pensaba tolerarlo.

—Que pongas todo tu ego en la sociedad, vale, te lo concedo. Pero ¡en esta casa mando yo!

Dicho esto, cogió a Jules de la mano, la misma con la que el niño se había limpiado la nariz y se lo llevó de la habitación. Más valía mantenerse alejados hasta que Cyrille se calmara. Desde el entierro su marido estaba a la que saltaba y no se podía ni hablar con él.

Una vez solo, Cyrille se descalzó, se sirvió otra copa de

vino y fue a sentarse en el sofá para saborearla a gusto. Con los pies sobre la mesa, invadida por libros hermosos y revistas de arte que nadie leía jamás pero que su mujer insistía en exponer, con el pretexto de que «eso era lo que se hacía», y que por lo general servían de posavasos —como así traicionaban la fina capa de polvo que los cubría y las huellas pegajosas— se puso a observar con ojo crítico la decoración de su casa. Los adornos, la foto de su boda en su marco de plata ennegrecida ya, el velador con su tapetito bordado de color ocre y las múltiples fotos que mostraban las sonrisas felices y forzadas de una familia que, la verdad sea dicha, empezaba a perder el resuello. Típico de Béné, pensó Cyrille, eso de poner por todas partes testimonios de una felicidad que ya no se sabía si lo era. «Somos una familia feliz», recitaban esos clichés como un mantra, o más bien una consigna impuesta. Como para conjurar la mala suerte. «Somos una familia que mantiene el tipo —porque nos esforzamos nosotros—, a trancas y barrancas, y cuyo núcleo, nuestra relación de pareja, ya sólo se alimenta de resentimiento.»

Cyrille sabía que esos últimos días se había mostrado irritable y no siempre en el momento más oportuno. Se reprochaba haberse mostrado tan duro con su hijo, pero había sido incapaz de contenerse. La pérdida de François le había hecho darse cuenta de que había querido a la familia de Bénédicte más que a ella misma, o, más exactamente, que si la había elegido a ella era en gran parte por la familia que la rodeaba. Había adorado a su suegra y venerado a su suegro, y ahora sin ellos se sentía desorientado.

Inconscientemente y de manera confusa y desordenada, le reprochaba a su mujer la muerte de su padre y el poder que, de la noche a la mañana, ésta le había dado. Un poder que lo ponía a él en una situación en la que, desde entonces en adelante, estaría atado de pies y manos. Cyrille se ahogaba en su jaula dorada cuya llave sabía muy bien que no poseía.

También lo perturbaba otra cosa que no quería reconocerse a sí mismo: hacía ya exactamente siete días que se las había ingeniado para hacerle llegar a Lorraine sus datos de contacto, junto con el segundo ramo, y ella seguía sin dar señales de vida. Se contenía para no llamar a Maya para preguntarle si no se le había olvidado la tarjeta, pero era una mujer de fiar, y no dudaba de que lo hubiera hecho. ¡Sobre todo porque había sido más que cómplice en ese asunto! No, si Lorraine no había dado un paso hacia él, la razón obvia era que no quería volver a verlo. ¿A lo mejor había alguien en su vida? Cyrille hizo una mueca: la idea no le gustaba lo más mínimo.

Se terminó la botella, que, fuera del cubo con hielo, se había recalentado, exhalando aromas de melocotón y de acacia más intensos que no le desagradaban. De modo que era un error, se dijo, beber el Chardonnay demasiado frío. Luego se levantó y, sin tomarse la molestia de volver a ponerse los zapatos, que abandonó ahí donde se los había quitado —Bénédicte no perdería ocasión de hacerle algún comentario acerbo al respecto a la mañana siguiente, pero a esas horas lo traía sin cuidado—, subió a la habitación de su hijo para darle un beso. Los mellizos dormían, y acarició la frente de Jules con cuidado de no despertarlo. De la habitación contigua le llegó el sonido ahogado de la cadena de música de Octave. Miró su reloj, dudó si ir, como casi todas las noches, a obligarle a apagar de inmediato la música y la luz, y al final decidió no hacerlo. No tenía ni fuerzas ni ganas de enfrentarse a su hijo mayor. No después de la manera en la que había perdido los nervios con el menor.

Prefirió ir a su despacho, donde, en compañía de una grapa de Sassicaia, esperó a que la línea de luz que se veía bajo la puerta de su propia habitación se hubiera apagado antes de marcharse a la cama.

—¡Venga, chicos, daos prisa, que vais a llegar tarde!

En la cocina, que olía a chocolate y a pan tostado, Louise y Bastien miraban la radio absortos. Como si el hecho de tener la mirada clavada en el aparato les permitiera escuchar mejor.

—Chis... —la instó Louise, poniendo un dedo sobre los labios de su madre—. Es un programa sobre Patrice.

Esperando oír la voz del cirujano y diciéndose que, desde luego, no era lo que necesitaba por las mañanas durante el desayuno, Lorraine alargó la mano para bajar el volumen. Interrumpió su gesto cuando estallaron unos sollozos, enseguida reprimidos y seguidos de una voz rota de mujer.

«*Después de las palabras, vinieron los gestos* —decía la mujer—. *Empezó a pegarme. Nunca en público, nunca delante de los niños, ellos nunca fueron testigos de la violencia de su padre, no. Por eso, para ellos, yo era la deprimida, la paranoica, la que lo hacía todo mal y estaba siempre llorando. No podía hablar de ello con nadie, ya no veía a mi familia, ya no tenía amigos... Él se las había apañado para que estuviera totalmente aislada.*» Lorraine suspiró. «*Nunca me golpeaba en las partes visibles del cuerpo: lo hacía donde dolía pero donde no se veía... La primera vez, lo recordaré toda mi vida, estaba en la cocina preparando la cena. La carne no estaba bien, no era lo que le apetecía comer..., entonces me empujó contra los fogones, y me quemé... Todavía tengo la marca...*»

«Pero no se marchó usted...», decía el comentarista.

«No podía. Ya no podía. Lo quería con locura, y, además, era culpa mía, era yo quien no hacía las cosas como es debido... Ya no tenía energía...»

—Parece Julie —murmuró Louise—. ¿Tú crees que Patrice pega a Julie?

—¡No, hombre, no digas tonterías! —Lorraine se apresuró a apagar la radio y les pasó las mochilas a sus hijos—. ¡Hala, vamos, marchaos ya!

Los abrazó, un poco más fuerte que de costumbre —el testimonio de la mujer la había afectado— y esperó a que hubieran doblado la esquina para volver a poner el programa.

Un psiquiatra explicaba ahora la naturaleza y la evolución del proceso de acoso psicológico. Inconscientemente, las víctimas eran el objeto consentidor e incluso inductor, alimentando con su miedo y su sentimiento de culpa la neurosis del perverso narcisista, generando una violencia que iba in crescendo y desembocaba inexorablemente en violencia física. Tras un período en el que las palabras eran la única arma, el perverso pasaba a golpear a su víctima, y podía llegar incluso a matarla.

A Lorraine le habría gustado oír a la mujer contar cómo había escapado de esa situación, si es que lo había hecho en realidad, pues nada indicaba que, al volver a su casa, no fuera a llevarse una paliza. Si bien era un caso extremo, el esquema desde luego recordaba, como bien había observado Louise, tan perspicaz como siempre, el comportamiento de Patrice y de su hermana, y lo que acababa de oír le daba escalofríos.

«Los periodistas tienden a exagerarlo todo», se dijo Lorraine para tranquilizarse. Pero no lo consiguió.

La tarjeta le quemaba las manos. Y los ojos. Y también un poco el corazón.

Tras sacarla con cuidado del sobre que acompañaba al ramo, delante de sus hijos, que se quedaron con dos palmos de narices, e impidiendo así —aunque eso ella no lo sabía— que su hija satisficiera su curiosidad, lo primero que Lorraine hizo fue esconderla en el cajón en el que guardaba su ropa interior. «Curioso lugar para conservar una tarjeta de visita», se había dicho, cerrando la cómoda de madera lacada que tanto le gustaba. A la mañana siguiente se la había echado al bolsillo del vaquero, donde la había estado notando el día entero. Una presencia, una quemazón. Una tentación punzante, ahí, en su trasero, de la que no lograba abstraerse del todo. Por la noche la había dejado sobre la mesilla antes de utilizarla para señalar la página de *La princesa de Clèves,* uno de sus libros fetiche que tenía siempre a mano y que releía regularmente. Pero cuando se iba a la tienda no se decidía a dejarla ahí; de modo que se llevaba consigo o bien la novela con la tarjeta dentro, o bien sólo la tarjeta, guardada en el bolso. Ahí estaba ahora, llena de manchas y con las esquinas dobladas de tantas idas y venidas, sobre el escurridor donde Lorraine componía centros de mesa de gencianas azules y flox blancas, y los números bailaban ante sus ojos, como burlándose de ella.

Varias veces esa semana Lorraine había empezado a marcar el número de teléfono, pero nunca había llegado hasta el final. «Total, ¿para qué? —se decía—. Ese hombre está casado, tiene una familia...» ¿Para qué embarcarse en una aventura que no llevaría a ningún lado y para ella no sería sino fuente de angustias y de lágrimas? Su matrimonio le había dejado del cromosoma Y un recuerdo lo bastante amargo como para que se lo pensara dos veces antes de volver a intentar nada. *Gato escaldado, del agua fría huye*, como se suele decir... Máxime si se trataba de un hombre casado...

«Sí, pero... —susurraba la vocecita, cada vez más insistente—. ¿Y qué? Precisamente por eso, ¿por qué privarse de una aventura?» Y a la vocecita no le faltaban argumentos, en la vida nada duraba eternamente, las cosas siempre podían cambiar.

—*Hello!* —saludó Maya en voz bien alta, abriendo la puerta del almacén de una patada. Tenía las manos ocupadas con un inmenso manojo de iris, debía de haber más de cien, detrás del cual desaparecían su rostro y parte de su cuerpo—. ¡Mira lo que he encontrado!

Maya dejó su carga sobre el mostrador y se puso a seleccionar los iris con cuidado. La mitad de las flores eran de un blanco muy puro y lucían un ribete violeta oscuro del mismo color que la multitud de venillas que las estriaban. Las demás eran más extraordinarias todavía: de un color caramelo con leche tirando a marrón violáceo, desvelaban para quien sabía observarlas delicadas barbas de un amarillo anaranjado. A Lorraine no le costó reconocer los Autumn Leaves, algo que Maya le confirmó.

—¡Toma, huele esto! —La florista blandió ante la nariz de Lorraine unos tallos que exhalaban un aroma embriagador, reconocible entre todos—. ¡Autumn Leaves! Los otros son Autumn Circus. Cuesta tanto encontrarlos que... ¡no he podido resistirme!

—¿Y esos de ahí? —preguntó Lorraine, señalando los plantones que se habían quedado en la trasera del coche, abandonado de cualquier manera a un metro por lo menos de la acera, en el hueco de carga y descarga justo delante de la floristería.

Empezó a caer una fuerte lluvia, y Maya se precipitó a coger las flores para protegerlas y de paso cerrar la furgoneta. Ya la aparcaría mejor más tarde.

—Son Conjuration. He pensado que era exactamente lo que buscaban los Dumont para su terraza. A Anna le encanta el azul. Y, teniendo en cuenta la exposición, no debería ser muy difícil cultivarlos. Era mañana cuando ibas, ¿no?

Lorraine consultó la libreta, fingiendo que lo comprobaba. Pero sabía que Maya no se equivocaba. Esa chica tenía un ordenador en la cabeza. Y, además, Lorraine lo recordaba. Con su glicinia, sus plantas aromáticas, sus bambús exóticos y sus pequeños frutales, la de los Dumont era, además de la primera terraza que había diseñado, una de sus preferidas. Siempre le suponía una alegría ir a ocuparse de ella.

Cogió los iris con cuidado y los llevó a la trastienda, que, con sus gruesas paredes y su suelo de grava, hacía las veces de cámara fría improvisada. Y también de bodega. Maya conservaba allí, sin que lo supiera su marido, a quien le gustaba beber pero no era buen conocedor, algunos caldos de burdeos que reservaba para las grandes ocasiones. Y que, la mayoría de las veces, acababan bebiéndose juntas.

—Bueno. —Maya se limpió las manos en el delantal—. ¿Por fin te has decidido a llamarlo?

—¿A quién? —se apresuró a contestar Lorraine.

Con la barbilla, Maya señaló la tarjeta de Cyrille, que Lorraine había tratado de esconder metiéndola debajo de las hojas. Sin éxito, obviamente.

—Ah, a él...

Lorraine adoptó un tono desenvuelto, que inmediatamente quedó en entredicho, pues el color se le subió a las mejillas, tiñéndole de rojo también el escote. No había nada que hacer, pensó con rabia: su lenguaje corporal, que no dominaba y que se manifestaba sin avisar, por lo general en el momento menos oportuno, siempre la traicionaba. Y su translúcida piel de pelirroja, bajo la que se podía ver la sangre correr, no le era de ninguna ayuda. A veces Lorraine sentía que era un geco de tez tan transparente que ofrecía a ojos de todos una impúdica ventana abierta a sus emociones.

Su amiga clavó en sus ojos una mirada azul y curiosa. Una mirada que no admitía escaqueo ninguno.

—A decir verdad...

Maya, que se moría por saberlo, empezaba a impacientarse. Pero se esforzó por que no se le notara.

—A decir verdad... —La voz de Lorraine sonó estrangulada—. No me atrevo.

—¿Cómo que no te atreves?

Maya se llevó los puños a las caderas, unas caderas anchas y entradas en carnes, unas caderas hechas para dar a luz a montones de niños, aunque sólo había tenido una.

—¿Cómo que no te atreves? —repitió como para ahuyentar lo absurdo de la respuesta—. Te ofrezco en bandeja al hombre de tus sueños, ¿y tú ni siquiera eres capaz de llamarlo?

—Te recuerdo que está casado.

—Bueno, eso, ya ves tú... —Maya hizo un gesto vago con la mano—. Cuando lo conocí, Doudou también estaba casado, y mira...

Doudou, que en realidad se llamaba Michel —como el primer marido de Maya— y al que ésta se había apresurado a rebautizar, tras conocerla se había divorciado en tiempo récord para casarse con ella. Como si sólo esperara la ocasión que lo convertiría en ladrón y le proporcionaría la salida de un matrimonio que, de todas maneras, estaba a punto de explotar. A Maya le gustaba decir, no sin cierta ternura —pues aunque alguna vez no lo tratara con mucha consideración, adoraba al bueno de su Doudou—, que ella había sido el empujoncito necesario para que él alcanzara la felicidad.

—No, ahora en serio. ¿Qué se supone que tengo que hacer? ¿Coger mi propio teléfono y llamarlo yo en tu lugar?

—No, no... —protestó Lorraine—. Ya has hecho bastante.

Lo último que quería Lorraine era que su amiga volviera a intervenir. Ahora no. No después de siete días de silencio. Sabía muy bien que Cyrille ya estaría empezando, con todo el derecho, a molestarse o, cuando menos, a hacerse preguntas. Maya llevaba razón: si quería volver a verlo, tenía que ponerse en contacto con él, y deprisita. Y le correspondía a ella, y a nadie más que a ella, hacerlo.

—Esta tarde lo llamo.

Maya observó a Lorraine como si no la creyera en absoluto.

—Mmm... —dijo dubitativa.

—Que sí, te lo prometo. ¿Qué te apuestas a que lo llamo?

Maya paseó la mirada por toda la habitación y reparó en la puerta del almacén.

—Un Montrose del 79 de aperitivo. Iremos a la rue des Martyrs a comprar algo de picar.

—No me tientes, no me tientes...

Lorraine era incapaz de resistirse a un buen Burdeos, y saborearlo en compañía de su amiga, entre las flores, con unas cuantas virutas de jamón ibérico de la tienda del español de la esquina, era lo que más le gustaba del mundo.

—Pero ¡ojo! —exclamó Maya—. Te lo advierto: la oferta sólo es válida hoy. ¡Mañana, se acabó!

Y, así, apelando a su pasión por el buen comer, Maya consiguió que Lorraine llamara a Cyrille. Que, como era de esperar, no contestó.

Cuando abrió la puerta del patinillo que llevaba a su casa, Lorraine se topó con unos deliciosos efluvios: las rosas empezaban a abrirse, impregnando el aire, cargado aún de humedad, de un olor exquisito. Se inclinó sobre los parterres y se aseguró de que el agua no las hubiera estropeado. Pero las corolas estaban prácticamente cerradas: a la mañana siguiente ya las podría coger y llevar a la floristería las suficientes para hacer dos o tres ramos. Contó cuántos capullos había y calculó que, pasados unos quince días, podría componer una docena de ramos. Era sólo para empezar, se dijo, hasta que encontrara un lugar más grande donde cultivarlas. El patio detrás de la floristería serviría, si el copropietario accedía a concederles el uso, pero por ahora Maya, que había hecho la solicitud a petición suya, aún no había obtenido respuesta. Lorraine cortó una rosa más avanzada que las demás, que decidió conservar para su casa. Le añadió unas cuantas flores de rododendro y entró en la cocina para poner en un recipiente su ramo improvisado.

Louise estaba haciendo los deberes en su sitio habitual, con los auriculares del iPod en los oídos y la mano con la que no escribía metida en el tarro de Nutella. Bastien tenía también ante sí un libro abierto. Pero, en lugar de cuadernos, estaba rodeado de verduras, y en la mano tenía un cuchillo y no un lápiz.

—Pero ¿qué estás haciendo? —le preguntó Lorraine, que no daba crédito a lo que veía.

¡Su hijo pelando verduras! Nunca se lo hubiera imaginado.

—¡Bastien cocina porque es un mariquita! —se burló Louise sin quitarse siquiera los auriculares.

—¡Un guiso! —exclamó Bastien muy contento, dedicándole una gran sonrisa a su madre.

—No me gusta... —dijo Louise enseguida.

—He pensado que a lo mejor necesitabas una ayudita, de vez en cuando. —Bastien se acercó a su madre y le dio un abrazo torpe con sus largos brazos—. Tienes mucha carga, mamaíta.

A Lorraine, que ya se sentía culpable por no dedicar el tiempo suficiente a sus hijos, se le saltaron las lágrimas. No sólo su hijo no le guardaba rencor por ello, sino que, además, había cogido el toro por los cuernos y se había decidido a ayudarla. Con la complicidad del frutero y el carnicero, a los que conocía bien porque siempre les compraba a ellos, sin sucumbir a la tentación —y a los precios, pero a menudo los precios estaban reñidos con la calidad, y sobre la calidad de los productos Lorraine no estaba dispuesta a transigir— de las grandes superficies, Bastien había reunido lo necesario para preparar la cena. La carne, codillo y costillas, hervía ya a fuego lento en un caldo de hierbas con zanahoria y una cebolla con clavo, como debía de haberle visto hacer a su abuela en Dordoña; la receta no mencionaba el clavo. Ni el hueso, astutamente encordelado. Pero eso Lorraine sabía que había sido idea del carnicero.

—¡El libro se lo he encargado yo! —Sonrió Louise entre dos canciones de Shakira, para demostrar que ella también había colaborado.

En la página web de Fnac, y siguiendo los sabios consejos de Christiane, muy contenta de guardar el secreto y no desvelarle nada a su hija, Louise había comprado un libro de cocina fácil para su hermano —¡era un chico, al fin y al cabo, tampoco había que pedirle demasiado!— y otro de repostería para ella.

El reloj del horno empezó a sonar. Louise se levantó y clavó un cuchillo en el bollo que estaba en el interior. Cuando la sacó, la hoja estaba limpia.

—Ya está listo, ¿no? —preguntó, blandiendo el cuchillo ante los ojos de su madre.

Sin darle tiempo a contestar, con un gesto rápido le quitó el molde al bollo y lo dejó sobre una rejilla metálica. Parecía que no hubiera hecho otra cosa en su vida.

—¡Bizcocho de Nutella! —anunció orgullosa, acercando la nariz a su obra, aún caliente.

—¡Qué pesada eres con la dichosa Nutella! —rezongó su hermano, metiendo las verduras en la olla—. ¡Mierda! ¡Se me ha olvidado sacar las cosas del caldo!

Cogiendo una espumadera, repescó la cebolla, que machacó, y se deshizo de las hierbas y de la zanahoria recocida. Luego tapó la olla, salió de la cocina y volvió con sus libros y cuadernos de clase, que extendió sobre la mesa, apartando a un lado las mondaduras y los utensilios. Porque, como bien había observado su hermana, ¡era un chico, al fin y al cabo!

Totalmente anonadada y orgullosa de sus retoños, Lorraine los abrazó a ambos, saboreando la satisfacción de no deber a nadie más que a sí misma y a la educación que conseguía darles el tener unos hijos tan despabilados y solícitos. No se las apañaba tan mal en su papel de madre soltera, después de todo.

—Podría recoger un poco, digo yo... —empezó a decir Louise.

Su madre le puso un dedo en los labios para hacerla callar y empezó a limpiar la mesa. En tan sólo cinco minutos la cocina estaba primorosa, y un delicioso aroma a guiso se extendía por la habitación, mezclado con ese otro, más dulce, del bizcocho que ya se enfriaba.

Lorraine contempló la escena y se dijo que era feliz.

—¡Mamá! ¡Al teléfono! —gritó Louise desde su habitación, de donde salió por fin, blandiendo el aparato.

Lorraine lo había oído sonar y ya estaba despotricando de sus hijos, que nunca dejaban el inalámbrico en su base y esperaban a que estuviera totalmente descargado para devolverlo a su sitio.

—Es Juju... —le anunció su hija. Y, en voz más baja, tapando con la mano el auricular para que su tía no la oyera, añadió—: No parece muy animada.

Lorraine hizo una mueca y cogió el teléfono, mientras Louise se estiraba la minúscula camiseta de Hello Kitty con la que dormía desde que tenía doce años y que ahora ya apenas le cubría el trasero, antes de ir a la cocina a cortarse una última porción de bizcocho. Le encantaba acumular provisiones para la noche, que dejaban en su cama multitud de migas, cuando no onzas de chocolate derretidas o trozos de manzana olvidados. Louise debía de haber sido un ratoncito en otra vida.

—¡Hola, Julie! —exclamó Lorraine con una voz exageradamente alegre, como para conjurar las noticias que pudiera anunciarle su hermana.

«¡Ojalá no se haya vuelto a pelear con ese horrible cirujano!», pensó, pues la atormentaba el recuerdo del programa que había escuchado en la radio. O, mejor, ojalá él no la hubiera sometido a una de esas horribles escenas de las que era especialista, por cualquier tontería, y que dejaban a Julie llena de sentimiento de culpa pero sin saber de qué era culpable. Que si el café estaba demasiado frío, que si el café estaba demasiado caliente, Patrice ya no bebía café, ¡se podría haber dado cuenta! Que si Julie estaba demasiado

delgada, que si estaba demasiado gorda, que si se maquillaba demasiado, que si no se maquillaba lo suficiente...
Cuando había decidido enfadarse, ese tipo recurría al pretexto que fuera, con auténtica mala fe.

Acaparada por sus propias preocupaciones sentimentales, Lorraine no se sentía con fuerzas ni con ánimos para
escuchar a su hermana contarle por enésima vez las mismas desgracias, y con aire contrito se llevó el teléfono al
cuarto de baño, consultando su reloj: era tarde, el día había
sido largo y soñaba con darse un buen baño caliente antes
de irse a la cama.

—Ha llamado mamá para saber cuándo pensábamos ir
a La Chartreuse este verano.

La Chartreuse era el nombre de su casa familiar. Lorraine
se relajó: por una vez, el motivo de la llamada de su hermana no era el que ella se temía.

Inclinada sobre la bañera, con el teléfono encajado en el
hombro, se dispuso a trasvasar provisionalmente al lavabo
los nenúfares Blue Beauty, una especie rara, azul y perfumada, que había cultivado en el cuarto de baño, mante-
niéndolos siempre en ochenta centímetros de agua, antes
de plantarlos en el estanque de uno de sus clientes. Ya habían crecido lo suficiente, se dijo Lorraine sonriendo, y
eran lo bastante resistentes. El fin de semana siguiente iría
a *soltarlos* en un medio natural. Sintió como un pellizco en
el corazón, el que experimentaba cada vez que devolvía
a la naturaleza alguna planta frágil que había cultivado y a
la que consideraba casi como a una hija.

—Lorraine, ¿me escuchas?

Su hermana la devolvió a la realidad. Sujetando el teléfono con una mano, con la otra enjuagó la bañera y empezó
a llenarla de agua caliente, a la que añadió unas gotitas de
esencia de geranio. Seguro que con eso dormiría bien.

—¡Sí, guapa, te escucho! Pero es un poco pronto para saber cuándo vamos a ir al Périgord, ¿no? Estamos en mayo...

Antes de las vacaciones venía el largo período de las bodas, las fiestas campestres, las ferias, la Fashion Week, con sus veladas y sus desfiles... Dos meses y medio de intensa actividad. Fijar ya sus fechas de vacaciones no era una prioridad para Lorraine.

—Sí, pero ya conoces a mamá —replicó Julie—. Le gusta preverlo todo con mucha antelación...

Lorraine cerró los grifos, se desnudó e, ignorando de forma deliberada el espejo que tenía delante, se metió en el agua. Últimamente había observado en su silueta unas cuantas señales de abandono que prefería reprimir hasta que tuviera tiempo de volver a hacer deporte, lo cual, por el momento, con todo el trabajo que tenía, no iba a ser posible. De ahí que boicoteara el espejo.

Escuchó a su hermana mientras se observaba los dedos del pie.

—A mamá le gustaría que nos pusiéramos de acuerdo para coincidir allí todos, por una vez. Ya sabes lo mucho que le gusta que nos juntemos tropecientos a comer...

Nacida en Dordoña, en la vieja cartuja del siglo XVII que el paso del tiempo no había alterado y que se heredaba en la familia de generación en generación, Christiane se había casado allí con un viñador, para gran alegría de Amari, a quien este hecho había tranquilizado en lo que respectaba al *relevo*, como ella decía, cuando aún aceptaba hablar. Apasionada por la cocina —eso Amari se lo había transmitido bien—, Christiane no manifestaba sin embargo el más mínimo interés por los nogales, el tabaco y sobre todo los cultivos de rosas que tan importantes eran para la abuela y de los que, a pesar de todo, no había más remedio que ocuparse. A ese respecto, al casarse con la única hija, Jean había revestido la apariencia luminosa del yerno ideal, especie que ya entonces estaba en vías de desaparición. Entre el oficio de su marido, el repentino mutismo de su madre, que todo el mundo había terminado por considerar una enfermedad, y el nacimiento de sus hijas, Christiane no había abandonado nunca la casa familiar, por así decirlo. Y su mayor felicidad, pues hay que reconocer que en el pueblo los días se sucedían idénticos unos a otros, era recibir durante las vacaciones a su tribu al completo y cocinar para ella los productos de su huerta.

—Sí, pero, bueno, ¡el año pasado fuiste tú la que casi ni puso los pies por allí, te recuerdo! Viniste, ¿cuánto..., cuatro o cinco días? Ni siquiera dio tiempo a que notaras en el peso los efectos de la cocina de mamá. Y, además, nunca te separabas del móvil.

—¡Acababa de irme a vivir con Patrice! Sabes muy bien que odia que no le conteste inmediatamente a sus mensajes o a sus llamadas. Entre nosotras, ¡te diré que es un milagro que consiguiera ir siquiera!

Julie se interrumpió de pronto. Lorraine oyó una voz masculina muy próxima al ladrido, y luego la de su hermana, ahogada.

—Bueno, ahora tengo que dejarte. Ya te volveré a llamar.

Parecía que estaba a punto de llorar. A Lorraine no le dio tiempo a preguntarle si su madre le había dado noticias de Amari, algo que siempre hacía, pues Julie ya había colgado.

—No se porta muy bien con ella, ¿verdad? —observó Louise.

Sin que su madre se diera cuenta, enfrascada como estaba en la conversación con su hermana, se había acurrucado en la gran cesta abierta en la que ponían la ropa sucia. Especialmente llena —y cómoda— los últimos días, pues Lorraine no había tenido ni un segundo para hacer la colada, y a los chicos les daba demasiado miedo mezclar los colores —un pretexto, desde luego, pero un pretexto válido— para atreverse a poner ellos mismos la lavadora.

—Le habla mal, no la respeta, la humilla. Es como si disfrutara tratándola así...

Louise jugueteaba con un mechón de pelo que se enrollaba en el índice, señal de que estaba preocupada.

—No entiendo por qué ella lo tolera. ¿Qué pasará después? Cuando la destroce del todo, ¿qué pasará?

Mientras añadía agua caliente a su baño, que empezaba ya a enfriarse, Lorraine observó a su hija con ternura. Y con cierta admiración también. Lo acertado de su análisis respecto de la relación de su tía con su compañero —gracias a Dios no estaban casados, aunque Patrice empezaba también a hacerle a Julie una especie de chantaje para lograrlo—, esa agudeza y esa pertinencia viniendo de una adolescente de catorce años la dejaban pasmada.

—Un día se hartará y lo abandonará —dijo Lorraine como para convencerse a sí misma.

Era lo que debía ocurrir, si Julie tenía la fuerza de escapar de esa situación. Pero Lorraine dudaba cada vez más de que a su hermana le quedara voluntad y confianza en sí misma suficientes. Patrice llevaba ya mucho tiempo socavando ambas cosas, con excelentes resultados.

—No podrá. —Louise levantó unos grandes ojos azules y los posó sobre su madre—. Lo sabes muy bien, mamá. Ya oíste lo que dijo esa tía por la radio... Llega un momento en el que uno ya no puede. No podrá jamás.

Salió de la cesta y le alargó una toalla a su madre. Parecía muy pequeñita con su camiseta rosa, pese a sus palabras de adulto y a sus pechos, que empezaban a nacer.

—¡Vamos a tener que ayudarla, mamá!

Louise le plantó un par de besos en las mejillas a Lorraine y desapareció en su habitación. La adolescente tenía razón: Julie no estaba bien, y, si no querían que sufriera el mismo infierno que esa mujer que tanto las había afectado, tenían que ayudarla a toda costa.

Lorraine llamaría a su madre al día siguiente por la mañana. Christiane sabría qué hacer. Siempre había sabido lo que había que hacer.

Anna y Louis Dumont vivían en un piso moderno del distrito 16, cuyo único encanto residía en las tres terrazas que lo rodeaban. Louis, que era arquitecto, había reformado por completo la casa, dirigiéndola al exterior, de tal manera que tanto en verano como en invierno parecía que vivieran en un jardín. Las ventanas se abrían sobre arbustos bien nutridos de hojas, obra de Lorraine, que las enmarcaban como cuadros: vista desde fuera, la terraza parecía enteramente un jardín; vista desde dentro, era una atmósfera apacible y neutra en tonos topo y tilo, en la que las paredes parecían adornarse con grandes frescos de naturaleza. Anna, que no se arredraba ante nada, coleccionaba discos de trinos de pájaros y otros sonidos de la naturaleza para conferir mayor autenticidad al lugar. Un concierto para sapos y grillos recibió a Lorraine esa tarde.

—¿Has visto qué tiempo hace? —exclamó Anna, abriéndole la puerta a la persona que, a fuerza de hacer de su terraza un lugar encantador gracias a su creatividad, se había convertido en su amiga.

Descalza y ya bronceada, Anna llevaba un pantalón corto beis y una simple camiseta blanca de tirantes que no escondía gran cosa de su pecho demasiado perfecto para ser de verdad. Su amiga traía consigo un poco de verano antes de tiempo.

—¡Mira lo que he encontrado! —Lorraine le mostró los

iris que había traído Maya—. Son iris Conjuration. Alcanzarán los noventa centímetros de alto y no tardarán en dar unas flores casi blancas con venillas violeta. He pensado que podríamos ponerlos en el lado de la glicinia.

—¿Crees que combinarán bien los diferentes azules? —preguntó Anna, para quien todo debía ir a juego.

Lorraine le sonrió. Sabía que quedaría bien seguro, pues a menudo mezclaba ambas plantas en la floristería para confeccionar ramos, a los que añadía a veces grandes hojas de menta o ramas de casis e, incluso, si tenía alguna a mano, clemátides, por su gama de azules y violetas profundos. Los colores se realzarían unos a otros y se armonizarían perfectamente.

—¿Cómo van las plantas aromáticas? —preguntó Lorraine como si se hubiera interesado por una pareja de amigos.

—¡Bien, bien, ahora las verás! —se entusiasmó su cliente, entrando en el juego—. Tanto que Louis no ha resistido a la tentación de instalarse una silla justo delante de las lavandas, en medio del tomillo y de la mejorana. Y me echa la bronca cada vez que me atrevo a coger una ramita para cocinar. ¡Dice que le destruyo su área de meditación! ¿Te lo puedes creer?

Encogiéndose de hombros, Anna señaló a Lorraine un gran arriate que perfumaba el aire nocturno con su apacible fragancia, y en medio del cual, en efecto, había una especie de taburete de madera que más parecía un tocón que un asiento propiamente dicho. Pero quizá la incomodidad física fuera para Louis parte de su ritual de meditación. Constreñir el cuerpo para liberar el espíritu... El concepto tenía sus adeptos.

—Y hablando del rey de Roma...

Con un gesto mecánico, un reflejo de seductora que no dejaba nunca nada al azar, Anna se ahuecó el cabello antes de precipitarse para recibir a su marido. Había oído ce-

rrarse la puerta, así como sus pasos familiares en el vestíbulo.

Casados desde hacía cinco años, después de experien-
cias fallidas por ambas partes, Anna y Louis estaban he-
chos el uno para el otro. Y aunque no estuviera dispuesto a
reconocerlo, clamando a quien quisiera oírlo que se había
divorciado por propia decisión y no por otra persona, la
realidad era que Louis había dejado a su mujer poco después de conocer a Anna. Era un hombre valiente, que había decidido vivir la vida en lugar de limitarse a vegetar;
una cualidad que Lorraine, que a menudo tenía tendencia
a aceptar los acontecimientos como se presentaban aun a
riesgo de dejarse desbordar por ellos, no podía evitar admirar. Tomar las riendas de su propia vida era algo que
ella no sabía hacer del todo. Aunque bien es cierto que en
estos últimos tiempos había mejorado un poco.

—Pero ¡si es nuestra hermosa jardinera! —exclamó
Louis, alborotándole el cabello.

Se acercó a besar a Lorraine, cogiendo de paso una briz-
na de lavanda que machacó entre los dedos antes de oler-
los. Lorraine sonrió; ese gesto, propio de los amantes de la
naturaleza y de sus esencias, le recordaba a su abuela.

—Es una maravilla este rinconcito de olores que nos has
hecho. —Le señaló su tocón—. ¿Has visto? ¡Me lo he apro-
piado! Es mi remanso de paz...

A su espalda, Anna le hizo una mueca, acompañada
de un guiño destinado a Lorraine. Ésta se puso los guantes y empezó a ocuparse de los cultivos, no sin antes echarle una miradita disimulada a su amiga para indicarle que
la entendía. Decididamente, esa pareja la ponía de buen
humor.

Enfrascada como estaba en su tarea no oyó el timbre de
la puerta ni vio tampoco que alguien se acercaba. De
pronto, una gran sombra cubrió el arbusto que estaba re-
cortando.

—¿Puedo atreverme a ofrecerle una copa de rosado? —preguntó una voz que le resultaba familiar—. ¿O es usted de esa clase de gente que nunca bebe mientras trabaja?

Lorraine dio un respingo y, antes de darse la vuelta, se tomó el tiempo de comprobar que su escote no se estaba cubriendo de pecas como había tomado la desagradable costumbre de hacer en los momentos más inapropiados.

—Desde luego... —dijo Cyrille, sonriendo, con una copa en cada mano—. No nos vemos en treinta años y, de repente, en diez días...

No terminó la frase. Lorraine se percató de que le temblaba la mano. Aceptó, con una sonrisa que le pareció bobalicona —pero que no podía remediar—, la copa que él le tendía, incapaz de responder nada. Sintió que le ardían las mejillas. Cyrille sonreía también, sujetando su copa casi sin tocarla, como si fuera un plumero o un ratón muerto. Un objeto incongruente en cualquier caso, que había ido a parar a sus dedos como por arte de magia y con el que no sabía qué hacer.

Como perfecto anfitrión, o como excelente amigo, Louis acudió en su auxilio.

—Bueno, ¿qué, brindamos por el verano que se anuncia ya?

Entrechocaron sus copas. Cyrille miró a Lorraine a los ojos, de una manera tan intensa que ésta volvió a ruborizarse y apartó la mirada.

—Pero... ¿es que ya os conocéis?

Incrédulo, Louis miró a Lorraine y después a Cyrille, como si acabara de reparar en su complicidad.

—¡Fuimos juntos al colegio! —contestaron ambos al unísono.

Luego se miraron de nuevo y se echaron a reír.

—Pero lo increíble es que hace que no nos vemos..., oh, unos treinta años casi. Y, de repente, desde hace unos días no paro de encontrármela por casualidad. —Cyrille volvió a poner los ojos en Lorraine—. De lo cual me alegro muchísimo, dicho sea de paso.

Louis saboreaba su copa.

—Hay que ver lo pequeño que es el mundo... —comentó como para sí.

—Pero... y ¿de qué os conocéis vosotros? —preguntó Lorraine, movida tanto por la curiosidad como por la necesidad de darse un poco de aplomo.

Había dejado la copa en el murete y se apresuraba a terminar de quitar las malas hierbas del arriate. Se le hacía raro estar ahí agachada al pie de esos hombres que se bebían una copa tranquilamente. Notándola incómoda, Cyrille se sentó en el suelo junto a su copa, imitado por Louis, que, si bien no tenía la perspicacia de su amigo, al menos era una persona bien educada.

—¡Nos conocemos de la universidad! —anunció Louis, dándole un empujón amistoso a Cyrille—. Yo hacía arquitectura, Cyrille, biología, y... ¡éramos unos *fuck buddies*!

—¿Cómo?

Lorraine se incorporó, abriendo unos ojos como platos. No es que fuera particularmente mojigata, pero dominaba el inglés y entendía lo que había dicho Louis.

—Ya basta, ¿no? —dijo la voz de Anna, que llegaba en ese momento con la botella de vino y unas aceitunas—. Según tengo entendido, estos dos gamberros eran inseparables, unos verdaderos donjuanes, ¿te lo imaginas? Y a Loulou le hace mucha gracia decir que eran unos...

—¡Bueno, vale, vale! —Louis abrazó a su mujer, que se acurrucó contra sus musculosos pectorales, soltando risitas de placer.

Esa pareja rendía culto al pecho.

—Os quedáis a cenar, espero, ¿no? —propuso Anna, alborotándole con cariño el pelo a su marido—. He preparado pollo al limón.

Cyrille y Lorraine intercambiaron una mirada.

—Pues es que... —empezó a decir Lorraine, a punto de contestar que tenía que volver con sus hijos.

Tenía facilidad para rechazar propuestas que le gustaban y lamentarlo después.

—Justo acababa de proponerle a Lolo... esto... a Lorraine que nos fuéramos a cenar los dos solos...

—¡Ah! Entonces... si habíais pensado cenar los dos solos, mi pollo no da la talla. Otra vez será, a lo mejor...

—Pero... —farfulló Lorraine con una vocecita casi inaudible.

Anna le guiñó un ojo para indicarle que se callara, y lo acompañó de un gesto discreto pero elocuente que quería decir *¡vete con él!*

Media hora más tarde, mientras Bénédicte fustigaba con mensajes de texto a su marido, que había anunciado que *saldría tarde de trabajar* y que *no lo esperara para cenar* —más tarde Lorraine podría elaborar un glosario completo de las frasecitas hechas del hombre infiel para la esposa engañada—, Lorraine y Cyrille cenaban a solas en un italiano de la rue des Martyrs al que solía ir Cyrille y en el que la iluminación era tenue, y retomaban su relación allí donde la habían dejado, treinta años atrás.

—Y ¿te acuerdas del profesor de música, ese al que le quitamos la peluca con una caña de pescar? —preguntó Lorraine, estallando en una carcajada.

Acababan de empezar una segunda botella de rosado, un vino de la Toscana fresco y con aroma a frambuesa, y el menor recuerdo los hacía reír como los adolescentes que volvían a ser. Hay que decir que el de ese pobre profesor de música era particularmente divertido y había hecho desternillarse de risa a promociones enteras hasta años después de que pasaron todos a bachillerato.

—¡Pobre! Tuvo que irse del colegio después de eso, ¿lo sabías? A partir de entonces, ¡le fue imposible hacerse respetar!

—¿Y eso tú cómo lo sabes?

Lorraine abrió unos ojos como platos. Se acordaba del bueno del señor Caldwell como si fuera ayer y estaba muy lejos de imaginar que su payasada, si bien un poco audaz e incluso de mal gusto, hubiera puesto fin a su carrera profesional. Al menos en ese colegio. «Los niños son crueles», se dijo, esperando que Louise y Bastien no se entregaran jamás a esa clase de bromas. Pero no se hacía ilusiones: de tal palo, tal astilla.

—Por mi hermana. Le tendría que haber tocado con él, pero..., pfff..., cuando empezó el curso ese año, había desaparecido.

—¡Ay, pobrecito!

Lorraine hizo unos gestos tan exagerados, levantando los ojos al cielo y arrugando la nariz a la vez, que Cyrille se atragantó con un sorbo de vino y le costó Dios y ayuda no escupirlo.

—No sabía que tuvieras una hermana... —La mente de Lorraine funcionaba a toda velocidad—. Era...

¡Oh! ¡Ojalá! Movida por una loca esperanza, Lorraine se bebió el vino de un trago.

—¿Era...? —Lorraine carraspeó—. ¿Era ella la del entierro?

Por la sombra que pasó por los ojos de Cyrille supo la respuesta antes incluso de que él la pronunciara.

—Mi hermana murió hace diez años. La del entierro era mi mujer.

Zas.

—¡Oh! Lo siento mucho.

¿Qué era lo que tanto sentía? ¿La desaparición de la hermana de Cyrille, o la existencia de su mujer? Lorraine tomó la mano de su amigo, y éste no la retiró.

—Háblame de ella —dijo con una voz dulce que no llegaba a disimular el tumulto que la agitaba.

Cyrille la miró agobiado y volvió a llenar las copas.

—Se llama Bénédicte, llevamos casados casi diecisiete años, desde que empecé a trabajar en la empresa de su padre. Tenemos un hijo de dieciséis, Octave, y dos mellizos de once, Jules y Lucrèce. Estaba embarazada cuando nos casamos...

Cyrille hacía bolitas con la miga del pan que luego barría con un gesto, como si quisiera borrarlas.

—Creo que ésa fue su manera de pescarme... —prosiguió con voz monocorde.

Al decir esas palabras, Cyrille sabía que enunciaba una verdad que llevaba reprimiendo durante dieciséis años. Por sentimiento de culpa, para no cargarle a su hijo la responsabilidad de un matrimonio fracasado. No tenía derecho a decir ni a pensar siquiera esas cosas, pero sabía en lo más profundo de sí que si Octave no hubiera estado ahí, o en todo caso en camino en ese momento, nunca se habría casado con Bénédicte. «No tienes derecho a sentir rencor por un niño», le había dicho un día su suegro, al ver, como lo notaba también Octave y se lo reprochaba a menudo, que no trataba a su hijo mayor con la misma ternura que a los mellizos. Aunque nunca había dicho nada, el viejo zorro desde luego lo había entendido todo. El recuerdo de François de Monthélie y de los buenos momentos que había pasado con ese hombre que se lo había enseñado todo, iluminó sus lúgubres pensamientos, pero apenas duró un instante. Él también se había ido, y Cyrille se preguntaba cómo sería su vida de ahora en adelante. Había tenido un atisbo, y lo que había visto no le gustaba nada.

—Acabamos de perder a su padre —prosiguió, de humor cada vez más sombrío.

Sin decir palabra, Lorraine le apretó la mano. ¡Qué tonta había sido al hacer una pregunta así, cuando la velada iba tan bien! ¡Era una experta en cargarse un buen ambiente!

—Y ¿nunca le has sido infiel?

Cyrille la sorprendió apretándole él también la mano, un poco más fuerte quizá, y acompañando el gesto con una breve caricia.

—No del todo. Es mi mujer. Tenemos un contrato. Tenemos hijos y...

Era como si estuviera recitando una lección bien aprendida. En cuanto a eso de *no del todo*, podía significar cualquier cosa. Se era infiel o no se era, pero *no del todo*... Desde luego, los hombres sabían encontrar las palabras que más les convenían.

—Tienes razón —lo cortó Lorraine.

No sabía si estaba molesta o herida. Pero al menos una de las dos cosas.

—A mí me pasa igual. Quiero decir... Respeto demasiado la familia como para... ¡Nunca me fijaría en un hombre casado!

Cyrille la miró con aire divertido. Durante toda esa conversación no se habían soltado ni un momento las manos.

—Y ¿te acuerdas...? —prosiguió, con ese arte que siempre había tenido de pasar de un tema a otro muy distinto—. ¿Te acuerdas de que, cuando estaba en séptimo, estaba muy muy enamorado de ti?

Se había inclinado hacia ella y la observaba ahora con una gran sonrisa. Todo rastro de melancolía había desaparecido. Y también sus buenos propósitos.

—Pero...

Lorraine no tuvo ocasión de responder. Él ya había tomado su rostro entre sus manos y la estaba besando.

Luego pidió la cuenta y la acompañó a pie hasta su casa.

—Bueno, si estuviéramos en una película —dijo Cyrille cuando llegaron a la puerta de su casa—, me propondrías entrar para tomar una última copa...

—Y tú me dirías que no puedes porque son ya las dos de la mañana y te espera tu mujer... —Lorraine terminó su frase con una sonrisa melancólica—: Y en mi casa están mis hijos. Mucho me temo que esto es la vida real y no una película...

Sin decir palabra, Cyrille la abrazó.

—¿Cómo lo hacemos? —preguntó un momento después, con los labios entre sus mechones rojo fuego.

Lorraine levantó hacia él sus ojos de gato. Brillaban en la noche con mil preguntas para las que no tenía respuesta.

—Quizá...

Recorriendo la espalda de Lorraine con un gesto ligero que la hizo estremecer, la mano de Cyrille jugueteaba con el cierre de su sujetador, que le costó un esfuerzo sobrehumano no desabrochar. Sabía demasiado bien adónde los llevaría eso, y no tenían tiempo. No esa noche.

—Quizá podría invitarte a almorzar... ¿mañana?

—¿Dónde?

Cyrille señaló la puerta con un gesto discreto pero decidido.

—¿Aquí... en tu casa?

Lorraine le apretó la mano y, sumergiéndose en la penumbra de su patinillo donde flotaba un delicioso aroma a flores, le indicó con los dedos que lo esperaba a mediodía.

—Hasta mañana —se despidió en voz baja.

Luego entró en la cocina y cerró la puerta, mandándole un beso.

Cyrille se quedó unos segundos en la oscuridad, antes de decidirse a volver a su casa. Lorraine lo miró alejarse y sonrió al darse cuenta de que estaba bailando.

—¿Todavía no te has ido a la cama? Pero ¿has visto qué hora es?

Era justo la frase que no había que decir. Pero a Cyrille se le escapó cuando, culpable por lo que aún no había hecho y algo borracho —y quizá incluso llevando impregnado el perfume de Lorraine—, se topó en el salón con Bénédicte, que estaba leyendo.

—Por supuesto que he visto qué hora es.

Bénédicte señaló con la barbilla el gran reloj de la cocina, que había colocado sobre la mesa baja para lograr un efecto más teatral. Un reloj rojo y grande, en el que cada segundo que pasaba hacía un ruido ensordecedor. Bénédicte tenía un gran sentido de la puesta en escena.

—Hace horas que estoy viendo qué hora es. Son las tres y cuarto exactamente.

El tono de Bénédicte era frío, tan metálico como el reloj. Cyrille se sentía desamparado. Nunca se había visto en ese tipo de situación y, a las tres y cuarto exactamente y con todas las emociones de la velada, no estaba seguro de poder salir airoso. A decir verdad, estaba más bien convencido de lo contrario. Más valía huir del conflicto y aplazarlo, porque, aunque consiguiera librarse por esa noche, sabía que su mujer no lo dejaría correr.

—Qué tal si nos vamos a dormir... —trató de negociar, quitándose los zapatos y dirigiéndose entre bostezos hacia el pasillo que llevaba a su dormitorio.

Para gran alivio de Cyrille, Bénédicte se levantó. Pero lo hizo para apostarse muy erguida a dos centímetros de su marido, como una serpiente a punto de atacar.

—¿Has bebido? —siseó en tono perentorio.

No era una pregunta en realidad, y Cyrille no tenía respuesta. Se disponía a batirse en retirada, pero Bénédicte se pegó de espaldas a la puerta, impidiéndole el paso.

—¿Y bien?

Se tambaleó y tuvo que agarrarse al picaporte para no caer. Desconcertado, Cyrille observó a su mujer, luego barrió la habitación con la mirada y descubrió en el suelo, junto al sofá, una botella de whisky muy empezada.

—¡Tú sí que has bebido! —bramó feliz de encontrar en ese ataque cobarde pero implacable la manera de eludir el problema.

Bénédicte hipó y, tapándose la boca con la mano, corrió a encerrarse en el cuarto de baño. Asqueado pero aliviado de haber evitado una pelea de la que, de haber estado serena su mujer, Cyrille no habría resultado vencedor, se desnudó y se metió en la cama. Apagó la luz de su mesilla de noche, tratando de hacer caso omiso de las arcadas de Bénédicte, que vomitaba sus copas de más y, con ellas, sus celos exacerbados.

Cuando se reunió con él en la cama, Cyrille estaba tan profundamente dormido que no se dio cuenta de que su mujer lloraba.

Muy centrada en la alegría de su reencuentro con Cyrille, Lorraine olvidó por completo llamar a su madre para organizar las vacaciones. No era una preocupación inmediata, y, además, su futura aventura no le daba ganas en absoluto de alejarse de París. Pero no podía demorar más el contarle a Christiane lo que ocurría entre su hermana y ese abominable cirujano. Ver a Julie en ese estado de dependencia y de sufrimiento afectivo le resultaba insoportable, y si alguien podía tomar cartas en el asunto era su madre y nadie más. Aunque sabía que había acertado, al tocar un punto sensible en Julie, profunda —y voluntariamente— enterrado, hablándole de su trabajo como enfermera, no había conseguido hacer entrar en razón a su hermana. Julie se complacía en una negación de sí misma que, cada día y sin ella saberlo, la consumía un poco más.

—¡Mamá! —exclamó Lorraine cuando, al cabo de veinte tonos por lo menos, su madre descolgó por fin el teléfono.

Era la temporada de la fresa, y quienes conocían a Christiane sabían que para hablar con ella en ese período del año había que insistir, para darle tiempo a volver desde el fondo del jardín todo lo rápido que su corpulencia le permitía.

—¡Ah! ¡Eres tú! ¡Menos mal que le pedí a tu hermana que te dijera que me llamaras *as soon as possible*!

Lorraine sonrió al oír a su madre. Adoraba sus anglicismos, pronunciados con un acento del Périgord cantarín y ronco que era parte de su encanto. Lorraine se había preguntado mucho tiempo de dónde los sacaba, ella que rara vez se alejaba a más de veinte kilómetros a la redonda de su casa —la distancia que había hasta el mercado de Sarlat por un lado, y hasta el de Buisson por el otro, donde compraba en invierno las ocas para sus *foie gras*—, antes de sorprender a Christiane ante la tercera temporada de «House», que veía una y otra vez en versión original subtitulada en la pantalla del ordenador destinado normalmente a la contabilidad. Ahondando en el tema, y metiéndose un poco en los asuntos de sus padres, Lorraine se había dado cuenta de que los dos eran adeptos de las series estadounidenses, que las tenían prácticamente todas, incluidos los últimos episodios, que se bajaban en *podcast* antes incluso de que se estrenaran en Francia. Era así, al parecer, como habían aprendido inglés.

—¡Precisamente de Julie quería yo hablarte!

—¿Cuándo venís? —preguntó Christiane, que consideraba que ya había esperado bastante, ¡más de dos días!, para no tener que aguantar frivolidades.

—Todavía no lo sé. Pero Julie...

—¡Deja ya a tu hermana! Te pregunto cuándo vais a venir tú y los niños. ¡Tengo que organizarme, como tú comprenderás!

Suspirando, Lorraine encendió el altavoz y dejó el teléfono sobre la mesa. Cuando su madre se lanzaba en una de sus diatribas, era inútil tratar de meter baza antes de que hubiera terminado. Mientras tanto consultó su correo electrónico, escuchando distraídamente los *Tengo otras cosas que hacer* y *¡Si lo hago, es por vosotros!* Hasta que no oyó «¡No, pero si no os apetece, pues no vengáis y listo!» no recuperó el teléfono y la conversación. Esa frase, siempre la misma y proferida en un tono molesto, que resultaba perfectamente audible pese a los centenares de kilómetros que las separaban, era siempre el punto y final. Y exigía una respuesta.

—¡Que no, mamá, si sabes que siempre estamos encantados de ir! —protestó Lorraine, con el tono del actor cansado de dar la réplica por enésima vez pero que debe convencer de todos modos a un auditorio que aún no la ha escuchado—. Es sólo que Julie...

—Pero ¿qué pasa con Julie? Hablé con ella anteayer sin ir más lejos, ¡y parecía estar perfectamente!

—¡Es que justo de eso se trata! —perdió los nervios Lorraine—. *Parece* estar muy bien... pero ¡en realidad no lo está en absoluto!

La voz de Lorraine se ensombreció. Christiane lo notó enseguida y reaccionó como siempre lo había hecho para calmar las angustias de sus hijas. Lo negó con vehemencia. Ignorar los problemas era su manera de proteger a sus hijas y, así lo esperaba, de exorcizar el peligro para alejarlo.

—¿Qué te estás imaginando? ¡Tu hermana está perfectamente! Pero ¡si hace tiempo que no le oía una voz tan animada!

Christiane sabía que exageraba. Si bien es cierto que no le había parecido que su hija mayor estuviera mal cuando había hablado con ella, tampoco le había dado la impresión de estar tan animada como pretendía. Efectivamente, en el tono de Julie y en la vacilación con la que elegía las palabras había algo que demostraba que estaba preocupada. O, en todo caso, que no hablaba con libertad. ¿Tal vez Christiane debería haber tratado de preguntarle?

—¡Joder, mamá, enfréntate a las cosas por una vez! Julie no está bien. ¡El otro día me la encontré en mi casa llorando! ¡Y todo por ese imbécil con el que vive, que la acosa psicológicamente!

—¡No empieces otra vez, Lo! ¡Todo el mundo sabe que no te gusta el novio de tu hermana, y estás en tu derecho!

Pero de ahí a decir lo que dices... No me ha dado la impresión de que tu hermana sufriera *acoso psicológico*, como tú dices...

—¡Su novio es un malvado narcisista, mamá! ¡Sé de lo que hablo! He escuchado un programa...

Lorraine estaba fuera de sí. Cuanto más pensaba en ello, mejor reconocía los síntomas. Si tanto saltaban a la vista, ¿por qué su madre era incapaz de verlos?

—¡Qué exagerada eres, hija mía! Porque los malvados narcisistas estén de moda y se hable de ellos en todas partes no hay que pensar que abunden tanto. ¡Seguro que te imaginas que hasta tu ex lo es!

Si bien a Christiane nunca le había gustado especialmente el padre de Louise y de Bastien, al que encontraba blando y sin voluntad para nada —«¿Alguna vez actúa como un hombre?», solía preguntarle a su hija, sin atreverse a decírselo a él directamente—, tampoco le había perdonado a Lorraine el que se hubiera divorciado. No porque eso no se hiciera, no era tan mojigata, y había que vivir acorde con los tiempos, sino porque no le gustaba la etiqueta de *mujer sola* que su estatus de divorciada le confería a su hija. Según veía ella las cosas, y, como ella, muchas otras mujeres casadas, de hecho, una mujer sola era, en el mejor de los casos, poco recomendable, y en el peor, incluso peligrosa.

Y, por eso mismo, nunca perdía ocasión de mencionarlo.

—¡No metas a Arnaud en esto! ¡Él era un esquizofrénico, no tiene nada que ver!

Como cada vez que su madre le recordaba el fracaso de su matrimonio, Lorraine se molestó. Incluso después de todos esos años, el recuerdo del padre de sus hijos le resultaba desagradable. Siempre a caballo entre dos personalidades, no estaba a gusto con ninguna. Lo que en un principio había hecho de él un compañero de vida divertido por su excentricidad —era capaz de las mayores locuras, de las que después se arrepentía—, en el día a día se había convertido en algo complicado de gestionar. Por otras razones, como su hermana, Lorraine nunca había sabido muy bien qué comportamiento adoptar con su marido. Ni tampoco había entendido demasiado por qué las cosas no habían funcionado entre ellos.

—No —prosiguió Christiane—. Patrice es desde luego un poco machista, pero, en los tiempos que corren, eso es más bien una virtud. Sólo es un hombre, uno de verdad. —Una bofetada para Lorraine—. En ningún caso un malvado...

—¡Pues no lo será, pero así es como se comporta!

—¡Eso es lo que tú te crees, cariño! Eso es lo que tú te crees porque lo comparas con lo que has vivido tú. ¡Bueno, hala, un beso, hija, que me esperan las fresas! ¡Y deja de preocuparte tanto!

—¿Cómo está Amari? —preguntó Lorraine, justo antes de que a su madre le diera tiempo a colgar.

Desde que era muy pequeña, adoraba a esa abuela muda cuya mirada contenía el mundo entero. La consideraba casi una divinidad, pues su silencio le confería un carácter como sagrado. Le gustaba su presencia de gato, que, a los ochenta y nueve años, todavía se ajetreaba de aquí para allá, dejando tras de sí el aroma dulce de las mermeladas o de los pasteles que preparaba. Y de las flores también, con las que llenaba la casa, con la complicidad de su yerno, que se las cultivaba.

—Oh, ya sabes...

Cuando se trataba de su propia madre, Christiane se mostraba evasiva. Hacía tiempo que había renunciado a conseguir que recuperase el habla y, tras pasar por todas las fases de la rabia y la exasperación, ahora a veces, pese a cruzarse con ella a todas horas en casa y pese a almorzar y cenar siempre con ella, hasta se olvidaba de ella. Amari estaba ahí sin estar de verdad ahí, y, aunque no se lo reconocía ni a sí misma, Christiane le guardaba rencor porque consideraba que, al renunciar a la palabra, la había abandonado a ella.

—Bueno, te dejo —concluyó Christiane—. Y, ¡sobre todo, deja de agobiarte y de imaginarte cosas que no son!

¿Y si su madre tenía razón?, se preguntó Lorraine, colgando el teléfono. ¿Y si, en efecto, demonizaba el comportamiento de Patrice precisamente porque era justo lo opuesto al hombre con el que había estado casada? ¿Y si la tranquilizaba ver en la pareja que formaban su hermana y el cirujano un negativo de la suya, y la reconfortaba la idea inconsciente de que tampoco su hermana tendría éxito allí donde ella misma había fracasado?

Quizá hubiera una mezcla de todas esas cosas. Pero, al recordar las lágrimas de Julie y la manera en la que ya no se había atrevido a decir nada al teléfono cuando Patrice había entrado en la habitación la última vez que habían hablado, Lorraine supo que no se equivocaba. Al menos no del todo. Si bien el compañero de su hermana no era el monstruo que ella gustaba de imaginar, tampoco era trigo limpio por completo. Patrice era un hombre gris, con una inclinación por el negro más absoluto.

La primera vez no pasaron de la mesa de la cocina.

A las doce en punto, y tras dedicar toda la mañana a enviarse mensajes con el pretexto de ponerse de acuerdo sobre la hora de la cita, cuyo efecto había sido el de acrecentar su impaciencia por descubrir la piel del otro, Cyrille había ido a la floristería a recoger a Lorraine, ante la mirada a la vez curiosa y triunfante de Maya, que había tenido el buen gusto de desaparecer en el almacén en cuanto habían empezado a besarse. A devorarse, más bien, tal era el deseo animal que existía entre los dos y que urgía satisfacer.

En el coche no se tocaron ni intercambiaron una sola palabra. Lorraine trataba de mantener los ojos fijos delante de sí, aunque no podía evitar que se posaran sobre el bulto formado en el pantalón de Cyrille, que la provocaba con creciente insolencia. Tuvo que hacer un esfuerzo por no tocarlo, imaginando anticipadamente el tacto de seda que escondía.

En la calle que llevaba a la casa de Lorraine les bloqueó el paso un camión de la basura que cargaba con exasperante lentitud el contenido de los cubos para dejarlos después bien alineados en la acera. Cyrille llevó un dedo a la parte alta del muslo de Lorraine, del cual ésta se apoderó nerviosamente para deslizarlo por debajo de su falda, haciendo caso omiso de la sonrisa francamente licenciosa de uno de los barrenderos, que, desde lo alto de su camión, disfrutaba de una vista panorámica de lo que ocurría dentro del coche y no se privaba de mirar. Irritado, Cyrille aparcó en el primer hueco que encontró, uno de carga y descarga delante de una tienda cerrada. Cogió a Lorraine de la mano, y, riendo, recorrieron los últimos metros que los separaban del patinillo y de la puerta de entrada.

—¡Toma! —dijo Cyrille, deteniéndose de pronto delante de uno de los rosales.

Cogió una flor y se la ofreció a Lorraine.

Como agradecimiento, ésta se limitó a arrastrarlo a la cocina y, empujándolo contra la nevera cubierta de imanes, de listas y demás recordatorios, se puso a besarlo con frenesí. Con paso inseguro, Cyrille la llevó suavemente hacia la mesa de la cocina y, ahí mismo, entre los manuales escolares y los restos del desayuno, la tomó, con un grito que parecía un desgarro, sin darse tiempo a desnudarse mutuamente. Luego la miró, atontado, antes de desplomarse sobre ella y ponerse a roncar.

Algo se había abierto en su interior, algo que Cyrille no sabía contener. En cuanto a Lorraine, estaba decepcionada: ese momento, con el que tanto había fantaseado, había transcurrido tan deprisa que ni lo había visto pasar.

—¿No te encuentras bien?

Desde que había vuelto de su *almuerzo* con Cyrille, Lorraine estaba de humor sombrío. Se había encerrado en un silencio enfurruñado, casi hostil, que hasta ese momento la había protegido de las preguntas de Maya. Pero ésta, tras dar mil rodeos sin éxito, había terminado por ir directa al grano.

—¿Ha ocurrido algo malo?

Lorraine se encogió de hombros y fue a la trastienda a buscar unas dalias. Necesitaba colores vivos para recuperar la serenidad y la alegría de vivir que le habían faltado toda la tarde. Maya la siguió y reiteró su pregunta.

—No sé ni siquiera si ha ocurrido algo. En todo caso, yo ni me he enterado...

Recordó entonces una frase de su madre, que ésta a su vez había aprendido de Amari, del tiempo en el que la abuela todavía hablaba —una época que Lorraine nunca había conocido, pues cuando ella nació su abuela ya había perdido la voz—. «El mejor momento es mientras se sube la escalera.» Lorraine habría dado cualquier cosa por que esa escalera no terminara nunca.

—¿Sabes?, el mejor momento es mientras se sube la escalera —dijo Maya, como leyéndole el pensamiento.

La sabiduría de las mujeres era universal. Y también su abnegación.

—Sin embargo, parecíais llevaros bien... —prosiguió la iraní con malicia.

—Antes, sí. Y luego la cosa se ha desinflado como un suflé. O, más bien, ha estallado, y luego... ¡nada!

Al recordar el camino de vuelta, en un silencio tan incómodo como cargado de electricidad había estado el de ida, Lorraine sintió un nudo en el estómago. Le contó la escena a su amiga, tanto para satisfacer su curiosidad como para desahogarse ella misma, sin omitir el más mínimo detalle. «Un fracaso total», concluyó decepcionada. Y no había ninguna perspectiva de arreglarlo. Cyrille le había dado un beso en la mejilla y había arrancado a toda prisa, como si huyera de algo. Y, desde entonces, por supuesto no había vuelto a dar señales de vida.

Maya miró largo rato a Lorraine, sin esconderle que lo encontraba muy divertido.

—¡Pues no tiene ninguna gracia! —replicó Lorraine a punto de llorar.

Sin pronunciar una palabra, Maya se puso a componer un enorme ramo de lirios blancos.

—¿Sabes lo que te digo, Lolo...? —se aventuró a decir, al cabo de unos minutos—. Que yo creo que eso es más bien buena señal. Los hombres comen como cerdos sólo cuando tienen mucha hambre.

Como Lorraine la miraba sin comprender, Maya se lo explicó. Desde luego, en materia de relaciones humanas su amiga ya no tenía ni idea de nada, deploró para sí, guardándose sus comentarios. Lorraine ya estaba bastante abrumada: era inútil acrecentar su sufrimiento. Al menos por el momento.

—Lo que quiero decir —prosiguió Maya con el tono que empleaba cuando hablaba con su hija— es que si Cyrille se te... ha echado encima de esa manera, es porque entre él y su mujer ya no debe de ocurrir gran cosa en la cama. Está muerto de hambre. ¡Y eso es muy buena señal!

Visto así... Lorraine sintió que el nudo en su garganta se aflojaba un poco.

—¡Me encantaría creerte! Pero eso no explica por qué se ha ido corriendo, dejándome plantada en la calle, sin decirme una palabra ni apenas darme un beso.

—¡Pues, hija, porque le daba vergüenza! Sabe muy bien que te ha decepcionado. Así que prefiere salir corriendo. —Maya envolvió el ramo en papel de seda—. Pero ¡ya verás como vuelve! Los lobos salen del bosque cuando tienen hambre.

Justo en ese momento vibró el móvil de Lorraine. Ésta se precipitó a cogerlo y leyó el mensaje que aparecía en la pantalla con una sonrisa que crecía por momentos.

Discúlpame por lo de antes, ha sido demasiado para un solo hombre. Para que me perdones, te invito a cenar esta noche, ¿qué me dices?

Lorraine se disponía a aceptar, pero Maya le indicó que no con la cabeza. Comprendiendo la intención, contestó: Esta noche no puedo, lo siento. ¿Mañana? Pulsó la tecla de envío antes de que le diera tiempo a cambiar de opinión.

No tenía ningún plan esa noche, pero su amiga llevaba razón: debía actuar con un mínimo de estrategia.

La respuesta no se hizo esperar. Mañana a las 19.30. Paso a buscarte. Seguida, unos segundos más tarde, de otro mensaje, más explícito, que Lorraine no compartió con su amiga. Necesitaba consejos, desde luego, pero también tenía que proteger su intimidad.

—¡Hola, pelirroja! ¡Me ha dicho tu madre que venís todos a vernos este verano!

Lorraine reconocía en esa maniobra la presión de su madre. Enviar a su padre de avanzadilla, con quien sabía que Lorraine compartía una complicidad especial, para obtener a sus preguntas las respuestas que deseaba. Preguntas que ya no eran tales, de hecho: si su padre decía que venían, venían. Lorraine no podía negarle nada a su padre, y eso Christiane lo sabía de sobra.

Era temprano todavía, Lorraine acababa de pasar con Cyrille media noche que esta vez había sido deliciosa, aunque sólo hubiera sido media, que le había dejado la mente empañada y los miembros doloridos. Habría dormido encantada una hora más, sobre todo porque los niños no tenían clase esa mañana —por una *jornada pedagógica*, decían—. Pero aunque la llamada de Jean la había despertado, estaba de buen humor: Lorraine adoraba a su padre y estaba contenta de hablar con él.

—Cuando vengáis, te enseñaré una cosa que te va a gustar...

Cuando Jean empleaba ese tono, a la vez misterioso y prometedor, era porque acababa de descubrir un nuevo cultivo de rosa. En efecto, llevaba un tiempo trabajando en una rosa híbrida. ¿Habría logrado por fin su propósito, habría encontrado la manera de que se reprodujera? Pues si bien dirigía la explotación familiar con mano maestra —hectáreas de nogales, de tabaco y, desde hacía poco, de cultivos de colza que extendían aquí y allá su inmensa alfombra amarilla por el valle—, lo que más le interesaba, como a su suegra antes que a él y a su hija menor, eran las flores. Las variedades antiguas en particular y, desde hacía algún tiempo, las que él mismo creaba.

—¿La rosa? —Lorraine no podía esconder su excitación.

—¡Sí, la rosa! —Jean estaba triunfante—. ¡Ya está, he visto la mariposa! Me la ha enseñado tu abuela.

Lorraine sonrió. A menudo, Amari acompañaba a su yerno a los rosales. Éste había adquirido la costumbre de instalarle una silla plegable y un cojín bajo una sombrilla para que pudiera observarlo cómodamente mientras trabajaba. Ella preparaba limonada fresca perfumada con hojas de menta picadas, que compartían conversando con la mirada. Existía entre ellos una gran complicidad, y no era extraño que ella señalara algún detalle que se le hubiera escapado a su yerno.

—Revoloteó a nuestro alrededor, y luego se posó en pleno centro, justo en mitad de la corola —prosiguió Jean—. Ayer tarde. Si hace su trabajo como debe ser, ¡lo habremos conseguido! Ah, y tendrás que decirme qué clase de mariposa es, para mi registro.

Jean tenía motivos para estar satisfecho. Si las mariposas empezaban a interesarse por la flor, la polinizarían, y su reproducción en entorno natural estaría garantizada. ¡Cuántos años de investigación y de experimentos habían sido necesarios para llegar a fabricar una flor susceptible de atraerlas! Lorraine recordaba las horas que había pasado con su padre, en el invernadero y al teléfono, tratando de determinar qué variedad odorífera cultivar para obtener un resultado que gustara a los lepidópteros. Pues si las mujeres se perfuman para atraer a los hombres y reproducirse —o, en cualquier caso, para hacer los gestos de la reproducción—, lo mismo ocurre con las plantas: huelen bien para atraer a las mariposas.

—Pensaba llamarla Rousse de Lorraine[1] —prosiguió Jean—. Divertido para una rosa, ¿no? ¿Te gustaría?

—Claro que me gustaría...

Lorraine estaba emocionada. Que su padre eligiera entre todos su nombre para ponérselo a su creación era la prueba de amor más hermosa que ese hombre huraño y poco dado a mostrar sus sentimientos podía darle.

—Pero ¿qué va a pensar Julie? —preguntó con renuencia—. Es la mayor... Es su nombre quizá el que deberías ponerle a tu flor...

—Pero ¡si es que se parece a ti! —se exaltó Jean—. La rosa. Es de un rojo llameante, como tu cabello. Si hubiera sido negra, pues vale, pero no... Está hecha para ti, bonita, qué le vamos a hacer. ¡Así lo ha decidido la naturaleza!

La naturaleza, sí, ya... Lorraine no se dejó engañar. Su padre había trabajado esencialmente con variedades rojas y anaranjadas, y las únicas que no lo eran tenían genes recesivos que él no podía ignorar. No era pura casualidad que el resultado fuera el que era.

—¡No te imaginas la ilusión que me hace, papá! —La voz de Lorraine sonaba insegura—. Yo...

—¡No llores, hija! Quería darte una alegría, no hacerte llorar.

—Pero ¡sabes muy bien que las chicas, cuando son muy muy felices, lloran!

Incómodo, como se sentía cada vez que alguien se abandonaba a una demostración demasiado sentimental, Jean abrevió la conversación. Tras mandarle un beso a su hija, colgó.

---

1. *Rousse de Lorraine* significa literalmente *pelirroja de Lorena*, pues el nombre de la protagonista, Lorraine, es también el nombre de la región francesa de la Lorena. *(N. de la t.)*

Lorraine dejó el teléfono y, al enjugarse las lágrimas, recordó que, esa noche, mientras Cyrille la penetraba suavemente, con los labios hundidos en su cabello, había llorado también.

Cyrille no estaba centrado en lo que hacía.

Sin embargo, dentro de menos de una hora le presentaría al consejo la fórmula revolucionaria que había elaborado y que iba a poner en cuestión todos los dogmas de la cosmética alimentaria. En lugar de paliar deficiencias debidas al envejecimiento cutáneo, o de frenarlo, Cyrille había confeccionado una cápsula —a la que había bautizado con el nombre de Cyrinol— cuyos componentes, mediante su interacción, invertían ese mismo proceso. Las primeras pruebas habían arrojado resultados espectaculares: al cabo de ocho semanas, y a razón de seis comprimidos al día repartidos en tres tomas, las mujeres habían rejuvenecido visiblemente. No sólo su rostro, sino todo su cuerpo, parecía más fresco y más firme. Quedaba ahora someterse a la larga serie de controles para obtener la homologación del producto y el visto bueno de las instituciones sanitarias, e ir preparando la comercialización, para estar listos para entrar en el mercado en cuanto dieran luz verde al producto. Pero ése era el problema: Cyrille no estaba nada seguro de que sus accionistas estuvieran dispuestos a aportar los fondos necesarios antes de tener la certeza de la homologación del producto. Pero esperar significaba perder la ventaja que tenían y arriesgarse a que se les adelantara algún competidor más temerario y bien informado. El mundo era pequeño, sobre todo aquel en el que ellos se movían, y un secreto industrial dejaba de serlo en cuanto había que presentar muestras para obtener las autorizaciones.

La otra preocupación de Cyrille era el estado de ánimo de Bénédicte. Tras pasar parte de la noche con Lorraine, había vuelto a casa a las tres de la madrugada y se había mostrado más que evasivo sobre lo que había hecho todo ese tiempo. Aunque, esta vez, su mujer no lo había esperado levantada ni le había hecho la más mínima crítica cuando desafortunadamente la había despertado al meterse en la cama, lo más lejos posible de ella, sin embargo, y sin desvestirse —lo cual, en sí, era ya una confesión—. Su silencio esa mañana había sido más que elocuente. Había preparado el desayuno de los mellizos y, sin decir una palabra, los había llevado al colegio. Más tarde esa misma mañana, se había limitado a enviarle un mensaje de texto para anular la cita para almorzar juntos con el fin de preparar el encuentro con la junta, diciendo que ya se verían directamente en la sala de reuniones con los demás accionistas. «Mala señal», pensó Cyrille. Muy mala señal. No podía prescindir del apoyo de su mujer, sabía por lo demás que su voto determinaría seguramente el cariz de los acontecimientos. Y no estaba nada seguro de que estuviera dispuesta a acordárselo.

También pensaba en una última cosa, más agradable, sin embargo, pero que tenía que apartar de su mente por ahora a toda costa: su velada con Lorraine. El simple hecho de pensar en ella le provocaba una erección. Algo que, ante un consejo de diez accionistas, presidido por su esposa, más valía evitar.

Bénédicte era consciente de que lo había mandado todo al garete. Al oponer un veto formal al desbloqueo de los fondos indispensables para la preparación de la comercialización antes de la homologación del nuevo producto elaborado por su marido, había abusado de su papel de presidenta y había inclinado a su favor la decisión del consejo. Se avanzaría en la obtención de las autorizaciones antes de incurrir en más gastos.

Aunque estaba furioso, Cyrille había hecho un esfuerzo ante sus accionistas por que no se le notara. Bénédicte no pudo evitar admirar su dominio de sí mismo, muy profesional y del que ya no hacía gala en casa, mientras saboreaba su victoria: al no acordarle la financiación necesaria, sabía que impedía que su marido llevara a cabo un proyecto que éste consideraba la culminación de su carrera como investigador. Más allá de los intereses de la empresa, que no habían entrado en absoluto en la ecuación en el momento de tomar su decisión, y aunque el plazo que había impuesto podía perjudicarlos, era a Cyrille a quien quería oponerse. Y, de paso, desacreditarlo públicamente ante los accionistas. La sentencia era cruel, y sabía que en la siguiente junta capitularía. Pero por ahora tenía que demostrarle a su marido quién mandaba, aunque al morir su padre le hubiera jurado que le dejaría dirigir la empresa como antes y que ella no intervendría. Había incumplido su promesa, sí, ¿y qué? Después de todo, la empresa era suya. Y Cyrille no se privaba él tampoco de violar los contratos. Su manera de actuar esas últimas semanas así lo demostraba.

Consciente de que su matrimonio se estaba deshaciendo y de que estaba perdiendo poco a poco al único hombre que le quedaba, Bénédicte intentaba mantener su posición dominante a duras penas y con la torpeza que la caracterizaba cuando se trataba de gestionar relaciones de poder.

Apagó la luz de la habitación que utilizaba como despacho y fue a la cocina a preparar la cena de los mellizos. Comería con ellos una loncha de jamón y un plato de pasta, que acompañaría tal vez de una copa de whisky. O de dos. Octave dormía esa noche en casa de un amigo, y Cyrille la había avisado con un mensaje de texto de que no volvería para cenar. Eso no la había sorprendido y, a decir verdad, era un alivio. No se sentía muy orgullosa de su actitud esa tarde en la reunión y prefería no tener que darle explicaciones.

Si Bénédicte se había opuesto a los intereses de la sociedad, y a los de su marido, era porque no había digerido las dos noches en las que Cyrille había vuelto a las tres de la mañana. Y sabía muy bien que esa noche tocaba más de lo mismo.

Eran las seis y no las tres cuando Cyrille entró en su casa sin hacer ruido.

Después de la espantosa reunión del día anterior, tras de la cual los accionistas más cordiales con él le habían palmeado el hombro con aire incómodo, algo que, en el fondo, podía entender —se encontraban a su pesar en el centro de un conflicto de lealtades que trascendía el mero marco de la sociedad—, había anulado su última cita y se había ido de la oficina para desahogarse en las cintas de correr de su gimnasio. Su mujer lo había enfurecido, con esos aires que se daba de ayatolá incompetente que iba por ahí dando lecciones —aunque sabía perfectamente que exageraba: más que incompetencia, Bénédicte había dado muestras de prudencia, algo que, siendo como era una profana en la materia, quizá fuera una cualidad—, y aunque Cyrille había mantenido el tipo hasta el final de la reunión, ahora necesitaba evacuar la tensión acumulada. Había corrido durante casi dos horas bajo la mirada cada vez más inquieta de los entrenadores, que no paraban de acercarse a preguntarle si se encontraba bien. No, no se encontraba bien. No habría estado ahí haciendo el gilipollas sobre un pasillo mecánico que no llevaba a ninguna parte si se encontrara bien. Pero necesitaba el esfuerzo físico para vaciarse la cabeza, hasta que el dolor en los músculos le hiciera parar.

Una ducha larga y ardiente había terminado de ponerle las ideas en su sitio, y una vez listo, ante un zumo de zanahoria que detestaba pero que le daba buena conciencia, le había enviado un mensaje de texto a Lorraine para invitarla a cenar. La rapidez de la respuesta —Lorraine ya había vuelto a su casa, pero por supuesto aceptaba— lo había reconfortado: al menos en algún sitio había un alma amiga deseosa de ocuparse de él. Pues, después de la *traición* —no había otra palabra— de Béné, Cyrille se sentía abandonado. Primero los había dejado tirados François. Y ahora su mujer, con la que ya no podía contar.

Lorraine se había reunido con él en el Café de la Poste, a un tiro de piedra de su casa, y, tras cenar deprisa y corriendo un *steak tartare* con guarnición de patatitas y un tiramisú, habían entrado furtivamente en casa de Lorraine para no despertar a los niños. Ella entonces se le había entregado con un abandono y una dulzura tales que Cyrille se había vuelto loco y había olvidado que, en otra parte, tenía una esposa y un hogar. En los brazos de Lorraine, Cyrille se había sentido tan bien y tan feliz que se había quedado dormido.

Volvió a su casa a la hora en la que pasaba el camión de la basura, despotricando de éste porque, en el silencio del final de la noche, podía despertar a Bénédicte. Le mandó un mensaje a Lorraine con un último beso y se metió en la boca del lobo, que lo esperaba sentado a la mesa del desayuno. No iba a tener más remedio que enfrentarse a él.

—¿Ya estás levantada? —preguntó Cyrille con toda la naturalidad de la que fue capaz.

Sin mirar a su mujer, fue a servirse un café. Su cerebro funcionaba a toda velocidad. Se olisqueó discretamente el cuello de la camisa, rezando por que no estuviera impregnado del olor de Lorraine.

—Otra vez lo mismo —constató con sobriedad Bénédicte.

Se mostraba extrañamente tranquila. Casi resignada. Pero Cyrille sabía que no era así en absoluto. Béné se había puesto una de las corazas que utilizaba para protegerse. A menos que estuviera borracha, lo cual también era posible.

—Otra vez lo mismo ¿qué? —preguntó irritado.

Al decir eso, sabía que la provocaba.

—Otra vez lo mismo. Hay otra mujer.

La voz de Bénédicte no temblaba lo más mínimo. Como el día del entierro, mostraba un perfecto dominio de sí misma. O si no..., ¿podía ser que ya no sintiera nada? Incapaz de mirarla de frente, Cyrille siguió observándola de reojo. El tono de su mujer, que no traicionaba emoción alguna, lo intrigaba. Más aún: le daba miedo.

—Pues claro que no, no hay otra mujer —dijo al cabo de un largo momento.

Luego fue a ducharse y, sin volver a la cocina, se refugió en su despacho. Quedaban más de dos horas antes de que llegaran sus colaboradores. Podría dormir un rato en el sofá.

Para Lorraine, el móvil se convirtió en su mejor amigo. O su mejor enemigo, habría que decir, tan esclava como se había vuelto de su pantalla y de la más mínima vibración, esperando en todo momento una llamada o un mensaje de Cyrille.

No tardaron en establecer un sistema de comunicación epistolar que, según ambos se dieron cuenta, acrecentaba su deseo tanto como colmaba los momentos en los que no podían verse. No siempre era fácil compasar dos agendas cargadas, tanto por motivos profesionales como familiares —a Lorraine la horrorizaba imaginarlo con su mujer, pero no quería estropear el tiempo que pasaban juntos hablando de ello—. Sobre todo también porque a Cyrille le resultaba muy difícil ser coherente en su duplicidad. Mentía como un niño, como si se esforzara por que Bénédicte lo descubriera. «El típico esquema», habría dicho Maya, que ya se conocía el percal. Pero era un esquema arriesgado.

—¿Cómo tengo que poner el horno para el pollo? —preguntó Bastien, que, desde que tenía sus nuevos libros de cocina, le había cogido gusto y preparaba cada vez más a menudo la cena.

Enfrascada en enviar un tórrido mensaje de texto, Lorraine no contestó. Cuando recibió otro igual a su vez, soltó una risita que no pasó inadvertida al oído atento de su hijo.

—¡¿Mamá?! —insistió éste, levantando un poco la voz.

—Eh, ¿qué?

Con renuencia, Lorraine dejó el móvil en la mesa, sin parar de vigilarlo de reojo. Habida cuenta del cariz de la conversación, la respuesta no tardaría en llegar.

—Que cómo tengo que poner el horno. Esta noche toca ensalada de tomate con pollo asado y arroz integral.

—Barra, barra, doscientos grados... El pollo lo metes en frío —recitó Lorraine mecánicamente.

Luego se levantó y abrazó a su hijo mayor.

—Eres un cielo por encargarte tú de preparar la cena. Y ¡vaya un buen cocinero estás hecho! —Lorraine vio los tomates, pelados y espolvoreados de sal, escurriendo el líquido en el fregadero—. ¿Dónde has aprendido a escurrir así los tomates?

—El amigo de papá —contestó Bastien distraídamente, mientras metía el pollo en el horno.

—¿Cómo has dicho?

Lorraine creía haber oído mal. El padre de sus hijos, con el que sólo hablaba muy de tarde en tarde, cuando se decidía a hacer una breve aparición para invitarlos a cenar o, menos a menudo aún, para llevárselos unos días de vacaciones, nunca había sido muy locuaz con respecto a la criatura con la que compartía su vida. Pero, por un reflejo burgués sin duda y terriblemente conservador, ni un solo segundo habría imaginado Lorraine que pudiera tratarse de un hombre. Sobre todo también porque los niños nunca le habían hablado de ello.

Consciente de su metedura de pata —su hermana y él, en un afán de mantener estancos los compartimentos, propio de todos los hijos de padres divorciados, y para proteger a su madre, nunca habían mencionado la homosexualidad, declarada ya, de su padre—, Bastien se ruborizó hasta la raíz del cabello. Empezó a tartamudear, pero lo salvó de la situación su hermana, que entró en la cocina en ese preciso momento. Cualquiera hubiera dicho que estaba escuchando detrás de la puerta.

—Bah, sí, no te lo habíamos dicho para no agobiarte, mamá..., pero ¡papá se ha vuelto marica!

Capaz de tomárselo todo a la ligera, Louise lo dijo en tono de broma, pero Lorraine comprendió por su mirada, de pronto huidiza y sombría, que el secreto había sido difícil de mantener y que necesitaba hablar de ello. Una ojeada a su hijo, absorto en picar la albahaca con meticulosidad excesiva, confirmó su intuición: había ahí una herida que convenía restañar.

—Pero ¡me lo tendríais que haber contado! ¡No es bueno que os guardéis una noticia así!

A Lorraine se le saltaron las lágrimas. No porque su ex se interesara ahora por los hombres, eso la traía sin cuidado, y, además, explicaba ciertas cosas. Su desdoblamiento de personalidad, entre otras, y su incapacidad total para lo que Christiane, sin ser consciente de hasta qué punto ponía con ello el dedo en la llaga, llamaba *hacer el papel de hombre*: hallándose como se hallaba entre dos aguas, Arnaud siempre le había dejado a Lorraine el cometido de cabeza de familia, y ahora por fin ésta comprendía por qué. En la pareja que habían formado, y aunque él mismo aún no lo supiera por aquel entonces, Arnaud no era el hombre... En todo caso, no en el sentido tradicional, judeocristiano y tan profundamente arraigado aún en la mentalidad de todo el mundo. Por más que se alardeara de modernidad, mientras las mujeres siguieran esperando que los hombres se adecuaran a la imagen que por cultura, por no decir por ADN, se hacían de ellos, quedaría mucho camino por recorrer para que la igualdad entre sexos fuera de verdad una realidad. No era tan fácil librarse de varios milenios de machismo.

Lo que sí se había convertido en una realidad en cambio era que, en esta sociedad en plena evolución, a los hombres les costaba cada vez más ocupar su lugar —y ¿cuál era ese lugar, de hecho?— y muchos de ellos habían tirado la toalla. Era muy práctico. Y también muy triste. En el fondo, Arnaud era un puro producto de los tiempos modernos.

Que hubiera cargado a sus hijos con parte del peso de su homosexualidad ofendía a Lorraine. Y, además, lo había convertido en un secreto tácito entre ellos tres —ellos cuatro, si contaba también a la criatura en cuestión—. Aunque trataba de razonar consigo misma, diciéndose que no tenía nada de malo amar a alguien de tu mismo sexo si tal era tu inclinación y que no le correspondía a ella juzgarlo, su alma de madre se rebelaba. Inconsciente como siempre, el padre de sus hijos los había puesto ante el hecho consumado. Y, al parecer, éste les había chocado tanto que ni siquiera habían podido hablarlo con su madre.

—¿Cuánto hace que lo sabéis? —les preguntó.

—No mucho. Cuando fuimos a su casa en Semana Santa...

Unos meses nada más. A Lorraine la había sorprendido que Arnaud se ofreciera a invitar a los niños a su casa una semana entera durante las vacaciones de Pascua, algo que no hacía casi nunca. Y ahora entendía por qué, pensó Lorraine con una pizca de amargura, visto el cariz de los acontecimientos. Al volver los niños de esas vacaciones, se había dado cuenta de que algo no marchaba bien: Louise estaba más agresiva, y Bastien, más malhumorado, algo raro en él. Pero lo había achacado al hecho de que hubieran pasado las vacaciones con su padre, al cambio de ambiente, de país..., a cierta nostalgia, quizá incluso a una tristeza reprimida. Un padre siempre es un padre, y la lejanía física y geográfica puede resultar difícil para los hijos. Aunque no lo aparentasen. Pero ¡eso! ¡Lorraine nunca hubiera imaginado que Arnaud pudiese cambiar de manera de vivir de forma tan radical, y encima sin comentárselo siquiera!

—No, pero Arnold mola mazo, ¿sabes? —dijo Louise para relajar un poco el ambiente—. Se sabe de memoria todas las canciones de Lady Gaga...

—Y cocina superrico. De hecho, él es quien lo hace todo. Ya sabes que a papá nunca se le ha dado bien ocuparse de la casa.

Ésa era la paradoja de las parejas formadas por hombres: «¡La mayoría de las veces están compuestas por dos tías!», pensó Lorraine con reconfortante mezquindad.

En realidad, las cualidades de Arnold le daban mucha rabia, y tuvo que dominarse para que no se le notara. Una pregunta sin embargo le quemaba en los labios, y no pudo evitar plantearla.

—Y ¿qué edad tiene este... Arnold? —dejó escapar con fingida desenvoltura.

Louise escondió la nariz en el tarro de Nutella, y Bastien se concentró en sus tomates. Pasaron unos segundos en los que se habría podido oír volar una mosca.

—Veintiséis. Y es bastante mono —dijo por fin Louise en tono guasón, con la cara llena de churretes de chocolate—. Si no fuera de la otra acera, tendría un pase...

—¡Anda, cállate! —le contestó su hermano con malos modos—. ¡No nos hacía ninguna falta, y encima le mola Lady Gaga! ¡Joder!

Tiró al fregadero el cuchillo con el que había cortado las finas hierbas. La caja de Pandora estaba abierta, y Bastien dejaba al fin escapar su ira.

—¡Ya sólo faltaría que tuvieran un bebé!

—Imposible —replicó Louise pragmática.

—No tienes ni idea... ¡A ver si te espabilas un poco! Se ve que no te has leído el artículo de *Geo*. Entre la fecundación in vitro y las madres de alquiler, ¡ahora ya se puede hacer todo! Mira si no Elton John... ¡Ya tiene dos hijos!

Bastien estaba fuera de sí. Demasiado tiempo acallada, y quizá inconscientemente ignorada, la herida sangraba ahora como un surtidor. Sin duda su lapsus no había sido anodino. Necesitaba desvelar el secreto y sincerarse con su madre. Ya estaba hecho.

—Pero, Bast..., no se puede juzgar —le contestó su hermana con sorprendente dulzura.

Era la gran frase de Louise. *No se puede juzgar*. Y su gran sabiduría también. No obstante, a Lorraine la irritaba un poco la tolerancia de su hija para con su padre. Las crisis de angustia de Arnaud por las noches durante la cena, cuando aún estaban casados, sus ataques de ira, sus ausencias... y ahora el hecho de que, muy acaparado por su nueva vida, apenas se ocupara de sus hijos y prácticamente los hubiera abandonado: Louise siempre encontraba pretextos para todo ello y siempre se lo perdonaba todo. Eso cuando no interpretaba la actitud de su padre como cierta forma de libertad que la fascinaba.

Era Lorraine quien pugnaba por llevar ella sola todo el peso de la vida cotidiana, tanto económicamente como en el plano de la educación, la presencia, la escucha y la disponibilidad, en perjuicio de su propia vida personal —«Estoy hasta el gorro de tener que ocuparme yo siempre de todo», estallaba a veces con Maya, que la entendía y se compadecía de ella—, y la exasperaba que Louise viera a su padre como un héroe.

—¡Bueno! Corazones, ¡basta ya de hablar de esto, y vamos a disfrutar de una buena cena! ¡Me voy a comprar pasteles! —exclamó Lorraine, con una voz que le sonaba falsa.

—¡De café! —ordenó Bastien con los ojos brillantes, goloso como era.

—¡No me gustan! —gruñó Louise.

—¡Pues tú te comes tu Nutella!

Nada más salir, Lorraine consultó sus mensajes: tenía tres sms de Cyrille, que quería pasar a darle un beso después de una cena con unos inversores que bien podía prolongarse legítimamente. Esta noche lo tengo difícil, contestó a regañadientes. Se moría de ganas de verlo y de encontrar entre sus brazos un poquito de ternura y de consuelo. Pero esa noche debía dedicarse por completo a sus hijos.

Se sintió reconfortada en su decisión cuando, al salir de la pastelería, recibió un sms de Bastien:

Mamá, sobre todo no lo comentes delante de Loulou, pero... ¿tú crees que por tener un padre homosexual también nos podemos volver homosexuales nosotros?

Lorraine llevaba varios días aplazando esa llamada. No le gustaba llamar a Arnaud por nada que no fueran cuestiones de organización relacionadas con Louise y Bastien, pero sabía que no podía pasarle su último secretito. Más que un secretito, de hecho, para Lorraine se trataba de una torpeza inaceptable. Debería haberlo hablado con ella, y deberían haber decidido juntos cómo comunicárselo a los niños. Aunque con su vida pudiera hacer lo que quisiera, algo que, estaba segura, Arnaud le recordaría sin duda, emparejarse con un hombre no era algo anodino y merecía, si no una explicación, por lo menos un mínimo de tacto a la hora de anunciarlo.

Al enterarse de la noticia Maya se había escandalizado. De no haber sido porque estaban los niños, la cosa le habría parecido más bien cómica, pero en esa situación Arnaud se merecía un buen rapapolvo. No entendía que Lorraine se lo pensara tanto: ella no habría esperado ni un día para cantarle las cuarenta a Arnaud.

Lorraine se apoderó del teléfono de la floristería y marcó el número de Arnaud. Prefería dejar disponible su móvil por si Cyrille le enviaba un mensaje o la llamaba. Sólo faltaría que perdiera a su amante por estar ocupada en una conversación, que prometía ser más que desagradable, con su exmarido.

Éste descolgó al primer tono.

—¡Me lo podrías haber dicho! —le espetó Lorraine sin preámbulos.

Arnaud debió de comprender inmediatamente de quién y de qué se trataba, pues la respuesta, tal y como había imaginado Lorraine, llegó inmediatamente.

—¡Yo con mi vida hago lo que me da la gana! ¡No es asunto tuyo!

Lorraine sintió que le hervía la sangre y le lanzó a Maya una mirada furiosa que no le estaba destinada.

—Pero ¡sí de los niños, me parece a mí!

—Bueno, mira, los niños...

Lorraine se lo imaginaba muy bien, agitando la mano como siempre había hecho, en un gesto característico que, si hace tiempo hubiera sido más vigilante, tendría que haberla alertado.

—¡Los niños se acostumbran a todo! —concluyó Arnaud con una desenvoltura que a Lorraine se le antojó indecente.

—¡Siempre y cuando las cosas se hagan como se tienen que hacer! ¡Y no se puede decir que tú lo hayas hecho! ¿Cómo se te ocurre recibirlos con tu novio, sin ni siquiera preparar el terreno? ¡Deberías haberlo hablado antes conmigo!

Arnaud carraspeó y no contestó. Por cobardía, por eso había actuado así. Había empezado por ocultarles a Arnold a los niños, apañándoselas para que no estuviera presente cuando los veía, lo cual no era complicado, pues no lo visitaban con frecuencia. Pero las últimas vacaciones su compañero ya estaba hasta el gorro de tener que irse de casa cuando venían sus hijos, y había decidido quedarse. Ante la resistencia —débil, las cosas como son— de Arnaud, había amenazado con no volver si de nuevo lo obligaba a marcharse, y su amigo había cedido. Había puesto a los niños ante el hecho consumado, sin pronunciar palabra. Arnaud siempre había tenido esa actitud. «Como todos los hombres», habría dicho Maya, que, cuando se trataba del cromosoma Y, no tenía reparos en generalizar.

—Además, ¡ellos adoran a Arnold!

La voz de Arnaud sonó aguda, como aflautada. ¿Cómo había podido estar enamorada de ese hombre?, pensó Lorraine. ¿Cómo, desafiando todas las leyes de la jungla según las cuales las hembras escogen a los machos más fuertes para reproducirse y perpetuar la especie, había podido elegirlo a él para ser el padre de sus hijos?

Estaba a punto de contestar cuando se dio cuenta de que esa conversación no llevaba a ninguna parte. El mal estaba hecho, ya sólo quedaba vivir con ello y curar las heridas.

Arnaud no entendía nada o no quería entender nada. Una vez más, estaba sola para ayudar a sus hijos a digerir esa nueva situación.

Habían pasado dos semanas desde que Lorraine compartiera con su madre su preocupación por Julie, y Christiane no podía quitárselo de la cabeza. Aunque no había notado en la voz de Julie el desasosiego que su hija menor le había descrito, sí es cierto sin embargo que, en un momento dado, se había preguntado si todo iba bien. Una pausa, una vacilación, una expresión velada, Christiane ya no sabía qué exactamente; pero sí, ahora que lo pensaba, había habido un instante fugaz en el que había notado algo, para olvidarlo un instante después.

Olvidar era la manera que tenía Christiane de hacer desaparecer el peligro o, de manera general, todo lo que la importunara. Olvidaba la presencia de Amari y su insoportable mutismo, hasta el punto de hablar de ella cuando estaba presente como si fuera sorda o simplemente no estuviera allí. Amari no perdía ripio, sus oídos lo almacenaban todo, y sus ojos lo conservaban en frío, como una reflexión mordaz; la mirada sustituía al verbo, y Amari sabía manejarla muy bien.

Christiane olvidaba también las ausencias de su marido, que, si bien es cierto que habían disminuido con el tiempo, pese a todo le habían dejado un vacío cercano a la insensibilidad. Jean había sido un marido infiel y nunca lo había ocultado, con el pretexto de que era demasiado *terrenal* —o, lo que es lo mismo, demasiado animal, en cualquier caso así era como Christiane se lo había explicado a sí misma— para ser hombre de una sola mujer. Pero quería a su esposa y a su familia, y aunque iba con regularidad a ver si la hierba del campo de al lado era más verde, siempre volvía junto a los suyos. Por ello, Christiane había encontrado en la negación la mejor vaselina para pasar los sapos que no cesaba de tragarse, fingiendo creer a su marido cuando éste le decía, tras pasar la noche fuera, que se había emborrachado en casa de un amigo y no había tenido fuerzas para volver a la suya. Lo único que cabía hacer en esos casos era no prestar demasiada atención a la sonrisa satisfecha de la mujer del panadero. De hecho, a las noches de amor de Jean no habían tardado en seguir días sin pan. Todo el mundo sabía por qué, pero nadie decía nada.

Sin embargo, en lo que a Julie respectaba, Christiane se dijo que, contrariamente a su costumbre, no tenía derecho a mirar para otro lado y que su papel como madre le imponía ahondar en el tema. Si Lorraine estaba en lo cierto, puede que su hija se encontrara en peligro. Un peligro lento e insidioso, y amenazador, sobre todo porque se ocultaba bajo los rasgos del amor.

Sacó los mízcalos de la ensaladera donde los había dejado un ratito en remojo tras rasparlos para eliminar los últimos restos de tierra, hojas de castaño y musgo, y se secó las manos en el delantal. Más tarde los metería en tarros. Ahora iba a llamar a su hija para tratar de averiguar lo que ocurría.

—¡No puede hablar con usted, tiene la regla! —le contestó una voz muy malhumorada.

Christiane se quedó un poco sorprendida, pero no dejó que se le notara, pues no pensaba prescindir de la cortesía de la que siempre hacía gala en cualquier circunstancia.

—Buenos días, Patrice. Me alegro mucho de oírlo, ¿cómo está usted? Póngame con mi hija, por favor. —Tan sólo endureció un poco el tono; Christiane sabía cómo tratar a esa clase de energúmenos.

—Buenos días, Christiane. —La voz de Patrice se volvió melosa. No respetaba nada salvo las apariencias, y la manera de dirigirse a los mayores formaba parte de ellas—. Julie no se encuentra muy bien, ¿sabe?...

—Vamos, vamos, mi pequeño Patrice. —Christiane sonrió con malicia: sabía que Patrice odiaba que le llamaran *pequeño*, él que hacía cualquier cosa por parecer más alto de lo que era en realidad—. ¡Tener sus cosas no es estar enferma! ¡Cómo se ve que no es usted mujer!

Se hizo el silencio al otro lado de la línea, seguido de unos murmullos sordos. Christiane oyó un portazo y luego la voz de su hija en el auricular.

—¡Mamá! De verdad no era el mejor momento para llamar... —dijo Julie con una voz ahogada. Y luego, más bajo, añadió—: Perdóname, mamá...

—¡Al contrario! —replicó Christiane con una voz que quería ser alegre—. A mí me parece un momento estupendo. ¿Qué ha pasado?

Christiane volvió a pensar en las especulaciones de Lorraine y decidió aprovechar la ocasión que le ofrecía la situación.

—¿Otra vez habéis reñido?

—¿Cómo que *otra vez*? —replicó Julie con agresividad—. Nos llevamos muy bien, casi nunca *reñimos*, como tú dices. Es sólo que...

La voz de Julie se quebró, desmintiendo todo lo que acababa de intentar hacerse creer a sí misma.

—Es sólo que... está furioso porque me ha venido otra

vez la regla. Está muy pendiente de eso. No consigo darle un hijo, ¿entiendes?

Julie se deshizo en lágrimas. Christiane la oía sollozar y sorberse la nariz.

—¿Sabes lo que yo entiendo? —contestó Christiane, conteniéndose para que su voz no trasluciera la rabia que se iba apoderando de ella—. Lo que yo entiendo es que ese tipo es un imbécil. ¿Qué es eso de que *no consigues darle un hijo*? Tener un hijo es cosa de dos, corazón. No es culpa tuya...

—Sí que lo es... —Julie lloraba tanto que le costaba articular—. Llevamos meses intentándolo, y nunca lo consigo. Siempre me viene otra vez la maldita regla... ¿Crees que soy normal, mamá? Patrice piensa que a lo mejor tengo una anomalía...

Lorraine no se había equivocado. Julie no razonaba como debía. No contento con hacerla sentir culpable por no quedarse embarazada, Patrice la minusvaloraba de manera pérfida. La hacía creer que tenía una anomalía que la convertía en una mujer incompleta y, por ello, indigna de ser amada. Y la culpa era suya.

—Escúchame, corazón. Tú estás perfectamente, y lo sabes. La última vez me dijiste que tus análisis habían salido bien. En cambio...

Una idea nació en la mente de Christiane, una idea que no le disgustaba y que hasta la divertía.

—En cambio él... ¿se ha hecho análisis? ¿Estás segura de que si no te quedas embarazada el problema no lo tiene él?

—¿Estás loca? —Julie parecía verdaderamente aterrada—. ¡Pues claro que el problema no es suyo!

—¿Estás segura? De todas maneras deberías preguntárselo, nunca se sabe.

Julie no contestó enseguida. Debía de estar rumiando la posibilidad de que su compañero fuera responsable de su esterilidad o, más exactamente, que quizá fuera él quien tenía dificultad para concebir un bebé. Pero apartó la idea: su estado mental en ese momento no le permitía darle ningún crédito.

—Nunca me atrevería...

—Pues deberías.

Christiane le mandó un beso a su hija antes de colgar. El desasosiego de Julie era evidente, y contagioso. Christiane se frotó los ojos para contener la tristeza, que ya afloraba en forma de lágrimas. Su hija mayor estaba en una mala situación, de la que había que sacarla. Aunque ella misma no quisiera, pues era obvio que amaba a Patrice más que a nada y que no estaría por la labor. Pero si no la ayudaban, se marchitaría poco a poco.

Al salir de la habitación para volver a la cocina, Christiane no reparó en Amari, sentada a contraluz junto a la ventana. Una única lágrima resbalaba de sus ojos muy azules, excavando un surco húmedo en su piel estriada.

En la cabeza de la anciana se mezclaban mil sentimientos. No hablaba, pero sí oía. Y, con esa facultad que tienen las personas privadas de algún sentido de multiplicar los demás, oía perfectamente.

Así, invisible en el sol de junio que acariciaba con mimo su frágil silueta arrellanada en un sillón de orejas —el que iba a juego estaba en su habitación, delante de la chimenea—, Amari no había perdido palabra de la conversación entre Christiane y su hija mayor. Y el hecho de que el compañero de ésta, por razones que no eran tales —no se fustiga a una mujer porque no se quede embarazada, es la mejor manera de que eso no ocurra nunca—, se mostrara cruel hasta el punto de hacerle dudar de ella misma, hacía que le hirviera la sangre.

Como tan justamente había recalcado Christiane, concebir un hijo era cosa de dos, bien lo sabía ella. A veces se conseguía, y a veces no. Y eso también lo sabía bien.

En ese momento volvieron a su mente recuerdos de juventud, de su despreocupación de entonces, que sólo el silencio en el que estaba encerrada le había permitido, en cierta forma, recuperar. Ama volvía a verse a sí misma de niña, persiguiendo en el patio a las gallinas que su madre mataba clavándoles un cuchillo en la sien para recoger la sangre, con la que luego hacía tortas de sangrecita. Reía a carcajadas al verlas correr, con la hoja clavada de una oreja a otra —sabía muy bien que las gallinas no tienen orejas, pero le gustaba la imagen—, cuando su madre las soltaba. Se veía llevándose a Christiane, de bebé, a todas partes con ella —a los campos, a las plantaciones de tabaco, a la cochiquera y a los rosales, que adoraba— durante los dos años en los que le había dado de mamar. Con un gesto indolente, se pasó una mano temblorosa por debajo del pecho. Durante mucho tiempo sus senos habían sido hermosos y triunfantes, y su único embarazo apenas los había estropeado.

Ama se sacó de la manga un pañuelo con aroma de violetas —el primer perfume que su marido le había regalado y del que nunca se había separado— y se enjugó delicadamente los ojos. Toda su vida, en los momentos más dulces como en los más adversos, había sido amada. No entendía ni podía tolerar que no fuera así. Y menos aún que se pudiera torturar a una persona a la que supuestamente se adoraba.

Tenía claro a qué jugaba el amigo de Julie: con el pretexto de que la amaba o, más pérfidamente, con el pretexto de que ella lo amaba a él, le exigía un hijo. Pensativa, la anciana siguió con el dedo, sin verlas, aunque hacía tiempo que conocía de memoria todos sus meandros, las arrugas que surcaban su rostro. «Por cada arruga un recuerdo», se decía, leyendo en braille el viejo pergamino de la historia de su vida.

Ese hombre no quería un hijo de Julie por amor. Mejor que nadie, Ama sabía reconocer el amor cuando se presentaba, y en esa relación, estaba segura de ello, no había amor. No. Posesión, sí, pero no amor.

Ese hombre quería un hijo de su nieta para dominarla mejor. También eso lo sabía bien Amari.

A Lorraine y a Cyrille les costaba mucho pasar más de cuarenta y ocho horas sin verse. Aunque sólo fueran cinco minutos, aunque sólo fuera el tiempo de tomarse un café en el bar de la esquina, necesitaban tocarse, sentirse, besarse... Eso les daba paz.

Cuando, pese a todo, no lo conseguían, Lorraine sentía crecer en su interior una agresividad incontrolable que al final pagaban sus hijos o incluso Maya. Por más que se dijera que ellos no tenían culpa de nada, estaba a la que saltaba, y el más mínimo comentario o la más mínima contrariedad la hacían estallar. Así, le había quitado la paga a su hija porque se le había olvidado de comprar el pan, clamando con total mala fe que ella lo hacía todo en esa casa y que estaba harta de ser su *chacha* —justo cuando Bastien estaba cocinando un asado y Louise acababa de preparar un bizcocho de Nutella—. Asimismo, había mandado a paseo, y sin miramientos, a un cliente fiel porque no quería los guisantes de olor que le proponía.

Y si, por la razón que fuera, Cyrille no daba señales de vida durante un día, Lorraine se sumía en un pozo de tristeza, convencida de que había dicho algo que no debía y de que la iba a dejar. Impotente, reconocía en esa actitud sus viejos fantasmas, de los que saltaba a la vista que no se había liberado del todo y seguían atormentándola. Cada vez que amaba a un hombre tenía miedo de que la dejara tirada. Para ella, el amor y el abandono iban juntos, hasta el punto de que a menudo la realidad lo había confirmado. ¿Se podía impregnar así de nuestros miedos el comportamiento de la persona amada? Se sinceraba con Maya, que la comprendía, la tranquilizaba y la animaba, pero cuya paciencia terminaría por llegar al límite si su amiga iba demasiado lejos.

Mientras Lorraine oscilaba entre una alegría total, una irritabilidad imprevisible y una tristeza recurrente, Cyrille, por su lado, tenía que vérselas con sentimientos similares, complicados aún más por la necesidad de esconderse. En el trabajo, se concentraba en sus investigaciones y en la obtención de las homologaciones de su nuevo producto, consiguiendo así dar el pego y que no se le notara en absoluto el tumulto que lo agitaba por dentro. Sin embargo, en cuanto se cruzaba con Bénédicte, su actitud se desmoronaba: el solo hecho de ver a su mujer le recordaba que no era con ella con quien quería estar y, no contento con no amarla ya, empezaba a tenerle rencor y a detestarla. Sobre todo también porque lo exasperaban el aire de superioridad y el mal humor que mostraba, así como las pequeñas pullas que le lanzaba, preferentemente en público. En cuanto a sus hijos, él que nunca había tenido mucha paciencia con ellos, ahora ya no tenía ninguna en absoluto: los quería, sí, desde luego, pero soportaba cada vez menos las obligaciones que su presencia exigía.

Fue, pues, una alegría inesperada tanto para Cyrille como para Lorraine que, un jueves por la mañana, Bénédicte le anunciara a su marido que se iba con los niños a pasar el fin de semana a su casa de la isla de Ré, por primera vez sin proponerle ni imponerle que los acompañara.

¿Tienes planes para este fin de semana? Loco de felicidad de poder disfrutar de unos días de libertad para los que ni siquiera había tenido que tomar él la iniciativa, lo que hubiera supuesto más mentiras y más fingir, Cyrille le mandó un sms a Lorraine, al cual ésta contestó de inmediato: ¡Sí, contigo! Estaba embalando las Constance Printy que había cogido de sus propios rosales para una novia a la que conocía y apreciaba mucho, y el mensaje matutino de su amante la maravillaba tanto como la sorprendía. Los fines de semana solían ser zona prohibida, y la extrañaba que hubiera logrado liberarse. Pero, siguiendo los consejos de Maya, decidió tomarse las cosas como venían, sin comerse la cabeza.

El viernes por la tarde Cyrille pasó por la floristería para recoger a Lorraine. Estaba cerrando mientras Maya cargaba en la camioneta las flores que tenía que llevarse al día siguiente a Normandía para decorar la capilla en la que iba a casarse uno de sus amigos, un cuarentón a quien todo el mundo creía destinado a una soltería sospechosa. Intelectual de altos vuelos y esteta intransigente, se casaba con una chica de la región, ni muy guapa ni muy brillante, pero sí dulce y entregada. Un *descanso* de chica, decían las malas lenguas, es decir, los amigos del novio, quizá celosos de no haber pillado ellos mismos un espécimen así, o de no haber tenido el arrojo de casarse con ella. Muchos vivían con mujeres insufribles obsesionadas con su carrera y con la igualdad entre sexos, cuando no eran amas de casa y madres frustradas; vamos, que estaban con mujeres que los irritaban.

—¿Vamos a tomar una copa? —preguntó Maya, cerrando con llave la camioneta.

Como hacía buena noche y, por una vez, no tenían los minutos contados, se sentaron los tres en la terraza del bar de al lado.

Después de dos mojitos, Maya dejó a Lorraine y a Cyrille con la excusa de que había quedado. Lorraine sabía que no era verdad, le había oído decirle por teléfono a su marido, que se aburría en un viaje de negocios, que no tenía planes para esa noche y que podía llamarla a cualquier hora. Apreció, sin embargo, la discreción de su amiga, que se iba únicamente para dejarlos solos, para que pudieran disfrutar a plena luz del día de la felicidad de estar juntos.

No tan a plena luz, pues ya empezaba a anochecer. Tras apurar las copas haciendo mucho ruido con las pajitas, Lorraine y Cyrille echaron a andar en dirección a la plaza de Clichy, besándose como adolescentes al resguardo de las puertas cocheras. Ésa era, de hecho, la impresión que tenía Lorraine desde el principio de su relación con Cyrille: la de haber vuelto a la adolescencia, la de tener quince años o menos y comportarse como una muchacha en flor. Ella que, tras su fracaso matrimonial, había decidido que no quería volver a saber nada de los sentimientos, pues no eran sino una ilusión destinada a adornar el tedio de la existencia, como la anestesia que el mosquito inocula para chuparte mejor la sangre, se había dejado atrapar como una ingenua, como la ingenua sentimental que en realidad era.

Cuando abría los ojos para recuperar el aliento, leía en la mirada de los transeúntes cierto desagrado, cuando no una animosidad que la traía sin cuidado y que en el fondo comprendía. Besarse con frenesí en la boca en plena calle es como la minifalda: pasados los veinte años, resulta casi vulgar. Pero, más que la mirada de los demás, por ahora lo que le interesaba era la boca de Cyrille. Y las otras manifestaciones físicas que seguían a sus besos.

Dejaron atrás el cementerio de Montmartre y fueron a parar a la rue Garreau, delante de un restaurante japonés que a Lorraine le gustaba pero que era incapaz de encontrar cuando lo buscaba. Se tomaron el hecho de toparse con él por casualidad como una señal —los enamorados ven señales por todas partes—, y se instalaron en la barra. Cuando Cyrille quiso ver la carta le cayó una regañina autoritaria del dueño: ahí comías lo que te sirvieran. Lo único que se podía elegir era el sake, pero, como la mayoría de los clientes, no tenían ni idea ni imaginaban siquiera que hubiera tantos tipos de sabores distintos, desde espumosos con aroma a moscatel hasta sakes con gusto a ciruela, por lo que se dejaron aconsejar encantados.

Tras dos horas que se les hicieron eternas aunque las viandas les dieran la incontestable impresión de estar de viaje, salieron por fin del restaurante, felices y un poco borrachos. Los aguardaba un trayecto muy distinto, del que se alegraban ya de antemano. Reanudaron el vals de las puertas cocheras, secundado por una danza más sugerente en las escaleras —Montmartre está lleno de escaleras— que no cesó hasta que acabaron por fin, desnudos y satisfechos, en la cama de Lorraine. Pero la tregua no duró mucho: tenían hambre atrasada.

—¿Vamos a mi casa? —murmuró Cyrille en mitad de la noche.

Al ver que Lorraine, medio dormida, no reaccionaba, insistió:

—Tus hijos...

En la penumbra, iluminada tan sólo por el piloto del cuarto de baño contiguo, testigo de la higrometría —menos romántico que un rayo de luna, pero esa noche no había luna, y las orquídeas necesitaban un nivel constante de humedad—, Lorraine sonrió. Entre las muchas cualidades de su amante estaba la de mostrarse siempre muy atento.

—Este fin de semana lo pasan con amigos.

Más tranquilo, Cyrille la abrazó, gruñó y se sumió en un profundo sueño hasta la mañana siguiente.

A la mañana siguiente Cyrille se despertó temprano —no estaba biológicamente programado para remolonear—, se levantó de la cama con cuidado de no hacer ruido y salió. Lorraine apenas suspiró antes de abrazarse a la almohada y darse la vuelta. Pero, al notar la ausencia de su amante a su lado, palpó la cama a tientas antes de despertarse del todo. Se incorporó y no pudo reprimir una oleada de contrariedad: era obvio que, por una razón que ignoraba, Cyrille se había marchado.

Se levantó y se duchó para despejarse. En la cocina, donde entró para prepararse un café, se percató, por el olor característico y por el borboteo de la cafetera, de que Cyrille acababa de pasar por ahí. Quizá no estuviera tan lejos después de todo, se dijo Lorraine, sirviéndose una taza.

—Pero ¡no tendrías que haberte levantado! —la regañó él dulcemente, entrando por la puerta de la calle con los brazos cargados de cruasanes, dos *baguettes* y la prensa del fin de semana.

Le ofreció un ramito de mayas rosa que le había comprado a uno de los últimos vendedores ambulantes que quedaban, uno que había instalado su carretilla verde oscuro delante de la mejor panadería del barrio.

—Bueno, te he sido infiel... pero me ha parecido entender que esta mañana tu tienda estaba cerrada.

Sonrió con aire canalla, pues la palabra le parecía doblemente apropiada. No se sentía en absoluto culpable.

—¡Oh! ¡Mira que regalarle flores a una florista! —Lorraine se acordó del comentario de Maya—. ¡Qué cosas tienes!

—¡Flores para la mujer a la que amo! —replicó él, haciendo hincapié en la palabra *mujer*.

Y se acercó a ella por detrás y la abrazó.

Mientras Lorraine sacaba de la nevera la mantequilla salada y la mermelada de fresas de Dordoña preparada por su madre, Cyrille dejó el pan y los cruasanes en una tabla de cortar. Cogió la taza que Lorraine le tendía y, con la cadera apoyada indolentemente en la encimera, se puso a contemplarla.

—¿Qué pasa? —le preguntó Lorraine al cabo de un momento.

La mirada insistente de Cyrille la hacía sentirse rara.

—Nada. Te miro, nada más...

Cyrille sonreía, sin embargo, con aspecto tierno y divertido a la vez.

—¡Me ha tocado un contemplativo, vaya suerte la mía! —se burló Lorraine con todo el humor de que era capaz.

Pero no sabía qué actitud adoptar. Ante la mirada de Cyrille, cada uno de sus movimientos, su manera de pestañear o de sostener la taza y llevársela a los labios le parecían afectados. La conciencia de sus gestos, naturales, sin embargo, y que normalmente hacía sin pensar, los falseaba de pronto. O al menos ésa era la impresión que le daba. Por ello se llevó la mano a la nariz, que de repente le picaba, se mesó el cabello varias veces, y su escote no tardó en llenarse de manchas rojas.

—¿Te incomoda que te mire? —le preguntó suavemente Cyrille, que se daba cuenta del apuro que sentía Lorraine—. Estás preciosa recién levantada, ¿sabes? Me gusta mirarte mientras te tomas el café, todavía un poco desaliñada...

Cyrille descubría en Lorraine, que tenía la marca de la almohada en la mejilla, una vulnerabilidad que lo conmovía profundamente. La atrajo hacia sí y hundió la nariz en su cabello; estaba aún impregnado del perfume de la noche. Untó una tostada de mantequilla y se la dio. Lorraine sintió que se derretía: nunca antes ningún hombre le había preparado las tostadas.

Hojearon las revistas, fantasearon sobre las playas de arena blanca y las cabañas de paja, de refinada elegancia autóctona, de un centro de ecoturismo en el archipiélago de las Maldivas, donde pensaron que sería genial hacer una escapadita. Luego volvieron a la cama y, hasta mucho más tarde, tras beberse una segunda cafetera y devorar los cruasanes que quedaban, no reunieron las fuerzas necesarias para salir de ella e ir al mercado.

—¡Hoy preparo yo la cena! —decretó Cyrille, abriendo todos los armarios en busca de cuanto necesitaba, ante la mirada divertida de Lorraine.

Habían llegado al mercado cuando ya todos los puestos cerraban, pero pese a todo habían encontrado en la pescadería una lubina salvaje y, en la verdulería, rúcula y hierbas frescas. Cyrille había insistido mucho en comprar mízcalos, cuyo precio exorbitante estaba en teoría justificado por su origen francés. «Pueden llevarse los polacos —había dicho el vendedor, con cierto desprecio—, pero, francamente, están llenos de agua, y el sabor deja mucho que desear.» Lorraine estuvo a punto de preguntarle por qué vendía mízcalos polacos si tan malos eran —la idea de que se pudieran importar y vender malos productos a sabiendas sólo porque eran menos caros la enfurecía, para eso mejor no venderlos y limitarse a la producción local y de temporada—, pero la salvó Cyrille a tiempo, alejándola del puesto. Satisfechos con su botín, cogieron de camino una bandeja de fresones cuyo olor los llamó literalmente y volvieron a la rue Marcadet por el camino más largo, de donde no se movieron ya.

Empezaba a anochecer, y sentían hambre.

—¿Tú sabes cocinar? —preguntó Lorraine estupefacta.

Se sintió incómoda un instante al recordar al novio de su exmarido, pero pensó en Bastien y se dijo que, por qué no, los heteros también podían cocinar. Es cierto que, con Arnaud, que insistía en no hacer ninguna tarea doméstica por miedo a que ello afectara a su virilidad —y ya se veía el resultado—, estaba muy mal acostumbrada.

—No, no mucho —contestó Cyrille, adecuándose sin saberlo a la idea que se hacía Lorraine de lo que debía ser un hombre—. Pero, bueno, tampoco creo que sea muy complicado, ¿no?

Sonrió y la abrazó.

—Y me apetece preparar la cena contigo.

Emocionada, Lorraine lo contempló apoderarse de la lubina y enterrarla bajo una montaña de sal gorda antes de meterla en el horno.

—Lubina a la sal —anunció orgulloso como un niño que acaba de sacar una buena nota.

Luego descorchó una de las botellas de Rully que había traído la víspera y había puesto a enfriar, y, mientras preparaban la ensalada y las setas, brindaron alegremente por su primer fin de semana juntos.

Veinticinco minutos más tarde, el pescado estaba listo pero incomible. Le habían quitado las escamas, y la sal había penetrado hasta la carne, convirtiéndolo en un bocado tan agradable como una taza de agua de mar tibia. Decepcionado, Cyrille miró a Lorraine batir unos huevos para una tortilla francesa, disfrutando no obstante con el espectáculo de sus pechos, que bailaban bajo la camisa que le había cogido prestada pero no se había tomado la molestia de abrochar.

—¡Al final prefiero limitarme a mirarte mientras preparas tú la cena! No es casualidad que la cocina sea por tradición tarea de mujeres: ¡es para que los hombres las puedan mirar!

Lorraine soltó una risita, y siguió batiendo los huevos frenéticamente en la ensaladera cuando él se acercó a ella. Con Cyrille pegado a su espalda, jugueteando con sus pezones, añadió a los huevos una buena cucharada de nata y de finas hierbas, y preparó la que durante mucho tiempo recordarían como la mejor —y la más indecente— tortilla de su vida.

Cuando vio la expresión de Lorraine el lunes por la mañana, una mezcla de cansancio y de felicidad, Maya no resistió a la tentación de saber lo que había hecho ese fin de semana. Aunque no le cabía ninguna duda: las ojeras que realzaban unos ojos más brillantes que de costumbre y los cardenales que constelaban sus brazos eran de lo más elocuentes. Pero no le bastaba con eso. Movida por la curiosidad, Maya quería que su amiga le contara con pelos y señales y, a ser posible, minuto a minuto, lo que había hecho mientras ella casaba a su amigo en Normandía. Una boda triste, a decir verdad: no sólo había llovido, sino que la ceremonia se había desarrollado en un ambiente falsamente alegre. Más que adornar de flores la celebración, a Maya le había dado la desagradable sensación —que por supuesto no había compartido con nadie para no aguar la fiesta más todavía— de estar llenando de flores la tumba de la libertad del novio. Cuando se entierra la vida de soltero, ésta ya no resucita jamás.

—Bueno, ¿y? —preguntó Maya, que necesitaba un poco de verdadero romanticismo para levantarse el ánimo.

Lorraine la miró sonriendo con una expresión bobalicona. Por una vez no se iba a hacer de rogar.

—Creo que me estoy enamorando... ¡y eso me vuelve toooooonta! —contestó, imitando a la gran duquesa de Gerolstein, un ejemplar único en su especie.

Maya se echó a reír. Invitadas por Doudou, habían visto juntas la opereta cómica en el teatro del Châtelet, y ello le había dado pie a Lorraine para iniciar un exaltado discurso sobre la inutilidad de los sentimientos y el hecho de que el amor no era más que una ilusión en la que había que evitar perderse a toda costa. Pero aquello había sido justo después de Arnaud y mucho antes de Cyrille.

—¿No eras tú quien decía que el amor era una ilusión?

—Sí, pero eso era antes... y después...

Lorraine tropezaba con las palabras.

—¡Bueno, eso era porque no sabía lo que era! Pero ahora...

La asaltaron imágenes de la víspera. El corazón se le quería salir del pecho.

—Crees que lo amas porque lo deseas —prosiguió Maya con los ojos clavados en los pezones de Lorraine, que se erguían como dos guindas confitadas en la transparencia de su camiseta de tirantes.

Nunca había visto así a su amiga. Y jamás hubiera imaginado que le bastara un pensamiento para ponerse de esa manera. Lorraine siguió la mirada de Maya, enrojeció brutalmente y, con un gesto rápido, se envolvió en el delantal.

—¡Que no es eso! —protestó.

Aunque adoraba a Maya y más de una vez había seguido sus sabios consejos, no aceptaba que nadie se metiera con su nuevo amor. Sobre todo para minimizarlo y rebajarlo a una simple pulsión animal. Había en lo que sentía por Cyrille mil cosas más que puro deseo, y su amiga lo sabía.

—¡Pues claro que sí!

Maya desapareció en el almacén y volvió con un cubo lleno de flox y de ramas de avellano. Mientras cortaba las hojas bajas de los tallos de las flores, se lanzó a una argumentación detallada. Así era Maya: cuando estaba convencida de tener razón, debía demostrarlo matemáticamente, hasta conseguir la adhesión formal —y verbalizada— de su interlocutor.

—Mira, tú lo que buscas en un hombre es que te excite sexualmente...

—¡Qué va! ¿De dónde sacas esa idea? ¡Ya que estás, táchame de ninfómana! Y, precisamente, yo no busco nada. Lo sabes muy bien. Ya lo hemos hablado muchas veces.

Maya atacó las ramas con las tijeras de podar, haciéndoles un corte vertical para que absorbieran mejor el agua.

—Sí, ya, bueno... Uno dice una cosa, pero eso no significa que la piense de verdad. Y, sobre todo, que la aplique. El amor es una cesta muy grande en la que cada uno mete lo que le conviene. Tú metes el deseo; al deseo lo llamarás *amor*. Yo, la seguridad; creo estar profundamente enamorada de Doudou; no, estoy sinceramente enamorada de él porque me garantiza una posición desahogada y una seguridad financiera sin las cuales yo sería como un electrón perdido.

—Eso no es amor... —Lorraine miraba a su amiga con unos ojos como platos—. Y, sin embargo, parecéis llevaros bien...

—Es amor. En mi gran cesta particular es lo que yo llamo *amor*. —Maya bajó la voz—. Bueno..., al menos hoy.

En una vida anterior, que era obvio que parecía haber relegado a los confines de su memoria, Maya había entendido el amor de la misma manera que Lorraine. Había sido ardiente, tumultuosa, un poco loca también, había desafiado las conveniencias y cualquier forma de moralidad para vivir las pasiones a menudo breves y siempre tórridas que se le presentaban. Y después había conocido a su *Doudou* y se había calmado. Y bastaba mirarla para darse cuenta de ello, pues ya no vibraba tanto, o del mismo modo, pero parecía haber encontrado la serenidad. En un desahogo material que le daba seguridad todos los días, Maya había sentado la cabeza. Pero era feliz. Flotaba en una felicidad tranquila que le convenía. En cierta manera, había permanecido fiel a sí misma: su nueva concepción del amor tampoco tenía mucho que ver con la moralidad.

Maya no se había traicionado a sí misma. Simplemente había evolucionado. O *envejecido*, dirían algunos.

—¡Sí, pero me prepara las tostadas! —Lorraine ya no sabía qué argumento esgrimir.

Maya la miró enternecida por encima del ramo que estaba componiendo. Estaba encantada de verla tan feliz, aunque esa relación no iba a ser fácil —pero ¿qué hay de fácil en el amor cuando se tienen cuarenta años, una vida por delante y otra por detrás?

—Es lo mismo, te derrites cuando te prepara las tostadas porque lo deseas. Imagínate un tío que no te gustara lo más mínimo y que hiciera lo mismo: ¡te parecería ridículo!

Tenía razón. Lorraine recordaba un episodio desafortunado en el que se había despertado junto a un hombre al que apenas conocía y al que no quería volver a ver nunca —se había dado cuenta de ello en el preciso momento en el que había franqueado con él la puerta de su casa—. Éste había empezado a untarle las tostadas, pero ella se había apoderado de la mantequillera con un gesto brusco, arguyendo que ya era mayorcita y que no necesitaba que nadie le preparase el desayuno.

—En cualquier caso, sea cual sea el motor de tu amor, si lo amas de verdad o si crees que lo amas, lo cual a fin de cuentas viene a ser exactamente lo mismo, sobre todo no se lo demuestres ni se lo digas jamás.

Maya miró el techo con aire pensativo.

—¿Sabes?, los hombres son extraños, sólo quieren una cosa: que se los quiera; y cuando se los quiere, y se les dice, no tienen más que un deseo: largarse.

Por muy juicioso que fuese el consejo, llegaba demasiado tarde: Lorraine estaba enamorada de Cyrille, y ya se lo había dicho.

Louise estaba de mal humor.

El 15 de julio, cuando ya todos sus amigos se habían ido de vacaciones de verdad a la playa, unos a Bretaña, otros a la costa, otros a la isla de Ré o al País Vasco francés, en casas familiares con barbacoa, barco y playas secretas, cuando no a sitios como Bali o el Caribe, ella hacía el equipaje para ir a aburrirse a Dordoña. A ese *coñazo de campo*, como ella decía, donde no había otra cosa que hacer más que ver crecer todas esas malditas flores a las que su familia rendía verdadero culto y engordar por culpa de la cocina de la abuela. Irresistible para los demás, pero que a Louise no le gustaba nada.

Suspirando ruidosamente para que Lorraine, que se afanaba en la habitación de al lado, oyera su descontento, Louise se quitó la minicamiseta naranja que le ceñía los pechos redondos —los sujetadores, que tenía a puñados desde que le habían brotado los senos, ya no eran meramente decorativos, sino que se habían convertido en una necesidad— y se observó en el espejo. Se pellizcó sin indulgencia un michelín de grasa imaginaria y suspiró aún más fuerte: la idea de tener que pasarse horas a la mesa atiborrándose de una comida que no sólo no le gustaba sino que, además, la haría engordar la exasperaba. Y ni hablar de esparcir la comida por todo el plato: Christiane no le quitaba ojo, y era un crimen de lesa majestad no terminarse la ración.

El único consuelo de Louise era que vería a Ama. Siempre había sentido un cariño especial por esa bisabuela muda de ojos azules y piel surcada de arrugas. Al contrario que los demás miembros de la familia, Louise consideraba su mutismo como una postura más que como un hándicap, una manera de decirle al mundo que la rodeaba que la dejara en paz en su burbuja. La única pregunta que se hacía Louise era por qué. ¿Por qué, como le habían contado tantas veces, la anciana había dejado de hablar de la noche a la mañana? Louise había intentado descubrirlo, pasando horas junto a su bisabuela, enfrascada en un monólogo, acechando en sus ojos una señal, una crispación en los labios o un temblor en las arrugas de su mejilla que le dieran un indicio, pero nada. Si bien Amari prodigaba a su bisnieta toda la ternura del mundo, si bien sabía escucharla mejor que nadie y, con una caricia seca o un beso, reconfortarla e incluso aconsejarla, no le desvelaba nada de sí misma. Su secreto no había muerto, pero estaba enterrado.

Louise se sentó sobre la maleta para cerrarla y luego, toda sonrisas, fue a pedirle a su madre dinero para el cine.

—¿Con quién vas? —le preguntó Lorraine, cogiendo su monedero.

—Con Clarisse —mintió Louise sin vacilar, embolsándose el billete.

Clarisse era su mejor amiga, y su coartada cuando salía con Stéphane. Llevaban juntos dos semanas, y era con él con quien había quedado esa noche, antes de dejarlo, abandonado a las tentaciones de la capital, para ir a aburrirse a ese coñazo absoluto de campo.

—Bueno, ¿qué, estáis listos, nos vamos?

La voz de Lorraine era falsamente alegre. La velada de la víspera, que había pasado con Cyrille antes de que cada uno se marchara de vacaciones con su respectiva familia, había sido muy tierna, pero le había dejado mal sabor de boca. A la vez que la besaba con más pasión que nunca, su amante no había dejado de decirle, desde luego en tono de broma, que quizá no volvieran a verse, que ella conocería a alguien y se olvidaría de él, por no hablar de que ahora ya les iba a resultar muy difícil comunicarse, pues la acerada mirada de Bénédicte estaría siempre sobre su móvil. Lorraine en un primer momento se lo había tomado a la ligera, replicando que desde luego al príncipe azul no lo encontraría en un pueblo perdido del Périgord y que, de hecho, en lo que a ella respectaba ya lo había encontrado, pero Cyrille había insistido. Ella entonces le había dicho que su sentido del humor le parecía un poco desagradable e incluso, habida cuenta de las circunstancias y del hecho de que no iban a verse en un mes, francamente fuera de lugar. Él se había callado, y por fin habían podido disfrutar de la velada, pero Lorraine había conservado la impresión de que una sombra planeaba sobre ellos, que ni uno ni otro lograba ignorar del todo, semejante a la ternura desesperada de las despedidas.

Aunque el mensaje que había recibido nada más separarse, Ya te echo de menos, la había tranquilizado un poco, Lorraine no conseguía ahuyentar los malos pensamientos que la asaltaban. *Ojos que no ven, corazón que no siente*, decía el proverbio y, aunque no creía en ello, no podía evitar darle vueltas en la cabeza.

—¡Estaría guay que algún año nos fuéramos de vacaciones de verdad, en lugar de enterrarnos en el campurrio con una panda de viejos! —refunfuñó Louise, instalándose en el asiento trasero del coche con los auriculares puestos y el móvil en la mano.

—¡Pues date con un canto en los dientes de poder irte de vacaciones siquiera! —le contestó Lorraine con un tono más cortante de lo que hubiera querido.

Lo último que necesitaba era oír quejarse a su hija. Y

más valía dejárselo claro enseguida porque si no el viaje sería una pesadilla para todo el mundo.

Sentado a su derecha, en el asiento del acompañante, Bastien esbozó una sonrisa. Aunque él también hubiera preferido irse a la playa con gente de su edad, le parecía que su hermana se pasaba un poco. No le disgustaba ver que, por una vez, su madre la regañaba.

—Además, ¡vais a poder montar a caballo! —prosiguió Lorraine en un intento por relajar el ambiente—. Vuestro abuelo me ha dicho que acaban de abrir un club de hípica a orillas del Dordoña, justo al lado de casa. ¡Tengo entendido que los caballos son fantásticos!

Lorraine exageraba un poco, no tenía ni idea de cómo eran los caballos, si eran fantásticos o no, pero quería imaginar para sus hijos unas vacaciones en el campo en las que no faltaran las actividades y en las que no tuvieran tiempo de aburrirse. Era duro vivir con adolescentes. Y lo era más todavía marcharse con ellos de vacaciones.

—Y luego está el club de canoa. ¡El año pasado os gustó mucho!

Bastien asintió, más por complacer a su madre que por verdadero interés: le daba miedo el agua, y la idea de encontrarse en medio del río atrapado en una barca que amenazaba todo el rato con volcarse lo aterrorizaba. Lo único que de verdad lo divertía, y hasta lo colmaba de alegría, era la perspectiva de poder cocinar con su abuela. En cuanto a Louise, que, con los ojos cerrados, movía la cabeza al compás de la música que le llenaba los oídos tan fuerte que se oía a través de los auriculares, ni siquiera se tomó la molestia de contestar.

Siguieron el viaje en silencio, absorto cada uno en sus pensamientos. Una hora más tarde, cuando dejaron atrás Orléans, una vocecita preguntó:

—Mamá, ¿iremos al circuito de aventura en el bosque? ¡Anda, sí, a mí me encantaría ir!

Lorraine sonrió a su hija por el retrovisor. Louise acababa de capitular. Tal vez las vacaciones no se anunciaran tan
complicadas después de todo. Se sintió aliviada.

Concentrada en la carretera, Lorraine no vio el gesto de
Bastien, que le pasó disimuladamente a su hermana un billete de cinco euros.

Si Cyrille le había dicho a Lorraine —en tono de broma, pero ésta no se había dejado engañar y se había dado perfecta cuenta de que la gracia escondía parte de verdad— que quizá debieran aprovechar el verano para olvidarse el uno del otro y no volver a verse a la vuelta de las vacaciones, era porque estaba muerto de miedo.

Su relación con Lorraine, rápida, fulgurante, evidente, no tenía nada que ver con sus habituales escarceos, y era consciente de que si no la frenaba inmediatamente, pondría su vida del revés. Pero no volver a ver a Lorraine era lo último que quería Cyrille, por lo que se sentía atrapado. Hiciera lo que hiciese, se inclinara en un sentido o en otro, en el de la vida o en el de la *razón*, su existencia acabaría patas arriba. Y lo sabía de sobra.

La huida le había parecido la mejor solución —un reflejo más que una solución, de hecho—, o al menos sentar las bases para una huida futura, preparar el terreno para, llegado el caso, escaparse más adelante con toda la cobardía de la que podía ser capaz un hombre. Ahora que estaba en el Renault Espace, con toda su familia y camino de la isla de Ré, que odiaba y donde tendría que interpretar el papel de padre modelo e incluso de marido perfecto y de señor de la casa hecho y derecho especializado en el arte de la barbacoa, se maldecía por lo que le había dicho a Lorraine. Y rezaba por que ésta no lo hubiera creído. No del todo. No completamente. O nada de nada. Cyrille ya no lo sabía.

Lo que sí sabía, y que se hacía cada vez más evidente conforme se iba acercando a su destino familiar y, por así decir, *carcelario* —aunque no había que exagerar, ¡la isla de Ré tampoco es que fuera la de If!—, era que tenía que encontrar la manera de llamar a Lorraine rápidamente para saber lo que ésta había entendido y, en caso de que fuera necesario, tranquilizarla. Volvieron a su memoria imágenes de su última velada juntos, y estaba seguro de que, aunque no había dejado que se le notara, Lorraine se había llevado consigo la imagen de un hombre que tal vez estaba a punto de dejarla. Y ¿qué hace una mujer con un hombre que tal vez está a punto de dejarla? Para protegerse, trata de olvidarlo por todos los medios. Y la mayoría de las veces lo consigue.

Y Cyrille no quería eso.

Nada más llegar a su destino, mientras Bénédicte descargaba del coche las bolsas de la compra con las que, por un afán supuestamente de ahorro, siempre se iba de vacaciones —¡como si en la isla no hubiera supermercados!—, Cyrille trató de escabullirse para llamar a Lorraine. Pero no había contado con la mirada atenta y la técnica totalmente perfeccionada de su mujer, que no sólo no tenía la más mínima intención de vaciar el coche y abrir la casa ella sola, sino que tampoco tenía ganas de darle mucho cuartelillo a su marido. Mientras estuviera allí ayudándola no podría estar en otra parte llamando a Dios sabía quién: durante todo el viaje había sorprendido las miradas furtivas de Cyrille a su móvil, y sabía demasiado bien lo que significaban. De hecho, Bénédicte se había prometido aprovechar su estancia en la isla de Ré para obligarle a sacar a la luz la verdad.

—¿Adónde vas con tanta prisa? —susurró melosa, plantándose delante de la puerta cerrada de la casa con los brazos cargados de bolsas—. ¿Por qué no vienes mejor a abrirme?

Cyrille conocía a su esposa: la pregunta era en realidad una orden. De hecho, seguía plantada ahí sin hacer el menor gesto de dejar las bolsas y buscar la llave, esperando a que obedeciera.

—¡Papá! ¡GTHP! —gimió Lucrèce, dando saltitos.

¡Ahora también los niños! La sigla *GTHP*, inventada por Octave una noche en la que se había pasado con el zumo de manzana, significaba *Ganas Tremendas de Hacer Pis* y ya formaba parte del léxico familiar, pese a la oposición de Bénédicte, que había protestado violentamente contra la inclusión de esa expresión, que calificaba de vulgar, en su vocabulario, pero al ser cuatro contra uno había tenido que ceder.

Aunque le hubiera encantado dejar a su mujer plantada un momento en el porche con su impedimenta —si estaba cansada, era muy libre de dejarla en el suelo—, se precipitó para abrirle a su hija. Ésta entró corriendo en la casa, no sin antes agradecerle el gesto con un «¡Gracias, papaíto querido!» que se perdió en el interior mientras abría con ímpetu la puerta del cuarto de baño. Cyrille se guardó el móvil en el bolsillo, le cogió a su mujer las bolsas de Auchan llenas de una provisión de detergente líquido suficiente para asegurar la colada de todo un regimiento, y entró a su vez en la casa. Ya se escabulliría más tarde esa misma noche para llamar por teléfono.

Pero no tuvo ocasión: entre que había que abrir y ventilar la casa, hacer las camas, guardar la comida, bajar al sótano las botellas de agua mineral y de vino rosado, arreglar ruedas de bicicleta, preparar la barbacoa, todo ello siempre en presencia de Bénédicte o de alguno de los niños, Cyrille no tuvo un solo momento de tranquilidad. A medianoche, cuando se desplomó sobre la cama al lado de su mujer, que se había untado de los pies a la cabeza de pomada antimosquitos, se acordó de Lorraine con abatimiento.

—¡Tres días! —se lamentó Lorraine, entrando en la habitación de su abuela—. Tres días enteros sin noticias suyas, ¿te das cuenta, Ama?

Los ojos de la anciana esbozaron una sonrisa —¡ah, los jóvenes y su impaciencia! Cómo se veía que no habían conocido los tiempos en los que el correo se transportaba a caballo y en los que no existía el teléfono, y menos aún los teléfonos móviles— y luego se posaron con compasión sobre el rostro de Lorraine. «No es para tanto, ¿sabes?», parecían decir, mientras escudriñaban los de la joven para saber hasta qué punto se sentía herida. Los hombres son así. Un día están aquí, y al siguiente ya no. Le dio unas palmaditas en la mano a su nieta, unos golpecitos secos y ásperos que, de haber dado contra una superficie menos blanda, sin duda habrían emitido un tenue golpeteo. Al sumergir su mirada en la de Amari, Lorraine comprendió que en el fondo no era para tanto, sólo se trataba de un contratiempo, y llegó ella solita a las conclusiones evidentes.

—¡Sí, sé lo que me vas a decir! —verbalizó Lorraine para recibir el asentimiento de la anciana y comprobar que no se equivocaba.

A Lorraine siempre se le había dado muy bien mentirse a sí misma, y por lo general bastaba un parpadeo de su abuela para devolverla al buen camino. Contenida tras los labios sellados de Amari estaba toda la sabiduría del mundo, la de los que han visto mucho y vivido más todavía.

—Me vas a decir que, si no me llama, es simplemente porque no puede. Está con su mujer y sus tres hijos, siempre tendrá a alguno pegado a él como una lapa, siempre tendrá algo que hacer, no dispondrá de un solo ratito para él, para estar a solas...

Amari negaba con la cabeza con aire entendido, sin que se moviera un solo cabello del níveo moño que se hacía ella sola cada mañana y se cubría con una nube de laca.

—Sí, vale, estoy dispuesta a entenderlo... Pero ¡no es razón para no dar *ninguna* señal de vida!

Miró en vano su móvil, del que no se separaba ni un segundo y que seguía desesperadamente mudo.

—¡A lo mejor hasta puede que esté encantado allí donde está! A lo mejor se divierte, queda con sus amigos, pasa tiempo con sus hijos y hace el amor con su mujer...

Sin previo aviso, un torrente de lágrimas surgió de los ojos de Lorraine.

—¡Joder! —exclamó, lanzando con rabia el iPhone a la otra punta de la habitación.

Amari la miró con severidad y abandonó las acogedoras orejas de su sillón de terciopelo de un azul incierto, *azul viejo*, habría dicho Louise, para trotar hasta el teléfono y agacharse ágilmente, pese a su edad, para recogerlo del suelo. Antes de devolvérselo a su nieta lo sostuvo en una mano, y luego en la otra, y se lo llevó a la nariz para olerlo, contemplándolo con curiosidad y asco mezclados, como se mira a un animal muerto.

—No, tienes razón —prosiguió Lorraine—, no debo ponerme así por tan poca cosa, aunque, bueno, tres días no es tan poco, ¿eh?...

Bastó que la anciana, que había vuelto a arrellanarse en su sillón, frunciera el ceño, para que Lorraine se convenciera de abandonar sus divagaciones.

—Bueno, de todas formas no sirve de nada perder la paciencia. No está aquí, no llama, y yo no estoy en la isla de Ré para vigilar lo que hace... Y voy a tener que aguantar un mes entero así, por lo que más vale que me vaya acostumbrando.

Amari sonrió con franqueza, descubriendo unos dientes que ningún té, café ni tabaco había teñido de amarillo jamás, y el paso de los años tan sólo un poco. Sus ojos se llenaron de una paz como de lago en calma, y su nieta se acurrucó en ellos y se tranquilizó.

—Sé lo que me vas a decir, Ama. —Lorraine abrazó con ternura los frágiles hombros de su abuela, arrebujándola en la estola gris perla que, tanto en verano como en invierno, Amari llevaba siempre al cuello—. El amor es una jaula sin barrotes..., si no, es sólo una jaula. Y no es amor.

El amor es una jaula sin barrotes. Era el título del cuadro que adornaba la repisa de la chimenea.

La luz tembló en los ojos de la anciana, cuyo azul se tornó del color de la noche.

Bénédicte se miraba en el espejo.

Afuera llovía. Los niños estaban repantingados en el sofá viendo programas estúpidos en la tele, y Cyrille se había refugiado en el despacho con su ordenador, con el pretexto falaz —y terriblemente masculino— de que tenía que trabajar. Sin embargo, al entrar en la habitación sin avisar, Bénédicte había descubierto el día anterior que, en lugar de trabajar, lo que hacía era jugar al solitario. Y así era su marido, en efecto: solitario, a la vez demasiado y no lo suficiente. Pero, hiciera lo que hiciera encerrado ahí todo el día, cualquier cosa era mejor que soportar el humor de perros que no lo abandonaba desde que habían llegado, y que ni el mal tiempo ni la promiscuidad continua de su familia contribuían a disipar.

Lo que vio Bénédicte en el espejo esa mañana, cuando pugnaba por no gritarles a los mellizos que bajaran el volumen o, mejor aún, que leyeran un libro, que los haría más inteligentes, lo que vio ante ella, mirándola, era el rostro de una mujer frustrada. Una mujer de surcos nasogenianos marcados, con un rictus de amargura en la boca y unos ojos en los que no brillaba ninguna alegría de vivir. Una mujer cuyo gran cuerpo empezaba también a encorvarse, traicionando un hastío que ya no conseguía ocultar y que la hacía asemejarse a un galgo afgano flaco. Y es que, a decir verdad, Bénédicte se aburría.

La aburría ese cuarto de baño, al que nadie había dado una nueva mano de pintura desde que sus padres habían restaurado el ala de la casa en la que se encontraba, unos años después de nacer ella, cuando aún cultivaban la esperanza, pronto truncada, de fundar una familia numerosa y unida. La aburría esa casa, donde había pasado sin excepción todas sus vacaciones de verano. Exceptuando algunos amigos que estaban de paso, y, más tarde, la *familia política*, como decía su madre para referirse a Cyrille, y, más tarde aún, los niños, los invitados apenas cambiaban. Sabía que su marido nunca se había sentido a gusto allí, y si no lo dejaba ver era sólo para no entristecer a sus suegros, a los que adoraba. Pero ¿qué sería de esa casa ahora que François ya no estaba? Bénédicte cayó en la cuenta de que con la muerte de su padre, la casa, a la que casi ya no iba esos últimos años, había muerto también. Bénédicte creía que nunca tendría fuerzas —ni fe— para resucitarla. Y, además, ¿para quién? Para un marido que se alejaba y unos hijos que se acabarían marchando...

Se puso el reloj, que dejaba noche tras noche sobre la encimera del lavabo e hizo una mueca al pensar que iba a tener que salir bajo la lluvia para ir a hacer la compra. Hasta los menús eran inmutables: pollo a la barbacoa con pisto los lunes, *quiche lorraine* —cuyo nombre se habría apresurado a cambiar, de haberlo sabido— con ensalada los martes, brochetas de ternera con pimientos y arroz los miércoles, ensalada *niçoise* los jueves, pasta al pesto los viernes, marisco el sábado y asado el domingo, seguido de su inevitable tarta de flan... Aunque a veces Bénédicte había tratado de liberarse, la costumbre estaba arraigada desde hacía tanto tiempo que siempre volvían, por una memoria celular que debía de impregnar hasta los fogones, a los mismos platos en el mismo orden, semana tras semana, año tras año.

La aburría su marido, que ya ni la tocaba —debía reconocer que había sido ella la primera en lanzar la moda de la migraña para no tener que sentir cómo el semen resbalaba entre sus muslos, algo que siempre le había dado asco—, y que desde hacía algún tiempo había reanudado, estaba segura, sus escarceos. Y hasta la aburrían sus hijos: sus peleas, sus discusiones, su hermetismo de ostra a todo aquello que, de cerca o de lejos, se asemejara lo más mínimo a la cultura. De vez en cuando, aunque cada vez más a menudo, Bénédicte tenía la impresión de *educar* —si es que se podía emplear ese término, quizá un simple *criar* habría sido más exacto— a una panda de retrasados embrutecidos tanto por la comida basura, de la que se atiborraban en cuanto ella se descuidaba, como por la cultura basura, que absorbían ante el televisor de manera distraída pero continua y sin tan siquiera darse cuenta.

Con un gesto rabioso, o en cualquier caso todo lo rabioso que su educación burguesa y ñoña le permitía, lanzó a la papelera —sin llegar a encestar— un tarro de crema hidratante que había guardado vacío sin darse cuenta, e hizo una mueca de hastío. Bénédicte se sentía cada vez más ahogada en su pequeña vida de esposa y de ama de casa. Lo único que la estimulaba, desde hacía algún tiempo, era el lanzamiento del producto en el que estaba trabajando la empresa.

Nada más terminar el verano tenía la firme intención de implicarse mucho más en el tema. Le serviría para salir de casa y distraerse un poco.

Encerrado en su despacho con el móvil en la mano, en el que varias veces había marcado ya el número de Lorraine, para después borrarlo y marcarlo de nuevo, Cyrille no se decidía. Hacía una semana que no sólo no habían hablado sino que, por una razón que él mismo ignoraba y que debía de llamarse *sentimiento de culpa*, no había dado señales de vida ni siquiera por mensaje de texto. Aunque se moría de ganas de llamar a su amante, algo se lo impedía.

Los primeros días había achacado su silencio a la pura imposibilidad de encontrar un momento de tranquilidad para estar a solas y llamarla o simplemente enviarle un mensaje. Sabía que Lorraine lo esperaba; no obstante, y sobre todo porque su mujer y sus hijos estaban constantemente encima de su móvil, Bénédicte al acecho, y los gemelos para jugar, Cyrille le había hecho prometer antes de marcharse que respetaría una regla sencilla: sería él quien se pusiera en contacto con ella. Lorraine no debía llamarlo ni enviarle mensajes bajo ningún pretexto, pues corría el riesgo de suscitar la curiosidad de su familia y la ira de su mujer. Aunque no le había gustado esa cuarentena obligada, Lorraine había encajado el golpe sin rechistar. La situación no le dejaba otra opción.

Atento a los ruidos de la casa, con los ojos fijos en la puerta, esperando ver surgir a Bénédicte en cualquier momento, como lo hacía cada vez más a menudo —hubiérase dicho que lo vigilaba—, Cyrille volvió a marcar los números que había memorizado. Justo en el momento en el que por fin se había atrevido a pulsar la tecla verde, la puerta de doble hoja se abrió bruscamente. Tuvo el tiempo justo de colgar y de fingir estar absorto en la lectura del periódico del día anterior que había sobre la mesa, rezando por que su mujer no se apoderara del aparato, donde figuraba el número que no había tenido tiempo de borrar.

—¡A lo mejor podrías ocuparte un poco de *tus* hijos en lugar de esconderte en tu despacho! —empezó diciendo Bénédicte en un tono muy poco amable y haciendo hincapié en el *tus*—. ¡Estoy hasta el gorro de tener que comérmelo yo todo!

Sorprendido, pero aliviado, de que no hubiera hecho alusión al móvil —seguramente no lo había visto—, Cyrille levantó los ojos de la página de deportes, que no leía jamás, dobló el periódico y se puso en pie suspirando. Más valía obedecer: Bénédicte no parecía estar de humor para discutir.

—Con este tiempo de perros..., ¿qué quieres que haga con ellos? —tanteó sin convicción en un vano esfuerzo, bien lo sabía, por asentar su autoridad masculina.

—Y yo qué sé. ¡Apáñatelas, ya se te ocurrirá algo! ¡No se les puede dejar todo el día repantingados viendo la tele! ¡Es que me saca de quicio!

Dicho lo cual, y seguida de cerca por su marido, Bénédicte salió del despacho, se apoderó del mando a distancia y apagó el televisor.

—¡Joder, mamá, qué pelma eres! —gruñó Octave, mientras iba a la cocina arrastrando los pies a buscar una lata de Coca-Cola. Se sacó del bolsillo del pantalón vaquero una barra de cacao y se lo aplicó en los labios—. Si es que no hay nada que hacer en este pueblo de mierda...

Los mellizos seguían arrellanados en el sofá, echando una partida de tenis con su Nintendo DS. Ni siquiera se habían dado cuenta de que su madre había apagado la tele.

—¡Venga, niños, a moverse un poco! —exclamó Cyrille con un tono que quería ser alegre pero que disimulaba mal su aburrimiento—. ¡Os llevo al McDonald's!

—Pero ¿qué estás diciendo?

Al oír ese nombre, sinónimo de comida basura, Bénédicte se puso como una fiera. Esperaba que Cyrille se llevara a los niños a montar en bicicleta o a pasear por la playa para que les diera un poco el aire. No que se apuntara unos cuantos tantos llevándolos a tomar su comida preferida. Pues, aparte del hecho de que estaba irritada, su verdadera intención al pedirle a su marido que se ocupara de los niños era la de fastidiarlo. La de fastidiarlos a todos, sacándolos del cómodo letargo en el que se complacían y precipitándolos bajo la lluvia.

—¡Yupi! —gritaron los mellizos al unísono, corriendo a ponerse las botas y los chubasqueros.

Octave ya estaba junto a la puerta.

—¿Puedo conducir yo, papá?

—¡Al menos podríais ir en bicicleta! —refunfuñó Bénédicte, sintiendo que la situación se le escapaba de las
manos y, peor todavía, se ponía en su contra.

—Con este tiempo de perros...

Cyrille dejó la frase a medias y le tendió a su hijo las llaves del coche. Abandonando a su madre plantada en el
vestíbulo y, por una vez, sin argumentos, los cuatro se
marcharon corriendo.

—Supongo que no te apetece venir, ¿verdad? —preguntó Cyrille antes de ocupar el asiento del copiloto.

Bénédicte miró furiosa a su marido sin ver, tras la cortina de agua que los separaba, la mirada burlona y triunfante que éste le dirigía.

Lorraine estaba con su padre en las rosaledas cuando sonó la bocina del coche de Patrice, que se acercaba ya por el camino de grava. Al cirujano le gustaba señalar su llegada para que todo el mundo pudiera apreciar la habilidad con la que conducía su cochazo, que ese año era un Porsche Cayenne.

Ocupado en enseñarle a su hija menor los considerables progresos de la ya oficialmente bautizada como Rousse de Lorraine, una rosa de un resplandeciente rojo bermellón que, además del color y de la suavidad de sus pétalos, ofrecía un aroma curiosamente picante, Jean no hizo el más mínimo gesto para ir a recibir a su hija mayor.

—¿No vamos a saludarlos? —se extrañó Lorraine, a quien su padre tenía acostumbrada a un mínimo de cortesía.

Cuando ella había llegado con los niños, había sido el primero en precipitarse a darles un beso. Pero Lorraine era Lorraine, y Jean adoraba a sus nietos.

—Bah... —Jean se encogió de hombros con aire agobiado—. Ella sabe dónde encontrarnos. Además, ¡no me gusta nada ese tipo!

¡Desde luego, en la familia nadie apreciaba al compañero de Julie! Sólo Christiane mostraba con él un poco de mansedumbre, y ni siquiera eso: si lo hacía era porque tragarse sapos formaba parte de su naturaleza, hasta tal punto que ya ni siquiera se daba cuenta de que eran sapos. Ni los suyos, ni los de los demás.

En el patio redoblaron los bocinazos, traicionando la impaciencia del conductor. El comité de recepción no debía de estar a la altura de sus expectativas.

—¡Ya voy, ya voy! ¡Calmaaaaaa! —resonó la voz aflautada de Christiane.

Salió de la cocina envuelta en su delantal y limpiándose las manos, pues las tenía llenas de la sangre del pollo que estaba vaciando. Bastien la seguía, con un trapo a la cintura que le daba aire de camarero. Indiferente a las manchas y a los restos que ensuciaban el tejido, Julie abrazó a su madre y la besó casi con alivio. En cuanto a Patrice, apenas tomó la mano que su suegra le alargaba, prefiriendo estrecharle la muñeca con la punta de los dedos, con una expresión de asco. Acostumbrado a pasarse el día triturando cuerpos humanos, no soportaba ver sangre fuera de un terreno operatorio cuidadosamente delimitado.

—¿Qué tal el viaje? —preguntó Christiane con su voz de señora de la casa.

Inmediatamente, su mirada se posó sobre el enorme diamante que resplandecía en el dedo de su hija.

Julie lanzó una mirada a Patrice, como para saber qué debía contestar. A juzgar por su expresión abatida, el viaje no había ido muy bien. Furioso por tener que ir a casa de los padres de Julie, el cirujano no había dejado de hacerle reproches durante todo el trayecto y no había parado hasta conseguir hacerla llorar, para inmediatamente burlarse de ella por lloriquear como una niña.

—¡Excelente! —contestó Patrice con una sonrisa melosa—. ¡Y qué recibimiento! ¡Da gusto sentirse esperado! —dijo sin poder evitar el tono irónico.

—¿Dónde están los demás? —preguntó Julie, haciendo caso omiso de la pulla de su pareja.

Christiane se encogió de hombros, señalando el jardín con un gesto vago.

—Huy, hija... Se han llevado consigo a la abuela, y ésta ha cogido la jarra de limonada, así que... Me imagino que estarán todos extasiándose como bobos con las rosas.

La cocina y el huerto eran el terreno de Christiane, pero los rosales eran el coto vedado de su marido y de su madre, del que se sentía tácitamente excluida aunque jamás hubiera expresado el más mínimo deseo de poner un pie en él.

—¡Ah! ¡Porque las rosas son más importantes que la familia! —prosiguió Patrice molesto.

Nada más llegar ya tenía ganas de morder. Esa pandilla de paletos, esa casa destartalada..., el entorno de su mujer —Julie no era su *mujer*, aún no estaban casados, pero Patrice la consideraba con la misma posesividad, como si ya lo estuvieran— eran lo que más detestaba en el mundo. Sólo quería una cosa: acortar su estancia y volver a su casa de diseño y a sus mundanidades de notable de provincias.

Aunque a Christiane la traían sin cuidado las provocaciones de su *yerno* —que no lo era, y, en su fuero interno, rezaba por que no lo fuera nunca, aunque la nueva sortija de Julie no dejaba presagiar nada bueno—, no le faltaba don de réplica. Era una mujer dulce y sumisa, pero no había que buscarle las cosquillas.

—Las rosas son parte de la familia —dejó caer con un tono gélido, mirando a Patrice a los ojos—. Si prestara un mínimo de atención a quienes lo rodean haría tiempo que se habría dado cuenta...

Julie esbozó una sonrisa que ocultó inmediatamente, bajando la cabeza.

—Os dejo un momento —dijo en voz baja—. Voy a saludar a papá y a Lorraine.

—¡Podrías ayudarme a descargar el equipaje! —replicó Patrice.

Pero Julie ya estaba lejos, se abría paso entre la hierba alta y las amapolas por el sendero que llevaba a la rosaleda.

—Descargar el equipaje... pero ¡si eso es cosa de hombres! ¿No querrá usted que mi hija le haga quedar mal ocupándose en su lugar de esa clase de tarea?

Patrice miró a Christiane circunspecto, sin saber muy bien a qué atenerse. Su sonrisita parecía indicar que se estaba burlando de él, pero no estaba seguro. Y ¿para qué enfadarse, si Julie no estaba presente para asistir a la escena, digna de Corneille, que enfrentaría a su amante y a su madre, y para sufrir por ello?

Sin decir una palabra, se dirigió al coche y empezó a descargar las maletas. Christiane lo observó un momento con una expresión satisfecha antes de dar media vuelta y, arrastrando consigo a Bastien, regresar a la cocina. Aún tenían que preparar la cena.

—¡Tampoco hace falta que te atiborres así! —exclamó Patrice con voz cortante al ver que Julie se servía más pollo al mosto. Desde su más tierna infancia, ese pollo asado desglasado con el mosto de la uva recolectada antes de su maduración era su plato preferido—. ¡No estás embarazada, que yo sepa!

Hasta ese momento, gracias a la calidad de las viandas y a los vinos elegidos por Jean para celebrar la presencia de su familia al completo, la cena no estaba yendo tan mal. Incluso Louise, debidamente untada por su hermano antes de sentarse a la mesa, por una vez —para variar— había comido como todo el mundo y con apetito, insistiendo en las patatas *sarladaises*, rehogadas crudas en grasa de oca con ajo y perejil, que le encantaban. Sabía sin embargo que al día siguiente sus vaqueros y el viejo peso de la casa —que marcaba dos kilos más desde hacía años— se lo harían pagar.

Había bastado que Julie volviera a servirse, como todos los demás comensales, por cierto, para que su compañero, de humor meloso y encantador —había cubierto de halagos a la cocinera y apreciado con énfasis el vino de su anfitrión—, se saliera de sus casillas de la manera excesiva e imprevisible que lo caracterizaba. Todas las miradas se volvieron hacia él, y Julie dejó en la fuente los dos pedazos de pechuga que se disponía a servirse, con la cabeza gacha. Tragándose las lágrimas, la vergüenza... y quizá el hambre.

—¡Sírvete, Julie! —insistió su madre con voz protectora, desafiando al cirujano con la mirada.

Por amor y por miedo a perderlo, Christiane nunca se había atrevido a oponerse a su marido, pero la situación era muy distinta con ese niñato por quien nada sentía salvo indiferencia y, en ese instante, rabia. Una rabia fría de hembra que veía cómo atacaban a su prole.

—Come, corazón —prosiguió, llenando ella misma el plato de su hija—. ¡Me gusta que hagas honor a mi cocina!

Sin decir nada, Julie bajó la mirada sobre el plato lleno, dando vueltas nerviosa a la sortija que le adornaba el dedo. Patrice se mordió los labios y buscó apoyo en los rostros inmóviles que observaban la escena, pero fue en vano. Al cruzarse con la mirada de acero de Amari, apartó rápidamente los ojos, como si se hubiera quemado.

—Una mujer que ni siquiera es capaz de darle un hijo al hombre al que quiere no necesita comer por dos... —añadió, sin embargo, tanto para justificarse como para provocar a los presentes, cuya evidente hostilidad no soportaba ni comprendía, tan seguro como estaba de tener razón.

Jean alzó su copa y observó el color del vino antes de saborear un largo sorbo.

—Concebir un hijo es cosa de dos... —susurró Christiane con una dulzura peligrosa.

Ama clavó los ojos en los de su hija, como para incitarla a seguir hablando.

—¿Qué insinúa? —rugió Patrice inmediatamente.

Exceptuando el ruido de los cubiertos en los platos se habría podido oír el vuelo de una mosca. La escena parecía sacada de un culebrón.

—Usted es médico, ¿no? Debería saberlo.

Con una mueca de contrariedad, el cirujano apretaba y relajaba los puños. Julie le tomó la muñeca con un gesto apaciguador, pero él la retiró bruscamente y estuvo a punto de verter su copa. Un tenedor cayó al suelo, con un ruido ensordecedor.

—Déjalo, mamá... —murmuró Julie con voz ahogada.

Ama miraba atenta la escena. Parecía como si quisiera hablar.

—Pues yo lo que digo —intervino Louise, sirviéndose, para sorpresa general, una montaña de patatas— es que, si fuera Julie, ¡haría lo mismo!

Como todo el mundo la miraba sin comprender, explicó:

—Sí, hombre —dijo, masticando una patata—, si yo tuviera un novio como Patrice, haría lo que fuera para no tener un hijo con él. ¡Lo último que me apetecería es tener que estar atada a un tío así para el resto de mis días!

La bofetada se estrelló contra su mejilla sin que nadie la hubiera visto venir.

—Pero ¿de qué vas? —gritó Louise, llevándose la mano a la cara, donde una mancha roja empezaba a extenderse.

Louise rompió a llorar y corrió a refugiarse a lo alto de la escalera. Lorraine le lanzó una mirada asesina al cirujano antes de precipitarse detrás de su hija.

—Pero ¡este tío está de la olla!

Bastien se levantó, indignado, y avanzó hacia Patrice con ánimo de ajustarle las cuentas. De hombre a hombre.

—Venga ya, mariquita... —se burló el cirujano.

Bastien se quedó de piedra. Julie estalló en sollozos, y su madre fue a abrazarla. Jean, que hasta entonces no había dicho una palabra, se levantó a su vez, irguiendo su gran cuerpo impávido del que emanaba una silenciosa pero implacable autoridad.

—Acompáñeme a mi despacho, Patrice. Me gustaría tener con usted una pequeña conversación.

—Pero... —Patrice no se movió, de pronto estaba intimidado.

—A mi despacho he dicho.

Esta vez la voz de Jean resonó como un disparo, y el cirujano lo siguió sin atreverse ya a negociar.

—P atrice... —empezó Jean con voz gélida, sentándose ante su escritorio sin un gesto para invitar a su interlocutor a hacer lo mismo—. No lo tengo en mucha estima, pero dado que mi hija lo ha elegido como pareja, imagino que me debo aguantar. Por el momento... —Como para hacer hincapié en la amenaza, dejó unos segundos la frase a medias—. Hay, no obstante, ciertas reglas que le voy a pedir que respete...

—Yo... —protestó el cirujano a la vez indignado y desconcertado por lo que acababa de escuchar.

No digería el hecho de haber sido humillado delante de las mujeres y obligado a ir al despacho de Jean como un colegial, pero aún soportaba menos la idea de que pudieran no tenerle estima.

—¡No me interrumpa y escúcheme! —bramó Jean, fusilándolo con la mirada—. Está usted aquí bajo mi techo. ¡Así que compórtese como es debido y deje de mortificar a mi hija! Porque, además,...

Jean se incorporó y, desde lo alto de su gran estatura, señaló al compañero de Julie con un dedo acusador.

—Yo...

—¡Cállese, por Dios santo, y déjeme terminar! Además —prosiguió—, ¿con qué derecho se comporta así con ella? ¡Ni siquiera es su marido!

Un silencio se adueñó de la habitación. Los dos hombres se medían como dos gallos de pelea dispuestos a saltarse al cuello. Jean, muy irritado, recuperaba el aliento sin desviar la mirada del cirujano.

El ambiente estaba cargado de violencia.

—Y usted... —susurró Patrice con un tono peligroso—. Está muy bien en su papel de patriarca enojado, pero...

Vaciló un breve instante, buscando las palabras que más lo hirieran. Humillado, Patrice también quería hacer daño.

—¿Quién me asegura a mí que es usted su padre?

Jean acusó el golpe. Su cuerpo se puso rígido, perdió de pronto diez centímetros, y su rostro palideció.

—¿Qué insinúa? —masculló, sin recobrar del todo su soberbia—. ¡No tiene derecho a decir eso, se lo prohíbo!

—*Touché!* —dijo el cirujano, dándose aires.

Luego dio media vuelta y salió del despacho, dejando a Jean desconcertado.

En ese mismo momento, de vuelta en la cocina, Lorraine estaba aplicando hielo envuelto en un trapo sobre la mejilla de su hija. Apoyada de espaldas en la nevera, Julie manoseaba nerviosamente el pedrusco que le había regalado Patrice.

—¡Este tío está loco! —estalló Lorraine—. No puedes seguir con él, Ju. ¡Acabará por pegarte a ti como ha pegado a Loulou!

«Como hacen todos los malvados de su especie cuando las palabras ya no bastan para aniquilar a su víctima», pensó sin atreverse a insistir en el tema para no asustar a su hermana más de lo que ya lo estaba. Lorraine sabía que habría que llevar a Julie a ese terreno para convencerla de que debía escapar de las garras de ese monstruo, pero tendría que hacerlo suavemente. Contaba con el poco tiempo que iban a pasar juntas ese verano para encontrar la ocasión de abordar el tema con ella.

Con exagerada teatralidad, Louise añadió hielo al trapo. Ahora ya tenía toda la mitad de la cara colorada.

—Lo siento de verdad, Loulou. Él no quería pegarte, ¿sabes?... —empezó diciendo Julie sin dejar de darle vueltas a la sortija en el dedo—. No es culpa suya. Está agotado últimamente, y encima, con lo del bebé...

—No, ahora en serio, Julie. —Louise miró a su tía a los ojos—. Ahora en serio. ¿De verdad te ves teniendo un hijo con un gilipollas como ése? ¿Te imaginas cómo sería el niño?

Christiane dejó de enjuagar los platos, y Lorraine cerró el lavavajillas de una patada. Acodado sobre la encimera, Bastien miró fijamente a Julie, que bajó la mirada.

—No lo sé —dijo ésta por fin con un hilo de voz.

Christiane se quitó el delantal y se agachó ante su hija. Le cogió las manos con fuerza y la obligó a mirarla.

—Mírame, Julie. A lo mejor es por eso por lo que no te quedas embarazada, ¿sabes? A lo mejor te lo impide tu subconsciente. Tu cuerpo lucha con todas sus fuerzas para no llevar al hijo de ese... ese tipo. Porque en el fondo sabes que no lo quieres. Ni al hombre, ni al hijo, entonces...

Se oyó un portazo y pasos en la escalera. Patrice pasó delante de la cocina con una expresión satisfecha. Le hizo un gesto con la cabeza a Julie, que se levantó y, sin decir palabra, lo siguió a su habitación.

Cuando subió a acostarse a su vez, una hora más tarde, tras urdir planes con su madre para sacar a Julie de las garras de ese loco, Lorraine consultó mecánicamente su móvil. Tenía tres llamadas perdidas de Cyrille.

—Bueno, ¿qué, ahora ya sí puedes explicarme por qué nos hemos marchado al alba sin despedirnos de nadie?

De vuelta a Ruan en el coche, Julie se atrevió por fin a romper el silencio en el que estaban sumidos desde su marcha precipitada, a las cinco de la mañana. Patrice había dado vueltas y vueltas por la habitación toda la noche antes de decidir, al dar las cuatro, que la única solución tras el numerito del día anterior era salir huyendo. Cuanto antes mejor, pues el objetivo era no toparse con nadie —sobre todo con Jean— y no tener que justificarse.

Julie hubiera preferido quedarse al menos hasta el desayuno, pero el aire sombrío de su compañero no presagiaba nada bueno y le quitó por completo las ganas de negociar. Pese a todo no entendía por qué habían huido así, pues no se podía considerar que se hubieran *marchado*. Las consecuencias que de seguro esa huida tendría en la relación con su familia —su madre se llevaría un disgusto enorme, y su padre se mostraría frío y enojado con ella— merecían una explicación.

Volvió la cabeza hacia Patrice, interrogándolo de nuevo con la mirada, sin decir palabra.

Concentrado en la carretera, que el alba iluminaba con una luz rosada que en otras circunstancias sin duda habrían apreciado, el cirujano tardó un poco en contestar.

Como si estuviera buscando las palabras, y no las que menos daño pudieran hacerle sino todo lo contrario.

Aunque no estaba convencido al cien por cien, la conversación de la víspera le había dejado entrever una manera de reforzar aún más su dominio sobre Julie. Su mente retorcida había inventado el resto.

—¿Quieres saber por qué nos hemos ido...?

Más que una pregunta, era una amenaza. Julie percibió su gravedad, y estuvo a punto de contestar que no, pensándolo bien no quería saber nada, confiaba en él, y seguramente tendría sus motivos. Pero, con una sonrisita algo sádica, Patrice prosiguió:

—Pues, querida, si tantas ganas tienes de saberlo, te complaceré.

Apartando los ojos de la carretera, donde, por suerte, a esa hora y en pleno mes de agosto no había nadie, el cirujano miró a Julie por encima de los cristales de sus gafas de sol. Y empezó a destilar su veneno:

—Tu padre no es tu padre.

—¿Qué?

Sin respiración, Julie miró a su pareja, preguntándose adónde querría llegar esta vez. Aunque estaba acostumbrada a sus ataques de ira y a sus palabras hirientes, nunca le había visto hacer gala de una crueldad como ésa. Y, encima, gratuita.

—¡Lo que dices es absurdo! —se irritó, lamentando en el acto no haber sido capaz de morderse la lengua, pues Patrice se lo haría pagar, de eso no cabía ninguna duda.

Pero, con una voz extrañamente dulce, éste le dio su versión, edulcorada y adornada con múltiples precisiones que procedían directamente de su imaginación, de la conversación que había tenido la víspera por la noche con Jean. Y le contó las conclusiones a las que con tanto gusto había llegado, omitiendo precisar que se trataba de simples especulaciones suyas.

—¿Nunca te has preguntado por qué te pareces tan poco a tu padre, cuando tu hermana se le asemeja tanto? ¿Por qué eres la única de tez oscura de la familia, teniendo un padre pelirrojo y una madre rubia? ¿Por qué tus ojos son negros, cuando todos los tienen claros? ¿No sabes que los genes de los ojos y del cabello claros son recesivos? Y mira que lo has estudiado...

—¡Para!

Julie encajaba las palabras como bofetadas. Patrice la miró con aire falsamente afligido.

—Si te soy sincero, cariño, me decepcionas... ¿Nunca te has preguntado por qué hay tanta complicidad entre tu padre y tu hermana, una complicidad de la que tú estás excluida...? ¿Nunca te has preguntado por qué te excluyen?

—¡Para, Patrice!

Conforme el cirujano iba hablando, Julie se hundía en el asiento, como si quisiera desaparecer dentro de él, o ahogarse en él.

—¿Nunca te lo has preguntado...?

—¡Que pares de una vez!

Estallando en sollozos, Julie se puso a golpear a Patrice con los puños y con los pies. Éste aparcó en la cuneta y le sujetó las muñecas con fuerza.

—Pero ¡que vas a provocar un accidente, insensata! —bramó con una voz que había perdido toda la dulzura y, en cambio, había recobrado el tono belicoso al que estaba acostumbrada Julie.

—Suéltame, me haces daño... —protestó Julie débilmente.

Pero Patrice no había terminado con sus explicaciones. A decir verdad, apenas había empezado.

—¿Has oído hablar de la ICD?

Como Julie lo miraba sin comprender, le dio una lección con el mismo tono docto y pedante que empleaba con los jóvenes residentes.

—Inseminación Con Donante. Oficialmente, la práctica surgió en Francia en 1973 con la apertura de los primeros bancos de semen, pero todo el mundo sabe que ya se llevaba a cabo antes en la clandestinidad. De hecho, la clínica en la que tú naciste era conocida por sus *tecnologías innovadoras* y por lo *abiertos de mente* que eran sus médicos, aunque no se hablara de ello. Supongo que entiendes lo que quiero decir...

Julie no comprendía nada de nada, pero eso no frenó a Patrice, que prosiguió:

—Resulta que tu padre —inventó, mostrándose muy seguro de sí mismo—, por una razón que ignoro pero que puede deberse a su intensa exposición a los insecticidas, a menos que fuera porque fabricaba anticuerpos antiespermatozoides, sufría de oligoastenoteratospermia.

Oligoastenoteratospermia. Tras preguntarse cómo explicar la infertilidad de Jean, Patrice se dijo que cuanto más complicado fuera el término, más probabilidades tendría de convencer a Julie. Sin saberlo, no estaba muy lejos de la verdad.

Hizo una pausa, como para recuperar el resuello.

—Sin entrar en detalles, quiere decir que hay presencia de espermatozoides en la eyaculación pero o bien en poca cantidad, o bien éstos adolecen de una movilidad insuficiente para permitir una fecundación natural o bien sufren malformaciones. Resumiendo, que tu padre no *podía* tener hijos... Y por consiguiente...

Una sonrisa malvada se dibujó en los labios del cirujano.

—Y, por consiguiente, recurrió a una pequeña manipulación que permitió tu concepción, con la ayuda de un donante anónimo.

—¿Y Lorraine? —Fue lo único que Julie fue capaz de decir, atontada como se había quedado tras esa implacable argumentación.

Acudían recuerdos a su memoria que se remontaban a distintos momentos de su infancia en los que, imperceptiblemente, había sentido una complicidad entre su padre y Lorraine de la que, en efecto, se sentía excluida. Una flor que éste le ofrecía a su hija menor, un caramelo que se acordaba de traerle, cómo le reservaba un lugar en su regazo durante el desayuno, y hasta el cuento de buenas noches, que subía a contarle a Lorraine y no a ella, con el pretexto de que Julie era mayor y que no lo necesitaba para quedarse dormida. Y la luz también, que dejaba encendida en el pasillo para su hermana, cuando sabía que ella no podía dormirse más que en la más completa oscuridad.

—Lorraine nació de manera natural un año más tarde. Entretanto, Jean ya se había pasado al cultivo biológico...

—¡Lo que dices es absurdo! —exclamó Julie, precipitándose sobre la puerta del coche.

Se ahogaba, necesitaba tomar el aire. Pero Patrice la agarró de la muñeca y la obligó a quedarse sentada.

—Me lo dijo él mismo —mintió—. Anoche.

—Pero ¿por qué?

Julie no lo comprendía. ¿Por qué su padre —pese a todo lo que le había revelado Patrice, no podía pensar en Jean en otros términos— le habría desvelado a su pareja un secreto que siempre les había ocultado a su hermana y a ella?

—Porque quería disculparte —explicó Patrice, que había anticipado esa pregunta. Era un malvado, pero estaba muy lejos de ser tonto—. Quería justificar el hecho de que no pudieras tener hijos, dándome argumentos médicos que, a su juicio —levantando las manos, mimó unas comillas—, yo debía poder entender.

Nunca habían mencionado ese tema con Jean, nunca habían hablado de hijos aunque hubieran abordado el tema de la paternidad, pero era la manera que tenía Patrice de arrastrar a Julie a su terreno preferido. Un terreno en el que ella fracasaba y en el que era fácil rebajarla.

—No veo qué tiene que ver... —La confusión y la tristeza le impedían razonar.

—A esto se le llama *constelaciones familiares*, cuando en una familia hay algo que, inconscientemente, las generaciones sucesivas reproducen. Tu padre no es tu padre porque en el momento de tu concepción no podía tener hijos. Y, por eso, tú tampoco puedes tenerlos...

Orgulloso de su historia, que se había inventado de pe a pa sobre la base de simples suposiciones, fusiló a Julie con la mirada, insensible a las lágrimas que asolaban ahora su rostro.

—Sólo que yo no me creo esa clase de estúpidas teorías psicológicas.

Le tendió un pañuelo y le agarró la nuca con un gesto más posesivo que protector.

—Así que, ya ves, tu padre, tu madre... te han mentido todos. Ahora ya sólo me tienes a mí.

Volvió a poner el motor en marcha y arrancó. El día ya había despuntado del todo sobre la carretera desierta.

Lorraine no había contestado.

Cyrille había llamado tres veces después de cenar, a la hora en la que por lo general cada uno ha concluido su parte de tareas domésticas y dispone del resto de la velada para sí. Imaginaba a Lorraine en familia, en la larga terraza, bajo el emparrado —se la había descrito tan bien que casi podía oír el murmullo del viento entre las hojas—, saboreando una infusión o una copa de licor, hablando de botánica con su padre, con el croar de los sapos y el canto de los grillos como ruido de fondo. A menos que no estuviera intercambiando recetas con su madre, aunque, no sabía muy bien por qué, Cyrille prefería imaginarla con Jean; exceptuando a su abuela, a la que parecía adorar, era de su padre de quien más a menudo le había hablado.

Lorraine no había contestado, y Cyrille llevaba varios días dándole vueltas a ese hecho en la cabeza. En un primer momento lo había extrañado —¿cómo era posible que no le contestara?—, luego se había sentido herido: ¿no quería contestar? Una vez, pase, pero tres... ¿Quizá estuviera enfadada, quizá Cyrille hubiera tardado demasiado en llamarla? Después había sentido rabia: ¿por qué no contestaba, estando como estaba disponible, con lo que él se exponía para llamarla? Ahora ya se encontraba en la fase de los celos: Lorraine no contestaba a las once de la noche... ¿Y si no le había contado toda la verdad sobre sus vacaciones en

Dordoña y había ido a reunirse con alguien? ¡A no ser que justo acabara de conocerlo! ¿Y si, al contrario de lo que le había dicho, en verano Dordoña estuviera plagada de solteros, o peor, de amigos de infancia recién divorciados? ¿Y si ni siquiera estaba en Dordoña?

Lo interrumpió en sus pensamientos la llegada de los mellizos con sus botas de lluvia empapadas y llenas de barro, blandiendo lo que parecía un ratón muerto pero resultó ser un gatito vivo y aterrado.

—Podríais llamar antes de entrar, ¿no? —ladró Cyrille furioso por que lo molestaran.

Su despacho era el único lugar donde podía esperar que lo dejaran en paz, pero hete aquí que ahora los niños, a semejanza de su madre, se paseaban por él a sus anchas.

—¡Nada de botas de lluvia dentro de casa! —gritó Bénédicte tras ellos—. ¿Cuántas veces os lo he dicho? —Y, dirigiéndose a su marido, que no se había movido—: ¿No puedes decírselo tú? ¡Imponte como un hombre por una vez!

Ante toda esa adversidad, y preguntándose cómo podía aún imponerse como un hombre, Cyrille se enfrascó en las páginas de meteorología del periódico. Iba a seguir lloviendo ahí, y —su mirada se posó mecánicamente en el departamento de Dordoña— seguiría haciendo sol allá. Consiguió leer unos instantes, pero no había contado con la tenacidad de Lucrèce, que, cuando se trataba de animales, tenía la desagradable costumbre de traerse a casa todo lo que encontraba por ahí, con la firme intención de adoptarlo. Ya habían tenido que vérselas con toda una patulea de gatos, cachorrillos, pajaritos heridos y demás cangrejos para los que había que encontrar un hogar al final de las vacaciones —cuando no se morían durante el verano—. Y cada vez con el mismo malhumor y los mismos ataques de llanto en el momento de separarse de ellos.

—¡Mira lo que hemos encontrado, papá! —exclamó Lucrèce—. ¿Has visto qué mono es? ¿Nos lo podemos quedar?

—¿Y llevarlo con nosotros a París, por una vez? —A Jules lo volvían loco los gatos—. ¡Anda, papá, di que sí!

Como para defender su propia causa, el gatito avanzó con gracia prudente por el escritorio y colocó su cabecita de orejas desmesuradas bajo la mano de Cyrille. Empezó a ronronear, cerrando los ojos, antes de que éste, sin pensarlo, se pusiera a acariciarle la naricilla.

—Es muy mono, ¿verdad? —insistió Lucrèce, sintiendo que su padre estaba a punto de ceder.

Ésa era otra de las cosas que Cyrille tenía en común con los mellizos, y que ni Bénédicte ni su hijo mayor compartían: le encantaban los gatos, y no se oponía en absoluto a la idea de tener uno en París. Antes al contrario. Los mellizos lo sabían, y fueron a sentarse cada uno en una rodilla de su padre para seguir engatusándolo.

—¡Fuera de aquí! —rugió Bénédicte, cogiendo al gatito por la piel del cuello y dirigiéndose hacia la puerta.

Húmedo y blando, el animal quedó colgando de la mano de Bénédicte mientras les lanzaba miradas suplicantes a los niños.

—Pero ¡no irás a dejarlo fuera otra vez, mamá! ¡Llueve a mares! ¡Se va a ahogar!

Mientras Jules tiraba a su madre de la manga para obligarla a soltar al gato, Lucrèce se echó a llorar. Pero Bénédicte estaba decidida y no se detendría ante nada.

—Pero, bueno, ¿qué pasa aquí? ¿Quién manda en esta casa? —preguntó a todos y a ninguno, lanzándole una mirada asesina a su marido.

Sin decir una palabra, Cyrille se levantó y cogió su chubasquero.

—Voy a dar una vuelta. ¿Necesitas algo?

—Puedes traer pan y las *quiches* para esta noche... —empezó diciendo Bénédicte.

—¿Podemos ir contigo, papá? —preguntó Jules, que no se perdía jamás una visita a la pastelería.

—¡Nadie viene conmigo!

Cyrille salió bajo el chaparrón, tragando con avidez grandes bocanadas de aire fresco. Esa casa, esa isla, cuando llovía, con los niños aburridos y Bénédicte, que, por ociosidad, desplegaba aún más energía en controlarlo todo, eran su pesadilla.

Caminó largo rato, olvidó por supuesto las *quiches* y el pan, y cuando regresó, empapado, hizo un gesto a los mellizos para que se reunieran discretamente con él en su despacho. Del bolsillo de su chubasquero asomaron dos grandes orejas seguidas de dos canicas azules y del cuerpecito atigrado del gatito, que ya había entrado en calor.

—¡Shhh! —dijo Cyrille, llevándose un dedo a los labios para impedir que Lucrèce saltara de alegría—. Es una gatita, la vamos a llamar *Rose*.

Colocaron unos cojines en un rincón, detrás del sofá.

—Aquí estará bien... Pero ¡no le digáis nada a vuestra madre antes de que yo haya hablado con ella!

Así, *Rose* se instaló en el despacho de Cyrille. Al hacerles ese regalo a sus hijos acababa de firmar, sin ser del todo consciente de ello y hasta el final del verano, la inclusión en las zonas comunes de la casa de su único islote de tranquilidad.

—Pero ¿qué le has dicho para que se marchen así, sin despedirse siquiera? ¡Si no se han quedado ni veinticuatro horas!

Desde que Julie y Patrice se habían marchado, Christiane no dejaba de hostigar a su marido. Lo seguía a todas partes, incluso a los rosales, adonde, llevándose consigo a la abuela, iba a refugiarse. Para ella no cabía ninguna duda de que era la conversación que había mantenido en su despacho con el novio de su hija lo que los había hecho huir así. Pero ¿por qué? Jean eludía el tema, sugiriendo que Julie y Patrice también habían podido discutir y que por eso se habían marchado. Pero, en ese caso, ¿por qué no había manera de contactar con Julie, por qué no contestaba ni a los recados de su madre ni a los de su hermana, eso cuando su móvil no estaba directamente apagado?

Estaban todos sentados a la mesa, la tercera noche, cuando Jean terminó por confesar la idea que, en su cabeza, a fuerza de recordar una y otra vez su conversación con Patrice, empezaba a imponerse. Y cuya crueldad lo atormentaba.

Tras un último bocado de ternera rellena, dejó los cubiertos en el plato y lo apartó, con un gesto que tenía el don de exasperar a Christiane. Casi tanto como cuando vertía un poco de vino en el fondo de su consomé, según una tradición campesina local.

—Me pregunto si no habré metido la pata...

—¿Qué has hecho? —preguntó Lorraine, que tenía los nervios a flor de piel por los acontecimientos de los últimos días, a los que había que añadir el silencio de Cyrille, quien, por supuesto, desde las tres llamadas perdidas, ya no había vuelto a dar señales de vida.

Christiane miró a su marido con aire incrédulo. ¿Era posible que...? Negó con la cabeza para ahuyentar el presentimiento que la asaltaba, sin conseguirlo del todo.

—No me digas que... —empezó a decir con voz átona. La mirada que le lanzó Jean, culpable y desesperada, le dio la respuesta que temía—. ¿No se lo habrás contado?

—Yo no le he contado nada —protestó Jean, tratando penosamente de justificarse—. Pero me pregunto si no lo habrá adivinado él.

Rememoró la escena. «¿Quién me asegura a mí que es usted su padre?», le había espetado Patrice, y él, en lugar de ponerlo firme o de reírse en su cara, se había achicado. Todavía notaba *físicamente* lo que había sentido cuando, de la impresión, su cuerpo se había achaparrado. Había mascullado una respuesta que se asemejaba a una disculpa. No cabía duda, ahora estaba seguro de que el cirujano había sacado conclusiones apresuradas pero acertadas, que seguramente habría adornado antes de soltárselas a Julie. Sin miramientos, pues tal era su naturaleza, y disfrutaba siendo así.

—¿Es mucho pediros que os expreséis de forma que podamos entenderlo todos? —insistió Lorraine, a quien las palabras veladas de sus padres empezaban a irritar. Se volvió hacia Jean—. Le has dicho...

—¡Que no! Yo no...

—Bueno, vale. —Lorraine soltó un suspiro de exasperación—. ¿Qué es lo que *no* le has dicho pero él ha comprendido y ha provocado que se marchen?

—Nada —intervino Christiane precipitadamente, sin dejarle a su marido el tiempo de responder—. Es una historia entre tu padre y yo.

Le lanzó a éste una mirada autoritaria. «Ahora te callas, bastante daño has hecho ya», parecía decirle.

Pero Jean no lo veía así. Era cierto que durante largos años, de mutuo acuerdo, habían decidido guardar el secreto, primero porque nunca habían sabido cómo confesárselo a Julie, y segundo porque el tiempo había ido pasando, las chicas se habían hecho mayores, y habían pensado que ya era demasiado tarde. Pero cuanto más tardaban en contarlo, lo que no había sido más que una simple omisión se iba convirtiendo cada vez más en una mentira, con las consecuencias que ello implicaba. El hecho de que alguien, después de todos esos años, hubiera podido adivinarlo lo aliviaba. Muy egoístamente, y sin podérselo explicar de verdad, Jean se sentía descargado de parte de su secreto, y ello le quitaba un peso de encima. Era un poco como el que engaña a su mujer y se lo dice, pero sólo para no cargar con el peso del sentimiento de culpa. Y en su caso, lo cual era aún mejor, ni siquiera había tenido que decirlo: era su cuerpo, y no él, quien había hablado.

—Pienso que ha comprendido que...

—¿No quieres que lo hablemos más tarde tú y yo? —volvió a intervenir Christiane.

Pero Jean estaba lanzado, y ya nada podría detenerlo.

Miró a su mujer, luego a Lorraine y por último a sus nietos. Desde su butaca en un extremo de la mesa, Amari lo observaba.

—Pienso que ha comprendido —repitió Jean con voz alterada—, pienso que ha comprendido cómo nació Julie.

—¡Eres un imbécil! —estalló Christiane, levantándose.

Arrojó su servilleta sobre la mesa y cogió lo primero que pilló para llevárselo a la cocina. Dio unos pasos, pareció pensárselo mejor y volvió a sentarse, con el rostro crispado. Era mejor quedarse allí e impedir que su marido metiera aún más la pata.

—Y ¿cómo nació Julie? —preguntó Louise, que siempre iba directa al grano.

La cuestión quedó en el aire. Los que sabían la respuesta se preguntaban cómo contarla.

—¡Oh, qué más da ya! —capituló por fin Christiane. En el punto en el que se encontraban, casi prefería tomar ella las riendas de la situación antes que aguantar más torpezas de su marido—. Los espermatozoides de tu abuelo no estaban muy allá —explicó de mala gana—. Entonces tuvimos que recurrir a un donante para...

—¿Podrías evitar hablar de mi esperma en la mesa, por favor? Y encima delante de los niños...

Jean estaba molesto. Aunque más adelante las cosas habían mejorado, había vivido ese episodio como un menoscabo de su virilidad.

—Ah, sí, lo he estudiado en Ciencias. Tiene gracia —dijo Bastien, que no parecía en absoluto divertido.

—¿Quieres decir que te acostaste con el... donante? ¿Era un amigo tuyo? ¿Lo conocías?

Sin ser del todo consciente de lo que oía, Louise daba rienda suelta a su malicia. Al contrario que su hermano, que leía *Geo* y estaba al corriente de todas las técnicas, ella en materia de procreación no había ido más allá de los métodos clásicos, pues estaba más interesada en cómo evitar quedarse embarazada que en las distintas estratagemas para lograr la concepción.

—Calla, Loulou —la regañó su madre, que empezaba a asimilar lo que acababa de oír y palidecía a ojos vistas—. ¡No tiene ninguna gracia!

—¡Pues claro que no! —se ofuscó Jean sin tener en cuenta la reacción de su hija—. Que mis espermatozoides no estuvieran *muy allá*, como tan bien lo expresa tu abuela, no quiere decir que yo no funcionara. Lo hicimos con una probeta...

—Inseminación con donante —intervino Bastien con pedantería, feliz de poder lucir su sabiduría—. Viene a ser

como la cocina molecular. Una jeringa y un tubo de ensa-
yo, ¡y listo!

Al ver la expresión de su madre, que parecía desinte-
grarse, trató de resultar gracioso para arrancarle una sonrisa. Pero fue en vano.

—¿Esto que estáis diciendo... —murmuró Lorraine con
voz átona—... significa que Juju no es hija de papá? ¿Que
no es mi hermana?

Incapaz de contenerse más, prorrumpió en sollozos.
Christiane miró a su marido, encogiéndose de hombros y
levantando los ojos al cielo.

—¡Que sí, que sí que es mi hija! —La voz de Jean quería
ser apaciguadora—. Y tu hermana. ¡La esperé como a mi
hija, y la eduqué como a tal, tú lo viste, estabas ahí! Eso, eso
que hicimos —hizo un gesto con la mano para minimizar
el *eso* en cuestión— fue pura logística. ¡Ni siquiera sabemos quién es ese tipo! ¡No lo sabremos nunca!

Todos se miraron unos a otros. Lorraine se sorbía la nariz, negando con la cabeza. Tenía tal nudo en la garganta
que no le salían las palabras.

—Y... ¿y yo? —preguntó con un hilo de voz cuando por
fin consiguió hablar.

Se odiaba por la pregunta que acababa de hacer: pensar
en sí misma en lugar de en su hermana, que, ahora lo entendía, en ese preciso momento debía de estar sola con su
dolor. Y con su verdugo.

Pero tenía una necesidad vital de saber la verdad.

—Después, todo se arregló solo. ¡A ti te concebimos por
la vía natural, un año más tarde!

Tranquilizada por lo que acababa de oír de labios de su
madre, Lorraine se volvió hacia su padre.

—Pero ¿qué pasó en tu despacho? ¿Cómo pudo adivinarlo Patrice si tú no le dijiste nada? ¡A nadie se le ocurre
imaginarse algo así!

—A él, sí. —Jean removió con su cuchara el helado que

se fundía en el plato—. Me atacó donde más me iba a doler, diciéndome que Julie no era mi hija. ¿Qué hay más duro para un padre que oír que un hijo no es suyo, eh? Lo dijo así, a boleo, con la intención de hacerme daño. Y yo, como un imbécil, reaccioné al instante... y entonces lo comprendió todo. —Una vez más, Jean rememoraba la escena como si estuviera ocurriendo de nuevo. Con los codos sobre la mesa, apoyó la cabeza en las manos—. *Touché!*, me dijo...

Se levantó y salió de la habitación. Christiane se puso a quitar la mesa en silencio. Estaba todo dicho, no había nada más que añadir.

Al salir del comedor, todo el mundo estaba tan anonadado por la revelación que nadie se dio cuenta de que Amari no se había levantado de la mesa. Una hora más tarde, cuando Louise cruzó la habitación de puntillas para ir a la cocina a robar una porción de tarta, se la encontró dormida en su butaca.

Tenía el rímel corrido. La anciana había llorado.

Julie daba vueltas y vueltas en su casa de diseño, cuya decoración blanca y minimalista recordaba a la de una clínica. Estaba devastada.

Cuando, tras un viaje que se le había hecho interminable, Patrice y ella habían llegado por fin, había corrido a encerrarse en su habitación y se había precipitado sobre el teléfono. En el coche, si bien la cercanía de Patrice le había impedido llamar a su padre para que la tranquilizara e invalidara las palabras de su compañero —¡tenía que ser mentira a la fuerza, de haber sido verdad, sus padres no se lo habrían ocultado!—, ahora necesitaba salir de dudas.

Pero Patrice había irrumpido en la habitación, y antes de que le hubiera dado tiempo a marcar el número, le había arrancado el teléfono de las manos y lo había arrojado contra la pared.

—¡Te prohíbo que te pongas en contacto con ellos! —había rugido, vaciando sobre la cama el contenido del bolso de Julie.

Se había apoderado de su móvil y le había infligido el mismo tratamiento que al teléfono fijo. Luego había salido del dormitorio y había regresado con una jeringuilla llena de un líquido transparente, y, con mano firme, había invitado a Julie a tumbarse.

—Ya no debes ponerte en contacto con ellos —había repetido con una voz más dulce, melosa, en realidad, inyectando lentamente el producto en el brazo de Julie, que estaba ahora por completo a su merced—. ¿Entiendes? Te hablo como médico tuyo que soy... Ya te han hecho suficiente daño...

Luego Julie ya no recordaba nada, sólo que había dormido veinticuatro horas seguidas y se había despertado con una duda y una certeza.

La duda era que las alegaciones de Patrice pudieran ser ciertas. Y la certeza, que si lo eran, el hombre con el que vivía era un depravado, y sus intenciones no eran buenas.

Ante la expresión de satisfacción de Bénédicte cuando descubrió la presencia del gatito en su despacho —el incesante, y no muy discreto, ir y venir de los mellizos le había puesto la mosca detrás de la oreja y había aprovechado un rato en el que todos habían ido a montar en bici para ver qué se traían entre manos—, Cyrille comprendió que le había salido el tiro por la culata.

Aunque su mujer no podía alegrarse de la presencia de un gato en la casa, sí era lo bastante lista para alegrarse del hecho de que su marido, en su deseo de complacer a los niños y de apuntarse un tanto a escondidas de su esposa, les había entregado la única habitación de la casa en la que tenía el derecho legítimo de recluirse. Por otro lado, el *sacrificio* de Cyrille confirmaba las sospechas de Bénédicte: sólo cuando había otra persona en su vida, su marido, corroído por el sentimiento de culpa, trataba por todos los medios de ser un buen padre, cuando el resto del tiempo se mostraba más bien distante con sus hijos.

Se había traicionado.

—Bueno, ahora que sabes lo de *Rose*... —se aventuró a decir Cyrille con voz vacilante.

—¡No quiero saber nada! —contestó furiosa Bénédicte—. ¡Yo me trago los sapos que tengo que tragarme, y tú cargas con tu sentimiento de culpa! ¡No pienso ser solidaria contigo en esto!

Bénédicte llevaba varias semanas pugnando por no abordar el tema de las recurrentes infidelidades de su marido, diciéndose que, como las otras veces, no era más que algo pasajero, y que, por definición, se le pasaría. El hecho de que Cyrille hubiera sido el primero en sacar el tema —¡encima *Rose*, vaya nombre!— le pareció inquietante y fuera de lugar. Sin embargo, conservó la calma, convencida como estaba ya de que las escenitas de celos sólo servían para ponerla a ella en un estado que sólo varias copas de whisky conseguían apaciguar. Y no estaba dispuesta de ninguna manera a que sus hijos la vieran borracha. Así que nada de perder los nervios, bastaba con una buena réplica.

—Bueno, estaba pensando que, ahora que lo sabes... —Cyrille prosiguió con su idea desconociendo el seísmo que se estaba gestando en la cabeza de su mujer—, a lo mejor podríamos instalarla en la habitación de invitados.

Bénédicte se puso lívida y miró a su marido con una mezcla de espanto y de incredulidad. Traer a su amante a su propia casa era algo que Cyrille nunca le había propuesto. La historia debía de ser tremendamente importante para que se atreviera no sólo a concebir la idea —debía de llevar pensándolo él solo en su rincón desde el principio de las vacaciones, e incluso antes—, sino también a hablarle de ella. ¡A no ser que simplemente estuviera tratando de provocarla! ¿Cuántos hombres, incapaces de dejar a su mujer por otra pero que se morían de ganas de hacerlo, multiplicaban los indicios, conscientemente o no, para que la esposa descubriera el pastel y tomara ella misma la decisión de abandonarlos? Pensaban con los cojones, esos mismos que luego, cuando eran necesarios, no tenían. Bénédicte saboreó la paradoja y se dijo que, por mucho que le costara, nunca entraría en ese juego. Si Cyrille quería dejarla, la decisión tenía que tomarla él. Y también le correspondía a él llevarla a la práctica. Conociendo la valentía de su marido, por haberla puesto a prueba tantas veces, sabía que no tenía de qué preocuparse. Cyrille siempre había sido un cobarde, y lo seguiría siendo.

—Porque, como tú comprenderás, tener aquí en mi despacho el lecho, con la arena...

¿La arena? ¿Qué arena? Bénédicte necesitó unos segundos más para comprender que se había montado una película: *Rose* no era el nombre de la pájara, sino de la gata. Estalló en una risa nerviosa rayana en la histeria.

—¿Qué te pasa? —preguntó Cyrille, que no entendía qué podía hacerle tanta gracia.

—¡Nada! —contestó Bénédicte entre hipidos. Se le habían saltado las lágrimas. Luego, con voz melosa añadió—: Está muy bien en tu despacho. La gata, digo. Es más... acogedor. Mejor que en la habitación de invitados, en cualquier caso.

Que su despacho fuera el lugar más acogedor de la casa era precisamente lo último que Cyrille quería. Para él, estar con gente era casi sinónimo de promiscuidad.

—Ya no hace falta que cierres la puerta, ¿no? Como ya estoy al corriente de lo de... *Rose*...

Aunque la discusión le había dejado un amargo sabor de boca por los pensamientos que había removido, Bénédicte había ganado. La gata se quedaría en el despacho, que se anexionaba al resto de la casa y cuya puerta ya no había razón para que permaneciera cerrada.

Bénédicte se había apuntado dos tantos seguidos.

—¡Esta relación está muerta y bien muerta! —exclamó Lorraine, reuniéndose con su abuela en la rosaleda—. Ni una señal de vida, Ama, ¿te das cuenta? Desde que no contesté a esas llamadas, no me ha vuelto a llamar ni una sola vez, ni me ha mandado un solo mensaje... ¡Nada!

Siguiendo con los ojos las mariposas blancas que revoloteaban alrededor de las Rousse de Lorraine, la anciana se encogió de hombros y miró a su nieta sonriendo. «Disfruta de la naturaleza que te rodea —parecían decir esos ojos llenos de sabiduría— en lugar de llorar por un hombre que de todas maneras volverá. O no. Sí, si está enganchado, volverá. Y si no lo está, entonces no merece que lo esperes.»

—¡Vaya! Se me va el novio y ¿qué haces tú? ¡Miras revolotear las mariposas partiéndote de risa! ¡Hay que ver qué insensible eres, Ama querida!

Lorraine se quejó en broma, abrazando a su abuela. Le encantaba estrechar entre sus brazos ese cuerpo frágil y, sin embargo, desbordante de energía, y sentir en su mejilla la caricia áspera de la laca que domaba el moño de su abuela. Ya no se solía utilizar mucha laca, y la textura y ese olor picante tenían un no sé qué deliciosamente pasado de moda. Un aroma de infancia que la consolaba cuando estaba triste. Y, aunque se esforzaba por ocultarlo, Lorraine empezaba a sentirse profundamente inquieta por el silencio de Cyrille y se preguntaba si no debía hacerse a la idea de que ya no le interesaba.

—¿A ti tampoco te ha llamado? —preguntó Louise, que había llegado a la rosaleda sin hacer ruido.

Como su madre, ella tampoco apartaba la vista de su móvil mudo. Desde que habían llegado, Louise había perdido y a la vez ganado curvas allí donde eran necesarias. Lorraine observó a su hija; se estaba convirtiendo en una mujer y, como tal, ya tenía preocupaciones y tristezas de mujer.

Arrellanada en su silla plegable, Ama no abandonaba su expresión divertida.

—Sí, bueno..., ¡ya sé lo que piensas, Ama querida! —bromeó Louise—. Te parecemos un par de tontas..., mamá y yo. ¡Perdona, mamá!... Ahí, esperando que nuestros novios nos llamen o nos manden un mensaje, sólo para decir: «Hola, estoy aquí, y no, no te he olvidado». Tampoco es mucho pedirles, ¿no crees? ¡Claro que no! ¡Así que ya ves qué bobas somos, tanto la una como la otra!

Miró a su madre.

—Pero ¿por qué no lo llamas tú? —le preguntó extrañada de que un adulto consintiera esperar una llamada sin tomar la iniciativa.

—¿Y tú?

Una sombra veló la mirada de Louise.

—¡Huy! Pero ¡si yo no dejo de llamarlo! Al principio, lo dejaba sonar, y ahora me cuelga directamente, así que...

—Mmm...

Sin conocerlo, Lorraine estaba enfadada con ese arrogante por romperle el corazón a su hija. ¿Se llegaba algún día a dejar de sufrir por amor?

—Lo mío es más complicado —murmuró Lorraine con una voz casi inaudible, diciéndose que, después de todo, al menos podría intentar llamar a Cyrille.

Louise caminó con cuidado entre las macetas de rosas y eligió una flor perfumada que olió antes de tendérsela a su madre.

—¿Sabes lo que te digo, mamaíta? ¡Que los hombres existen sólo para hacer llorar a las mujeres!

—¡No sólo para eso! —contestó en voz alta Bastien, que seguía a su abuelo con una gran cesta de mimbre al brazo que contenía la merienda.

Enviados por Christiane, que estaba ocupada en algún lugar de la casa, a no ser que hubiera encontrado esa estratagema para librarse de los hombres y poder ver así tranquilamente sus series preferidas, Jean y Bastien se pusieron a sacar las provisiones. Una tarta de manzana recién hecha, unos tocinillos de cielo que había preparado Bastien y una jarra de vino de cereza bien fresquito.

—¡Sí, claro! ¡Como tú sabes mucho de tías...! —comentó con ironía Louise, robándole a su hermano la porción de tarta que acababa de cortarse y ofreciéndosela a su abuela—. *Ladies first!* ¡Pero bueno! ¿Dónde te han educado a ti?

—¡Qué pelma eres! Lo que quería decir es que algunos tíos no son tan malos como los demás —alardeó Bastien—: ¡yo, por ejemplo! Soy divertido, inteligente, atento..., tengo la piel suave... y sé cocinar. ¡No hay muchos como yo!

—¡Sí, pero tú eres marica! ¡Así que tengo razón yo!

—¡Louise! —exclamó Lorraine muy irritada.

Haciendo caso omiso de la pulla de su hermana, Bastien sacó pecho para poner de relieve unos pectorales apenas desarrollados. Las mujeres se echaron a reír; hasta Amari reía a carcajadas con la mirada. Ofendido, Bastien se tragó un trozo de tarta casi sin masticar.

—Qué chorrada... Bueno, en cualquier caso yo opino que es una estupidez echarse un ligue antes del verano —masculló para el cuello de su camisa. Desde que habían llegado a Dordoña, se estaba dejando barba en un afán por imitar a su abuelo—. ¡No sirve más que para amargarte las vacaciones!

«No le falta razón», pensaron Lorraine y Louise a la vez, poniéndose las dos las gafas de sol para ocultar unas lágrimas que, mucho tiempo reprimidas, afloraban ahora. Quizá de verdad los hombres se hubieran inventado sólo para hacer llorar a las mujeres.

—¿Alguien ha conseguido hablar con Julie?

Más que una pregunta, se había convertido en la frase del desayuno. Como si cada noche que pasaba aumentara las probabilidades de que Julie hubiera entrado de nuevo en razón y hubiera descolgado el teléfono para disipar la inquietud de los suyos.

Pero esa mañana todo seguía igual: Lorraine había intentado hablar con ella, seguida de Christiane. En cuanto a Jean, no se atrevía siquiera a marcar.

—Hombre, supongo que terminará por devolver las llamadas... —trataba de consolarse, pero no creía lo que decía, y los demás, menos todavía.

—Me extrañaría mucho... —le replicó su mujer, lanzándole una mirada cargada de reproches—. ¿Quién te mandaba a ti contarle nuestra vida a ese tipo? ¡Tú has metido la pata, así que te toca a ti arreglarlo!

—Pero ¡si yo no le conté nada!

—Pfff... —Christiane levantó los ojos al cielo en un gesto de exasperación.

Jean se concentró en su café, que apuró antes de apoderarse de una jarra de limonada y de marcharse a refugiarse en sus flores. Tan perturbado estaba que se olvidó de Amari, que le imploraba con la mirada desde el otro extremo de la mesa. ¿Qué podía hacer? ¿Qué *debía* hacer? Al contrario que su mujer, estaba seguro de que el tiempo arreglaría las cosas y de que Julie, que no tenía un pelo de tonta, acabaría por coger el teléfono para pedir explicaciones. Pero Jean era capaz de darle todas las explicaciones del mundo excepto una: ¿por qué no le habían dicho nunca la verdad? A ella, como al resto de la familia. ¿Por qué Christiane y él habían ocultado una verdad, de importancia incontestable, desde luego, pero que no había razón alguna para no confesar? Y ni siquiera era *confesar* el término adecuado: ¡recurrir a un donante no era ningún pecado!

En eso andaba cavilando cuando vio a Lorraine, sentada en un tocón con una taza de té en la mano, llorando.

—¿Tú también estás enfadada conmigo, mi pelirrojita? —le preguntó, poniéndole la mano en el hombro con suavidad.

Parecía tan tristón que Lorraine no pudo evitar sonreírle entre lágrimas.

—Un poco...

Jean se dejó caer contra el tronco del tilo en el que estaba sentada su hija, y ella se acurrucó a su lado. Con un gesto protector, como a menudo había hecho, tanto con ella como con su hermana —pues fuera cual fuese la situación, Julie siempre había sido, era y sería su hija mayor—, Jean la abrazó y la acunó con ternura. Ese contacto físico, sentir sobre ella el brazo de un hombre y un hombro sobre el que abandonarse, abrió las compuertas de su tristeza. El abrazo de su padre le recordó a Cyrille, su ausencia, su silencio y la situación ridícula en la que se encontraban.

Se sorbió la nariz, y Jean le tendió un pañuelo perfumado con agua de colonia. Una costumbre deliciosamente pasada de moda que su padre nunca había abandonado.

—El caso es que... estoy un poquito enfadada contigo por no habernos contado lo de Julie, pero al mismo tiempo te comprendo. ¿Cuándo lo habríais hecho? Y ¿no habría puesto eso en peligro el equilibrio de nuestra familia? Quiero decir..., ¿de verdad es necesario saber esas cosas?

—Se enjugó los ojos con el pañuelo y negó con la cabeza—.
No lo sé. De hecho, ¡casi estoy más enfadada contigo por
haberlo soltado ahora que si no nos lo hubieras contado
nunca! ¡Porque vaya golpe, caramba! Pero, bueno, lo hecho, hecho está...

Jean la abrazó aún más fuerte y, de un capirotazo, lanzó
por los aires una hoja que se había posado en la manga de
su hija.

—No, lo que de verdad no va bien...

Lorraine volvió a echarse a llorar. Su padre esperó sin
decir nada a que se calmara.

—¡Lo que de verdad no va bien es Cyrille!

¿Cyrille?

—¿Quién es ese... Cyrille? —preguntó Jean en voz muy
baja.

—Cyrille es...

Mientras Jean servía en los vasitos la limonada fresca
que le había robado a Ama, Lorraine se lo contó todo. Era
la primera vez que se sinceraba con su padre; por lo general prefería compartir sus historias sentimentales con Ama
—que no decía nada— y con Maya —que decía demasiado—. Pero Lorraine se sentía tan confusa con respecto a
sus sentimientos y tenía tan poca idea de lo que debía hacer a continuación que necesitaba la opinión de un hombre. Pues si había algo que descifrar en el comportamiento
de Cyrille, sólo un hombre podía entenderlo.

—Entonces ¿tú crees que está todo perdido? —le preguntó a su padre con un hilo de voz; con un masoquismo
inconsciente, salía al paso de una respuesta que le daba
miedo.

Debatiéndose entre la necesidad de decirle la verdad
—aunque no siempre fuera agradable, y eso desde luego
Jean lo sabía mejor que nadie— y el deseo de reconfortarla
—las lágrimas de Lorraine eran para él un espectáculo insoportable, sobre todo ahora que sabía que las provocaba

un hombre—, Jean observó a su hija, acariciándose la barbilla.

—Oh, no. Volverá —dijo por fin, optando por una respuesta evasiva, aunque ello no cuadrara con su carácter—. Pero, a largo plazo, no estoy seguro de que valga la pena. Por lo que yo sé de la valentía de los hombres, nunca dejará a su mujer. Más te vale olvidarte de él antes de que te haga sufrir demasiado.

Aunque ésa fuera más o menos la respuesta que esperaba, y aunque ella misma hubiera empujado a su padre a dársela, Lorraine recibió sus palabras como una bofetada.

—Y ¿qué sabrás tú de la valentía de los hombres? —replicó con una pizca de agresividad.

Jean hizo caso omiso de la pulla.

—Voy a contarte una historia. —Acarició el cabello rojo vivo de Lorraine, y su mirada se perdió en la lejanía—. Pero júrame que no se lo dirás a tu madre... Ya ha tenido suficientes revelaciones últimamente.

Carraspeó.

—Bueno. No es un secreto para nadie, siempre he sido un hombre infiel, tu madre lo sabe, y yo no puedo sino admirar su..., ¿cómo decirlo?..., su comprensión. Al mismo tiempo, nunca ha tenido importancia. Es a ella y sólo a ella a quien amo.

Por su manera de pronunciar esas palabras hubiérase dicho que las había repetido mil veces, como para convencerse a sí mismo. Hay familias a las que se les da muy bien convencerse de cosas que no son ciertas.

—Salvo una vez. Un día conocí a una mujer...

Lorraine se puso rígida. ¿De qué más iba a enterarse que aún no sabía?

—Se llamaba Maylis. Era una de esas jóvenes que vienen en verano para ayudarnos con el tabaco. Fue mucho antes de que vosotras nacierais —precisó su padre, anticipándose a la pregunta que Lorraine se moría por hacerle.

Jean inspiró hondo y cerró los ojos para que acudieran los recuerdos.

—Resumiendo, que me enamoré perdidamente de ella, y ella de mí, creo. Tu madre no se dio cuenta de nada, ni siquiera Ama... O, bueno, si notó algo, ¡en cualquier caso no dijo nada! —Le guiñó un ojo a su hija, que no tuvo ánimos para sonreírle.

»Nuestra relación duró un año. Y un buen día ella me exigió elegir entre tu madre o ella: quería construir su vida, quería una familia, hijos... Yo tenía que decidirme. Quería que dejara a tu madre para irme a vivir con ella, eso quería...

—Y ¿por qué no lo hiciste? ¿Qué retiene a un hombre cuando está enamorado de otra persona? Una mujer sí que es capaz de dejar a su marido...

Pensativo, Jean se dio golpecitos en la mejilla.

—¿Por qué no lo hice?... —repitió—. Es una buena pregunta. En esa época habría dicho que por mi compromiso, mi responsabilidad para con tu madre. Y para con la propiedad. Pero, para ser sincero, hoy diría... que fue más bien por el *entorno* de tu madre. Por tu abuela y, sí, por la propiedad. Le pertenece a Ama, la heredará tu madre, y a mí me encantaba, y me sigue encantando, ocuparme de ella. No habría renunciado a ello por nada del mundo.

—Pero ¡eso no es una razón, si querías a esa mujer! —se ofuscó Lorraine, contenta sin embargo de que su padre no lo hubiera dejado todo, porque si no, ella no habría estado allí para lamentarlo—. Uno no sacrifica el amor por... ¡su comodidad!

Por un segundo había olvidado que estaba hablando con su padre. Tenía ante sí a un hombre cuyo modo de funcionamiento trataba de descifrar, sin conseguirlo, para poder determinar qué hacer a continuación en su propia historia.

—Para un hombre sí es una razón —prosiguió Jean—. La hipótesis de los sentimientos no da la talla ante la certeza de perderlo todo.

Tomó las manos de Lorraine y la miró a los ojos.

—Y, además, quiero a tu madre. Es una pesada de narices, pero la quiero.

Una sonrisa cargada de nostalgia iluminó ligeramente su rostro.

—Ya está, hija. Te he contado esta historia porque venía al caso, extrae tú de ella las enseñanzas que quieras. Pero esto es lo que sé yo de la valentía de los hombres.

Se levantó, y Lorraine lo siguió. La asaltaba una multitud de imágenes: el entierro del suegro de Cyrille, que convertía a su mujer, se lo había dicho él mismo muchas veces, en la heredera de la empresa; Cyrille contándole hasta qué punto le gustaba su profesión; las lágrimas de Cyrille ante el féretro del difunto... Desde luego, había muchas similitudes entre ambas historias. Demasiadas. Y ello no dejaba presagiar nada bueno.

Cuando llegaron a la casa, Jean se detuvo y cogió a Lorraine del brazo.

—No le cuentes nada a nadie, ¿eh, tesoro? ¿Me lo prometes?

—Te lo prometo —murmuró Lorraine.

Era inútil, después de tantos años, volver a abrir esa herida.

Las vacaciones llegaban a su fin, y Julie seguía sin dar señales de vida. Por más mensajes que Lorraine y Christiane le dejaban en el móvil —siempre saltaba el buzón de voz— y en el fijo, teniendo que soportar la voz melosa de Patrice en el contestador, no había nada que hacer. Julie tenía conocimiento de esas llamadas, pero nunca las devolvía. A menos que su compañero las borrara antes. Si ése era el caso, la situación era más grave aún, y si Lorraine y su madre lo habían pensado cada una por su lado, desde luego se habían cuidado mucho de decirlo.

Mientras estaba en la cocina con su madre y su abuela recogiendo la mesa después de la cena y reuniendo de paso un puñado de frambuesas y los restos de la tarta para guardarlo todo debajo de su cama para la noche, como solía hacer, Louise fue la primera en abordar el tema sin tapujos, con la clarividencia que la caracterizaba cada vez más a medida que iba creciendo.

—Estaba pensando... —empezó diciendo—. ¿No os parece que el gilipollas ese...?

—¡Loulou! —Era tarde, y a Lorraine no le apetecía escuchar esas palabras de labios de su hija.

—Bah, ¿cómo quieres que lo llame si no? —Louise se puso una frambuesa en cada dedo y se las fue comiendo una por una—. ¿No os parece que el..., bueno, Patrice —hizo una mueca en dirección a su madre—, podría borrar los mensajes que le dejamos a Julie antes de que ella los oiga para que se sienta aún más abandonada? No sé, se me ocurre...

Christiane y su madre intercambiaron una mirada. Desde luego, la niña tenía el arte de decir en voz alta lo que todo el mundo callaba: Christiane, en su deseo de protegerse, y Lorraine porque pensaba que, al hacerlo, el problema dejaría de existir. Lo que no se formula con palabras no existe, se complacía en creer Lorraine, quien, aunque la vida luego siempre la había atrapado, había empleado y abusado de esa estratagema para retrasar el peligro.

—Podría ser... —comentó Christiane al cabo de un momento. Se volvió hacia su nieta—: ¿por qué lo piensas?

Contenta de ser el centro de atención, Louise se sentó en el mostrador con las piernas colgando.

—Se me ha ocurrido así, sin más. No es para nada típico de Julie desaparecer de repente y sin motivo, ni siquiera cuando está triste. Sobre todo cuando está triste. Estás de acuerdo, ¿no, mamá?... Cada vez que le pasa algo, nos llama y viene a refugiarse a casa. ¿Te acuerdas de la última vez?

Por supuesto que Lorraine se acordaba. Recordaba la desesperación de su hermana por haber perdido el tren; recordaba esas conversaciones telefónicas parcas en palabras y por lo general truncadas cuando Patrice entraba en la habitación sin avisar y la interrumpía; recordaba que, a veces, cuando su madre o ella llamaban, no quería pasarlas con Julie. Recordaba también los testimonios de esas mujeres cuyos maridos o compañeros las alejaban de sus familias para controlarlas y dominarlas mejor. Una técnica bien conocida del malvado narcisista: dividir para reinar, aislar para aplastar.

—Sí, pero ¿qué podemos hacer? —se preguntó Lorraine en voz alta.

—A lo mejor... —Louise ya había pensado en algo—.

A lo mejor podría intentar contactar con ella por Facebook. Me extrañaría que ese... metiera las narices ahí.

—¡Odio esas cosas de Internet! —replicó Christiane, precipitándose un poco—. ¡Y las llaman *redes sociales*, venga ya! ¡Estoy segura de que mucha gente las utiliza para ligar!

—¡Que no, hombre, abuela! Lo que te pasa es que no es de tu tiempo, nada más... —Louise miró a su madre con aire interrogador—. Bueno, ¿qué te parece, mamita? ¿Me meto en Facebook?

Enternecida, Lorraine fue a abrazar a su hija.

—Haz lo que creas mejor, mi Loulou —le murmuró, acercando los labios a su cabello—. Estoy orgullosa de ti.

Louise besó a su madre en la nariz y, con la habilidad de una trucha, se zafó de su abrazo. Salió de la cocina bailando.

—*Yesss!* —La oyeron exclamar al llegar al pie de la escalera. Y, con voz cantarina, añadió—: ¡Buenas noches a todos!

Subió los escalones de cuatro en cuatro en busca de su hermano. Su madre estaba orgullosa de ella y se lo había dicho. Seguro que a Bastien le sentaría mal.

—Y, tú ¿qué? ¿Cómo va lo tuyo? —le preguntó Christiane a su hija cuando por fin dejaron de oírse portazos en la planta de arriba.

Aunque sabía perfectamente adónde quería llegar su madre —hacía tiempo que ésta le soltaba indirectas pero sin ir al grano, y, de hecho, a Lorraine la había sorprendido que hubiera tenido la paciencia de esperar hasta el último momento para preguntárselo—, puso cara de sorpresa. ¿Cómo iba lo suyo? En efecto, cabía preguntárselo.

—Porque, ¿sabes?... —añadió Christiane—, Bastien me ha contado lo de su padre, y tengo que decir...

Su madre no abordaba el problema de frente, pensó Lorraine sorprendida al verla atacar desde un ángulo imprevisto. A no ser que estuviera preocupada de verdad —y únicamente— por Bastien...

Christiane se limpió las manos en el delantal y puso agua a hervir para la infusión. Una verbena fresca que había cogido ella misma en el huerto esa mañana.

—Lo he visto muy afectado. Si quieres mi opinión, no le vendría mal tener en casa un nuevo referente masculino. Uno de verdad, si es posible...

Por fin su madre había llegado a donde quería llegar. Un poco solapada en el acercamiento pero implacable.

—¡Sí, pues por ahora puede esperar sentado! —la cortó Lorraine, sintiendo que se le llenaban los ojos de lágrimas.

Incapaz de contenerlas, metió la nariz en la taza que su madre acababa de servirle, quemándose la lengua de paso; pero cualquier cosa antes que dejar que estallara, y menos delante de su madre, la pena que llevaba dentro desde el principio del verano.

—Es ahora o nunca, corazón, ¿sabes?... Llega una edad en la que los años empiezan a contar por dos, y después ya te las ves y te las deseas para pillar a un hombre... —Christiane extendió las hojas de verbena en una bandeja para que se secaran—. ¡Hazle caso a tu anciana madre!

—Ya se verá. Por ahora me voy a la cama... ¡Buenas noches!

Con un vago saludo, Lorraine salió huyendo casi, dejando a su madre plantada. Luego fue a darle un beso a Ama y por fin se metió en su habitación, donde, con la puerta bien cerrada con llave, marcó, nerviosa y con apenas una pizca de remordimientos, el número de Cyrille. Ya iba siendo hora de llamarlo.

—Ah, por cierto... —preguntó Bénédicte, dando una vuelta por la casa para comprobar que nadie hubiera olvidado nada—. ¿Quién es Laurent?

—¿Qué? —Cyrille estaba terminando de bajar las persianas—. No conozco a ningún Laurent.

—Ah... —Tras una última ojeada, Bénédicte fue a cerrar el agua y la luz—. Pues qué raro, porque anteanoche te llamó un tal Laurent.

Cyrille cogió las maletas y se dirigió hacia el coche, donde ya esperaban los niños. Sabía perfectamente quién era el *Laurent* en cuestión, adivinaba adónde quería llegar su mujer y contaba con la presencia de la familia al completo para evitar el altercado que se avecinaba. Durante todas las vacaciones había conseguido esquivarlo, y en su fuero interno se felicitaba por ello... ¿Era posible que Lorraine lo hubiera estropeado todo llamándolo en el último momento?

Bénédicte cerró con llave la puerta de casa y lo siguió, insistiendo en su idea.

—En cualquier caso, debe de ser muy joven el tal *Laurent*, y tiene voz de chica..., tanto que he pensado que quizá sería una amiga de los niños, pero, entonces..., ¿por qué te habría llamado a ti, a tu móvil, a medianoche? ¿Se te ocurre alguna razón?

—¡Ah, porque ahora me espías el teléfono! —dejó escapar Cyrille entre dientes—. ¡Fantástico, oye!

—¡Si no fueras siempre de flor en flor no tendría que espiarte!

Habían llegado casi al refugio del coche, donde la presencia de los niños interrumpiría la discusión. Cyrille tenía un segundo para elegir callarse o para envenenar la situación. La frustración acumulada, la rabia de no haber conseguido ni una sola vez hablar con Lorraine, el hastío de haber dejado los días pasar y esa maldita llovizna que les fastidiaría todo el trayecto de vuelta le hicieron inclinarse por la segunda opción.

—¿Sabes una cosa, Bénédicte? ¡Si no estás contenta, no tienes más que largarte!

—¡Eso jamás! ¡Desde luego no me corresponde a mí hacerlo!

Bénédicte abrió la puerta del coche, se acomodó en el asiento del copiloto y se puso las gafas de sol.

Delante de ella, los limpiaparabrisas hacían pedazos una cortina de lluvia.

Lorraine estaba de humor sombrío.

Desde que había vuelto a París, Cyrille seguía sin dar señales de vida —y, tras la llamada interceptada por su mujer, Lorraine ya no se había atrevido a insistir—. Louise no había conseguido dar con Julie, y, para colmo de males, el riego automático de su patio se había estropeado durante las vacaciones. Los cultivos que más habían sufrido eran los de las Constance Printy. Lorraine se las había encontrado sedientas y moribundas, por así decirlo; dudaba mucho de poder recuperarlas.

Ella, que había empezado el verano en un estado de euforia, veía ahora que el otoño la atenazaba desde todos los frentes y se preguntaba si no se habría hecho ilusiones, en el plano sentimental al menos. Imaginar que una relación con un hombre casado pudiera sobrevivir al verano había sido de un optimismo excesivo, por no decir *descabellado*. Pero Lorraine quería creer que, en cuestiones del corazón, no había sitio para la razón; sin embargo, una vez más, ésta se imponía.

—Bueno, supongo que la relación está muerta... —no dejaba de repetirle a Maya, como si el hecho de decirlo le permitiera pasar el duelo.

Aunque, semana a semana, se había preparado para ello inconscientemente, llegado el momento no era capaz de ponerle punto final. En lo más hondo de sí misma subsistía la esperanza de que Cyrille abriera la puerta de la tienda como lo había hecho la primera vez, y todo volviera a empezar.

Por su lado, Maya, que le había pedido a Lorraine que se lo contara todo con pelos y señales, no entendía cómo su amiga había podido ser tan estúpida para seguir sin rechistar las reglas impuestas por su amante, que consistían en no manifestarse nunca y esperar a que él lo hiciera. Con el resultado de sobra conocido.

—Pero ¿cómo has podido ceder terreno cuando sabías que estaba las veinticuatro horas con su mujer? Yo en tu lugar habría hecho lo contrario...

—Pero me hizo jurar... —Lorraine añadió ramas de castaño de un amarillo resplandeciente al ramo de dalias ocre y rojo oscuro que estaba componiendo—. ¡No iba a acosarlo, para exponernos a que nos pillaran!

—Pues pese a todo es justo lo que ha ocurrido... —replicó Maya con la lógica implacable que la caracterizaba.

Al recordar la escena, Lorraine sintió que palidecía. Qué insensata, ¿cómo se le ocurría llamar a medianoche? A fuerza de pugnar por no llamarlo, había terminado por hacerlo justo en el peor momento. Como si sólo esperara que la pillaran y todo saliera a la luz.

—¿Sabes?, nuestro inconsciente nos la juega a veces. —Perspicaz, Maya le adivinaba el pensamiento—. Parece casi que lo hubieras hecho aposta. Para poner punto final a esa relación, o, al contrario, para hacer que exista. —Maya cogió nueces frescas de un cuenco—. ¿Hablaste con su parienta?

—Pues... —balbució Lorraine—. No..., bueno, sí, un poco... —El escote se le llenó de manchas rojas—. Bueno, no del todo...

Su amiga la miraba con el ceño fruncido.

—Sí, no, no del todo... Hablaste con ella, ¿sí o no? ¡Intenta acordarte, Lorraine, joder! ¡Es importante!

Lorraine sintió que le quemaban los ojos.

—Dije... Me parece que fui la primera en hablar y dije «Hola». Dije «Hola, Cyrille, ¿eres tú?», y como nadie contestaba...

Las lágrimas resbalaban ahora por sus mejillas, y Lorraine no se molestó siquiera en enjugárselas. Maya le tendió un clínex en silencio.

—Como nadie contestaba, dije... «Espero no haberte molestado... ¿Estabas dormido?»... Y entonces ella dijo «¿Quién es?» Más que hablar, era como si ladrara...

—No, si te parece...

Maya desapareció en el almacén y volvió con una botella de Chasse-Spleen que procedió a descorchar.

—¡Toma, es lo que toca ahora! —comentó, pasándole una copa a Lorraine.

Ésta probó el vino y bebió unos sorbos. La calidez del Burdeos y los aromas de guinda que exhalaba le sentaron bien, y consiguió contener las lágrimas para saborearlo mejor.

—Y ahora ¿qué hago? —le preguntó a su amiga, que volvió a llenar las copas.

Maya vaciló antes de contestar.

—Mira, lo hecho, hecho está, y no hay más que hablar. Lo que debes tener en cuenta es que, primero, no te ha llamado en todas las vacaciones...

—Sí, una noche... tres veces seguidas, al principio..., pero no escuché las llamadas...

—Vale. Pero después ya no volvió a insistir más. Y habría podido, ¿no? Tampoco es tan complicado escaparse un momentín fuera de casa o al baño, o donde sea, el tiempo necesario para llamar o para enviar un mensaje. ¿No?

Al oír a su amiga decir con tanta claridad lo que, durante todo el verano, se había negado a reconocer, encontrándole a Cyrille disculpas en las que ni ella misma creía, Lorraine se bebió la copa de un trago para evitar volver a echarse a llorar.

—Entonces ¿tú crees...?

—Creo que ese tío no tiene huevos y que le da miedo su mujer, eso es lo que creo. Y que no la dejará nunca...

Lorraine recordó entonces las palabras de Jean, que había tratado de olvidar. Su padre había acertado en todo, o casi: Cyrille no había vuelto, y la cuestión del futuro ni siquiera se había planteado. Quizá fuera mejor así, después de todo.

—Crees que no me quiere lo suficiente... —prosiguió de todos modos Lorraine, en una última necesidad de fustigarse.

—El amor no tiene nada que ver en esta historia. Creo que te quiere o que te ha querido, eso lo he visto con mis propios ojos. Pero creo que no quiere renunciar a su tranquilidad.

Pasó un ángel, emasculado.

—Entonces ¿crees que ya no volveré a verlo?

—Es lo mejor para ti, querida.

Maya fue a buscar otra botella. Salía del almacén cuando sonó la campanilla de la puerta.

—¿Vengo en mal momento, chicas? ¡Pensé que no me daría tiempo a acercarme! ¡Ni siquiera he podido cambiarme de ropa!

Bronceado, más delgado, guapísimo con un traje azul marino de raya diplomática y una botella mágnum de champán frío, Cyrille acababa de materializarse. Se precipitó a besar a Lorraine.

—Te he echado de menos, cariño.

—Siento mucho haberte llamado. —Fue todo lo que a Lorraine se le ocurrió contestar.

Maya no pudo contener una mueca de disgusto dirigida a Cyrille, que devoraba ahora a su amiga con los ojos sin ningún pudor. ¡Y ésta se derretía en sus brazos sin oponer resistencia!

—Bueno, tenemos un problema muy grave... —empezó diciendo el director del servicio jurídico, mientras los miembros del consejo de administración se iban acomodando en la sala de juntas.

—Todavía no he levantado la sesión, Hervé —lo interrumpió Bénédicte, instalándose en la cabecera de la mesa—. Le ruego que espere un momento antes de comunicarnos sus noticias alarmistas...

Salía de una discusión tormentosa con su marido, a quien había explicado que, como presidenta que era, tenía la intención de asumir la dirección de las operaciones tanto en el consejo de administración como en la junta de accionistas y que, por consiguiente, se sentaría a la cabecera de la mesa, lugar que hasta entonces había ocupado Cyrille. Éste se lo había tomado a mal y se había opuesto a esa decisión, argumentándole a su esposa su falta de experiencia. Aunque estaba furioso, su instinto le decía que actuara con cuidado, cuando no hacía mucho no hubiera vacilado en invocar la incompetencia notoria de Bénédicte y sus caprichos de niña mimada. Pero Béné no había dado su brazo a torcer, y Cyrille no había tenido más remedio que ceder.

Cuando todo el mundo se hubo instalado por fin, y Bénédicte hubo levantado la sesión y comunicado el orden del día, le dio la palabra al director del servicio jurídico, imponiéndose de nuevo sobre su marido, el cual, como director general, debería haber tenido la prioridad.

—Tenía usted algo que anunciarnos, Hervé...

Eludiendo la mirada de Cyrille, a quien sabía de sobra que la noticia que se disponía a dar no iba a complacer —era incluso muy probable que lo enfureciera—, el director carraspeó con aire incómodo y se tiró del nudo de su corbata marrón antes de lanzarse. «¿Cómo se pueden llevar corbatas tan feas?», se preguntó Cyrille, tecleando ostensiblemente en su ordenador para que quedara bien claro que toda esa palabrería era muy bonita, pero que, en lo que a él respectaba, era hora de pasar a las cosas serias. A saber: la homologación de la cápsula —su cápsula— que iba a revolucionar el mercado de la cosmética alimentaria.

—Acaban de denegarnos la homologación de Cyrinol.

Alrededor de la mesa se elevó un murmullo de consternación. Si bien no se habían puesto de acuerdo aún todas las partes sobre qué línea seguir al respecto y sobre el porcentaje de riesgo que se podía asumir, el tema les importaba, y todo el mundo estaba de acuerdo en que en él residía el futuro de la sociedad. La propia Bénédicte palideció, aunque se felicitó en su fuero interno por haber evitado que se pusiera en funcionamiento prematuramente —como recomendaba su marido— la gran máquina comercial y que se desbloquearan los considerables fondos necesarios para ello. Si todo se iba a pique, eso que se ahorrarían, y luego siempre podrían dedicarlo a otro proyecto.

—¡¿Qué chorrada es ésa?! —rugió Cyrille, levantándose bruscamente—. Se trata de la molécula más revolucionaria que existe, y ¿ni siquiera es capaz de conseguir que la homologuen? Tendría que pensar en cambiar de profesión, mi querido Hervé...

Bénédicte parpadeó como si fuera a bajar la mirada; en lugar de hacerlo, miró fijamente uno a uno a sus colaboradores, e invitó a Hervé a dar las explicaciones que todo el mundo esperaba.

—Para ser del todo exacto —prosiguió el jurista, con más seguridad ahora que se sabía respaldado por su presidenta—, lo que nos han negado no es la homologación de Cyrinol como tal, sino que ésta le sea otorgada a *los laboratorios Monthélie...* porque ya le fue concedida hace unos meses a otra sociedad.

—¡Imposible! —Cyrille estaba a punto de estallar—. El procedimiento es totalmente innovador, y nadie...

Cyrille no se lo podía creer. Que otra persona, exactamente en el mismo momento, pudiera haber no sólo tenido la misma idea sino haber desarrollado y llevado a su conclusión el mismo proyecto parecía poco probable, y, sin embargo..., ocurría todo el tiempo.

—¡Imposible! —repitió, con lágrimas en los ojos.

Hervé negó con la cabeza, cogió la hoja de papel que tenía delante y leyó en voz alta:

—«Lamentamos informarlo de que la molécula Telomerida-D², que constituye el principio activo de Cyrinol, ha sido patentada por los laboratorios Unterberg...»

—¡Los laboratorios Unterberg!... —vociferó Cyrille, encogiéndose de hombros—. ¿Qué es esta historia? No había oído ese nombre en mi vida...

Un silencio sepulcral reinaba ahora en la sala. Aunque nadie sabía de verdad qué laboratorios eran ésos y qué clase de productos comercializaban, lo que estaba claro era que las autoridades los conocían lo suficiente para que supusieran un obstáculo para ellos.

—¡Ya me ocupo yo de este tema! —intervino por fin Bénédicte tras largos minutos—. Creo que sé quiénes son...

---

2. Molécula inventada procedente de la telomerasa, que existe de verdad y está considerada por los especialistas como la «proteína de la inmortalidad».

Ese nombre, *Unterberg*, le resultaba vagamente familiar. Si sus recuerdos eran exactos, pertenecían o, en todo caso, habían pertenecido a un viejo amigo de su padre, Victor... Victor ¿qué más?, que recordaba haber visto sentado muchas veces a la mesa familiar cuando era pequeña, antes de perderle la pista.

—Dejemos que transcurran unas semanas y fijemos una nueva fecha para retomar este tema. Se cierra la sesión.

Sin mirar siquiera a Cyrille, indicó con un gesto al director jurídico que la siguiera y se dirigió a la salida. A los ojos de todos, acababa de tomar definitivamente las riendas de la sociedad que había heredado.

—¡Mamá, mamá! —gritó Louise, irrumpiendo en la cocina con un tarro de Nutella abierto en las manos y su portátil bajo el brazo—. ¡Hemos encontrado a Julie! Bueno, la he encontrado yo... —recalcó con una expresión a la vez satisfecha y aliviada. Una gran sonrisa le iluminaba el rostro.

—¿En serio?

En plena discusión con Bastien sobre si había que saltear o hervir la ternera blanca del guiso antes de cubrirla con agua y añadir las verduras, Lorraine abandonó sus libros de cocina —y la idea de llamar a Christiane para conocer la respuesta— y fue a abrazar a su hija.

—¿Has hablado con ella? ¿Qué te ha dicho? —la acosó a preguntas, impaciente por tener por fin noticias de su hermana.

—Pues no. Justamente... me ha dicho que no podía hablar conmigo...

A fuerza de tesón y perseverancia, Louise había terminado por encontrar a Julie, que se había registrado en Facebook con un perfil falso y no paraba de enviarle solicitudes de amistad. Solicitudes que Louise en un primer momento

había rechazado, antes de comprender, esa misma mañana, de quién se trataba.

—En realidad, es más bien ella quien me ha encontrado... Me ha dejado un mensaje para decirme que tenía que
hablar a toda costa con nosotros.

—¡Ahora mismo la llamo!

Lorraine cogió su móvil y marcó el número de su hermana, que sonó en vano. En ese mismo momento, el Mac
de Louise emitió un pitido que indicaba que acababa de
llegar un nuevo mensaje.

—No puede contestar —le transmitió Louise, consultando su cuenta de Facebook—. Acaba de enviarnos un
mensaje para quedar con nosotros... en Les Trois Chats.

—¿En Les Trois Chats? Pero ¡si eso está en Ruan! —exclamó Lorraine.

Louise acababa de escribirle cuando llegó la respuesta:
Sí, en la plaza de la catedral. ¿Cuándo venís?

—¿Vamos mañana? —Louise ya estaba consultando los
horarios de los trenes—. ¡No tengo clase, qué suerte!

Ese curso había empezado el bachillerato y tenía ahora
más de treinta y cinco horas de clase por semana, seis días
de siete. Descansaría cuando por fin empezara a trabajar.

Al día siguiente era sábado. Lorraine sabía que Maya no
tendría inconveniente en que no fuera a la tienda, aunque
el fin de semana siempre hubiera más clientes; pero había
quedado con Cyrille, al que no veía desde hacía más de
una semana, y no le apetecía lo más mínimo tener que
aplazar su cita.

—Podríamos proponerle mejor el domingo... —sugirió
tímidamente, incapaz de decidirse entre la urgencia de su
deseo y la de ver a su hermana.

—¡Demasiado tarde! —exclamó Louise, ahuyentando
de golpe el incipiente sentimiento de culpa de su madre,
como si le leyera el pensamiento—. Ya he hecho la reserva
de los billetes.

No era una obligación en realidad, pero para Lorraine fue suficiente para capitular.

—¿Y yo? ¿Voy con vosotras? —preguntó Bastien, a quien no le gustaba el papel dominante que estaba adquiriendo su hermana en ese asunto.

—¡Son cosas de chicas! —replicó Louise, lanzándole a su hermano una mirada que daba a entender que la situación podía negociarse.

Bastien gruñó e hizo pasar una moneda de dos euros del bolsillo de su vaquero al de su hermana. Ésta blandió dos dedos más a su espalda, y esperó a que otra moneda viniera a acompañar a la primera antes de añadir una plaza más a la reserva.

—Aunque, bueno, quizá necesitemos a un hombre —susurró hipócritamente.

Bastien se encogió de hombros y le sacó la lengua.

Mientras su hija le robaba la tarjeta de crédito para sacar los billetes, Lorraine marcó el número de Cyrille. Saltó el contestador, y, destrozada de pena, tuvo que dejar el mensaje en el que le decía que al día siguiente no acudiría a la cita.

Llovía a mares cuando Lorraine y sus hijos llegaron a la estación de Ruan y cogieron un taxi que los llevó a Les Trois Chats. Necesitaron varios minutos para encontrar a Julie, que los esperaba sentada en un rincón del café abarrotado, que olía a perro mojado, devorando con apetito una composición helada digna de Jeff Koons. Desde su marcha precipitada de Dordoña, dos meses atrás, Julie había cogido algo de peso, se le notaba en las mejillas y en el pecho; ojalá no tuviera una mala noticia que anunciarles, pensó Lorraine, que todavía conservaba fresca en la memoria la velada en la que todo había cambiado para mal.

Pero Julie estaba radiante, y en sus ojos brillaba una luz intensa que su hermana no le conocía o, si la había visto alguna vez, había sido hacía mucho tiempo. Mucho antes de que a la vida de su hermana mayor llegara ese tipo horrible, que no dejaba de robársela, a ella y al resto de la familia, de alienarla en cuerpo y alma para aniquilarla mejor.

—No dispongo de mucho tiempo —empezó diciendo Julie, consultando su reloj y lanzando miradas desconfiadas a su alrededor—, pero tengo algo que anunciaros, ¡y necesito vuestra ayuda! Yo...

Se acercaba el camarero, y Julie dejó de hablar en el acto. Ruan era una ciudad pequeña, y Patrice era un cirujano tan reconocido y respetado como odiado: Julie no quería que ningún oído indiscreto escuchara lo que tenía que decir. Ruan era una ciudad pequeña donde la gente se aburría.

Cuando llegaron sus consumiciones —un gofre con Nutella para Louise, un *croque-monsieur* de piña para Bastien, que no se arredraba ante ninguna experiencia gastronómica, y un chocolate caliente para Lorraine—, Julie prosiguió su relato o, más bien, lo empezó. Intrigado por su entrada en materia, su auditorio era todo oídos.

—He reflexionado mucho. Desde que Patrice me dijo lo de papá..., sí, porque, para mí, sigue siendo papá, eso no cambia nada. —Sonrió—. Y ni siquiera es seguro que sea verdad...

Julie se aferraba a esa idea, pues aún no había hablado con su padre —el tema era demasiado grave para tratarlo por teléfono, se decía a sí misma, pero quizá la ignorancia fuera para ella la última manera que le quedaba de protegerse—. Pero, cuanto más pasaba el tiempo, menos lo creía. Y lo que leyó en el rostro de su hermana y de sus sobrinos aniquiló definitivamente la parcela de esperanza que podría haber subsistido.

—Entonces es verdad... —murmuró.

En el fondo, lo sabía.

Se pasó ambas manos por el rostro. Lorraine esperaba verla estallar en sollozos, pero se sorprendió al reconocer una sonrisa iluminándole el semblante. Era una sonrisa de resignación, de alivio también de no tener que seguir mintiéndose a sí misma, y de compasión.

—Sigue siendo papá, eso no cambia nada... —repitió Julie con más fuerza y determinación todavía—. Sigue siendo papá.

Lorraine sintió que se le llenaban los ojos de lágrimas. Volver a ver a su hermana, la ternura de su sonrisa, y escuchar de su boca que perdonaba a su padre o, mejor dicho, que parecía no haberle reprochado nunca nada, todo ello la afectaba profundamente. Observó de reojo a Louise, que evitaba con cuidado su mirada para no echarse a llorar ella también.

—¿No estarás embarazada, espero? —preguntó Lorraine para cambiar de tema, y también porque era incapaz de resistirse a los mensajes alarmistas de su inconsciente.

Julie tan entrada en carnes, Julie tan tierna, Julie que se tomaba un banana split a las cuatro de la tarde, un helado que nunca le había gustado y que no le pegaba nada...

—Justo... —Julie se lamió la nata que le manchaba los labios— de eso quería hablaros.

«Vaya, hombre», pensó Lorraine. Estaba ocurriendo lo peor que podía suceder. Su hermana, atada de pies y manos por la llegada de un bebé. Definitivamente a la merced de su abominable cirujano, que sin duda se casaría con ella.

—Estoy siguiendo un tratamiento, bueno..., Patrice cree que sigo un tratamiento, para quedarme embarazada. Me ha mandado a ver a un especialista al que él conoce, tiene la consulta en París, ¡una suerte!, que me ha prescrito unas pastillas para estimularme los ovarios y favorecer la fecundación.

Lorraine palideció. «Nos va a anunciar que ha funcionado», pensó. Julie rebañaba ahora el fondo de la copa para no dejar nada del helado, que ya se había fundido.

—Sólo que no me las estoy tomando...

—¿Cómo?

Lorraine dio un respingo. Louise, que acababa de entenderlo todo, antes que su madre, soltó un gran suspiro de alivio. Fue como si se deshinchara. En cuanto a Bastien, observaba el ir y venir de los clientes del café con aire falsamente interesado: esas conversaciones de chicas lo incomodaban.

—No me las estoy tomando —repitió Julie contenta consigo misma—. Y, además... —su mirada se volvió maliciosa—, para estar segura de que no corro el más mínimo riesgo de quedarme embarazada, me tomo la píldora. Sólo que como se supone que el dichoso tratamiento me hace engordar, no tengo más remedio que zampar como una loca para que sea creíble. Por ahora, Patrice no se ha dado cuenta de nada, está convencido de que me tomo las medicinas como una niña buena y que acabaré por tener un hijo suyo. Pero ¡eso es algo que ni me planteo!

Además de determinación, ahora también había rabia en la voz de Julie.

—Porque lo voy a dejar. Por ahora estoy fingiendo para que no se dé cuenta de nada... ¡y luego pienso dejarlo! Lo que me ha hecho, lo de papá, es una cabronada. Eso me ha abierto los ojos...

Julie rugía. Sus palabras sonaban como una declaración de guerra.

—¡Sobre todo porque papá no le dijo nunca nada! —exclamó Lorraine, que de pronto sentía el deseo de disculpar a su padre.

Le narró brevemente a Julie la escena que había tenido lugar en el despacho de su padre, tal y como se la había contado Jean, y las posteriores explicaciones de Christiane.

—No le... —Julie la miró con incredulidad—. Pero ¡entonces es aún peor de lo que yo creía, ese tipo es un malnacido! ¿Me soltó toda esa historia sin saber si era verdad?

Golpeó la mesa con la cuchara, llamando la atención de media cafetería, que era precisamente lo que quería evitar.

Su móvil vibró. Le lanzó una mirada, pero no contestó a la llamada.

—Mierda, es él, tengo que irme —dijo, cogiendo su abrigo.

—¿Tienes un móvil nuevo? —preguntó Bastien, fijándose en el iPhone último modelo de su tía.

Julie lo arrojó dentro de su bolso sin el menor cuidado.

—Hizo pedazos el viejo para que no pudiera llamar a papá... ni a vosotros. Y luego se dio cuenta de que se castigaba a sí mismo al no poder tenerme controlada en todo momento. Por eso me regaló este chisme, pero perded cuidado..., ¡sabe dónde localizarme y tiene las facturas detalladas!

Lorraine estaba indignada.

—Pero ¿a qué esperas para darle la patada? ¿Por qué no lo dejas inmediatamente?

—Mamá tiene razón —añadió Louise—. Te vuelves con nosotros a París, y listo...

Julie miró a su sobrina, enternecida.

—No es tan sencillo, Loulou, no conoces a ese pájaro. Tendré que poner muchos más kilómetros de por medio que los que hay entre Ruan y París si quiero estar segura de que no venga a buscarme.

Besó a su hermana y a sus sobrinos, demorándose en el cabello de Bastien, que se lo dejó alborotar sin rechistar.

—Dentro de unas semanas iré a París para unas pruebas, ¿aprovechamos para vernos? Y, hasta entonces, os llamo yo, o nos hablamos a través de Loulou por Facebook. Patrice cree haber conseguido que ya no quiera ni oír hablar de mi familia... ¡Sobre todo no vamos a sacarlo de su error, al muy imbécil!

Lorraine miró alejarse a su hermana. Aunque resultaba obvio que estaba liberándose de la influencia nefasta de su compañero, aún no había escapado de sus garras.

En el tren de vuelta Louise escribió un e-mail que enseñó a su madre antes de enviárselo a su abuelo: «No estés triste, acabamos de ver a Julie, está bien. Por ahora no podemos ponernos en contacto con ella. Pero ¡se encuentra bien y te quiere! Y yo te mando muchos besos. Tu Loulou».

En cierto modo, los deseos de Lorraine se habían cumplido: Cyrille había abierto la puerta de la floristería, y todo había vuelto a empezar. Conseguían rebañar aquí y allá momentos para estar juntos, encuentros de gran intensidad debido a su carácter efímero y clandestino. El secretismo hacía más emocionante su relación, e incluso le añadía un toque de peligro que resultaba de lo más excitante, y mediante un acuerdo tácito saboreaban cada segundo del tiempo que pasaban juntos, un tiempo contado, dejando cuidadosamente de lado los temas que pudieran enfrentarlos.

Mientras que Cyrille parecía satisfecho con la situación, mordiendo la manzana cuando se le presentaba y aceptando la dieta que se imponía después, Lorraine tenía sentimientos encontrados. Vivía con su amante momentos de éxtasis insospechado y adoraba los ratos de complicidad que compartían. Pero el amor contra una puerta frigorífica —a menos que fuera cochera— presentaba a fin de cuentas un encanto limitado, y habría dado cualquier cosa por una noche entera, una mañana entre las sábanas o un fin de semana largo con Cyrille..., lo cual no ocurría casi nunca. O incluso una cena en la cocina, con los niños o con otra pareja de amigos. Lorraine tenía a veces necesidad de vivir escenas cotidianas, delante de la chimenea, viendo una serie en la tele, y, por qué no, de recomponer la familia.

—Pero ¡estás loca! —la regañaba Maya cuando le confiaba cómo se sentía—. ¡Tienes lo mejor sin tener que soportar nunca lo peor! ¿Te imaginas pasando fines de semana y vacaciones con sus hijos? Porque ellos te odiarán, no lo dudes, ¡ya se encargará su madre de ello! Por no hablar de los calcetines sucios, el tubo de pasta de dientes sin tapar, tener que hacer la compra y preparar la cena, tener que rendir cuentas y soportar el humor del señor cuando su mujer, bueno, su ex, en tu guion hollywoodiense le quite todo su dinero y cambie a su capricho las fechas de los fines de semana que cada cual pasará con los niños... ¡Adiós a los momentos románticos, solos los dos! ¿Es que no has pensado en todo eso?

Lorraine pensaba en ello a menudo. Cada vez más. Se sentía dividida entre los argumentos de Maya, que eran del todo pertinentes —aunque bien era verdad que ella misma había vuelto a caer en todo eso—, y su deseo visceral de no compartir más a Cyrille, de tenerlo para ella sola. Lo amaba. Y del amor a la posesividad sólo hay un paso.

—Oye, mi amor... —empezó diciendo una noche con mil precauciones, mientras saboreaban una copa de Chardonnay helado después de una sesión de sexo particularmente intensa.

Lorraine se enrolló en los dedos el vello que cubría el torso de su amante preguntándose, aunque ya se había lanzado, si tener esa conversación era buena idea. Cyrille enarcó una ceja en un gesto interrogador.

—¿Hmmm? —gruñó, acariciándole un pecho y volviéndose hacia ella para besarla.

Todavía estaba a tiempo de no ir más allá. Lorraine podía devolverle a Cyrille el beso, y esa conversación nunca tendría lugar. En cambio, con el sólido presentimiento de que se arrepentiría pero incapaz de contener las palabras que salían en tropel de las paredes de su inconsciente, siguió con su idea.

—¿Nunca has pensado que podrías dejar a tu mujer y así podríamos vivir juntos?

Le salió así, sin romanticismo ni puntuación. Nada. Una invitación concreta y factual a meterse de lleno en la vida cotidiana que mata. Como un anticipo de lo que los esperaba. Un anticipo amargo.

La sanción fue inmediata.

—Sí, pero no. —Cyrille apuró su copa de un trago—. Claro que me encantaría, Lolo mía, si pudiera...

Acarició el cabello de Lorraine para atenuar lo que le iba a decir a continuación. El *pero*...

—Pero ¡sabes muy bien que es imposible!

A decir verdad, a Lorraine nada le parecía imposible, se había enfrentado a cosas más difíciles en su vida y, para ella, deshacer algo sabiendo que después se iba a reconstruir era mucho más estimulante que aquello a lo que ella misma se había enfrentado al divorciarse. ¿No dicen que una mujer se va por sí misma, y que un hombre se va por una mujer? Lorraine sería aquella por la que Cyrille se iría, la que lo ayudaría y, en cierto modo, lo liberaría del yugo de su esposa, e incluso lo transformaría. Cyrille a su lado sería un hombre nuevo, feliz, relajado; ésas eran las fantasías que Lorraine alimentaba.

—Sabes lo importante que es mi trabajo para mí, aunque a veces resulte difícil hacer oír tu voz en una empresa que pertenece a tu mujer. Si dejo a Béné, lo pierdo todo, y si lo hago por ti, algún día te lo echaré en cara...

Lorraine sintió un nudo en el estómago. En la misma frase había dicho *tu mujer* y *Béné*, empleando a la vez el posesivo y un término afectivo, señal de que la relación entre ambos no había terminado. A lo que había que añadir que prefería su trabajo a ella, un hecho que ninguna mujer enamorada está dispuesta a escuchar, y que le recordaba a Lorraine las palabras de su propio padre. ¿Los hombres eran, pues, todos iguales, era para ellos más importante su comodidad y su tranquilidad que lo que los hacía vibrar?

Por otro lado, la respuesta de Cyrille tenía el mérito de ser franca; Lorraine sólo podía culparse a sí misma por haberse expuesto a una decepción segura al abordar el tema.

—Pero estamos bien así, Lolo, ¿no?

Sin manifestar el más mínimo pesar ni el más mínimo sentimiento de culpa, como si ni siquiera fuera consciente de lo hirientes que eran sus palabras, Cyrille la abrazó.

—Estamos bien, ¿no? —repitió.

Lorraine asintió de mala gana, apresurándose a ahogar su resentimiento en una lluvia de besos.

—¿Quién es ese guaperas viejo que acaba de salir? —preguntó Louise, reuniéndose con su hermano en la cocina.

Absorto en la preparación de un cocido, plato en el que se había convertido en un maestro y que había instaurado como ritual del domingo por la noche, para disgusto de su hermana, que se veía así obligada a tomar a la vez caldo —algo que odiaba—, carne cocida —tres cuartos de lo mismo— y verduras, Bastien apenas había visto a Cyrille cuando éste había salido de casa como un ladrón. Tras su conversación y la posterior reconciliación, Lorraine y su amante se habían quedado dormidos y se habían despertado sobresaltados al oír llegar a los niños. Aunque, por pudor, Bastien había fingido no reparar en la silueta masculina que salía de su casa, Louise en cambio sí que la había visto claramente. De hecho, impulsada por sus quince años cumplidos y por su incipiente interés por el sexo opuesto, lo había mirado sin recato ni disimulo.

—¿Sabes quién es? —insistió, rebuscando en los armarios para encontrar el tarro de Nutella.

—Bah, será el novio de mamá, me imagino.

A Bastien no le gustaban las palabras que acababa de

pronunciar. No le gustaba la idea de que su madre pudiera acostarse con otro hombre que no fuera su padre.

—No me gusta... —zanjó Louise, como un eco a los pensamientos de su hermano.

—Bueno..., ¡los he visto peores! —comentó Bastien, que seguía concentrado en sus verduras—. ¡No tiene mal tipo!

—¡De verdad que tienes gustos de mariquita!

Como todas las chicas de su generación, Louise sentía debilidad por los chicos que mostraban cierta fragilidad tras unos pectorales bien dibujados; la virilidad algo seca y nudosa de Cyrille era demasiado tosca para su gusto.

—¡Pues yo a este tío lo encuentro súper *vintage*! Que no se crea que porque le manda flores a mamá...

—¡Eso va con el rollo *vintage*! Y ¡no digas que no, Loulou, tú también te derretirías si un tío te mandara ramos de flores! —observó pertinentemente Bastien.

Una experiencia reciente, que se había guardado mucho de dar a conocer por temor a las preguntas de su madre y a los sarcasmos de su hermana, le había enseñado que una rosa podía con cualquier chica. Con cualquier chica de su edad, en todo caso, pues estaban poco acostumbradas a que les hicieran la corte.

—¿Qué es lo que es *vintage*? —preguntó Lorraine, irrumpiendo en la cocina.

Vestida con unos vaqueros, un jersey de cuello vuelto y unas botas, y con el cabello impecablemente recogido en uno de esos moños retorcidos que tanto le gustaban, nadie hubiera dicho que se había pasado la tarde en la cama. Pero de ninguna manera quería Lorraine ofrecerles un aspecto descuidado a sus hijos. Lorraine ocultaba tras una apariencia irreprochable un tufo de sentimiento de culpa que, aunque no estaba verdaderamente justificado, la asaltaba cada vez que volvía a sumergirse en su vida cotidiana familiar nada más salir de los brazos de Cyrille. Para estar bien consigo misma necesitaba un espacio de transición entre esos dos aspectos de su vida, por el momento muy separados entre sí.

—Pues... —vaciló Louise, preguntándose si no iba a meter la pata.

Además del deseo de satisfacer su curiosidad, la irritaba el hecho de que su madre pudiera acostarse con un hombre en su propia casa.

—¡Una cazadora! —dijo Bastien, inventándoselo sobre la marcha—. Loulou me estaba hablando de una cazadora que ha visto en casa de una amiga y que es una copia idéntica de... esto... de la de Elvis Presley.

Contrariamente a lo que podía insinuar su hermana, Bastien mentía como un hombre, uno de verdad.

—Hmmm...

Lorraine sonrió ante los loables esfuerzos de su hijo por ocultarle la verdad. Antes de sorprenderlos en la cocina, no había perdido ripio de su conversación, que le había hecho preguntarse si no debía presentarles a Cyrille la próxima vez que viniera a casa.

—¡No me gusta! —rugió Louise, cruzándose de brazos y mirando a su madre con aire enfurruñado.

—¿Qué es lo que no te gusta, Loulou, cariño? —Lorraine sintió que se le encogía el corazón.

—¡No me gusta que te traigas a tu novio a casa cuando estamos nosotros, eso es lo que no me gusta!

¡Lo que le faltaba! Lorraine pensó con nostalgia culpable en los hombres a los que ningún hijo impedía rehacer su vida —porque estaban con la madre—. Pero ella era mujer y madre, y Louise y Bastien esperaban de ella que fuera madre ante todo, en detrimento incluso de su vida de mujer.

Como la mayoría de sus congéneres, ésa era la ecuación injusta a la que se enfrentaba.

Cyrille observaba a su esposa intrigado.

Por primera vez en su matrimonio, cuando se disponía a anunciarle que tenía «una cena con inversores extranjeros» —los cuales podían sustituirse a su capricho por consejeros, periodistas, directores de gabinete, abogados..., otras tantas excusas a las que acostumbraba a recurrir cuando había quedado con Lorraine— y que «seguramente terminaría tarde», Bénédicte lo sorprendió anunciándole primero que esa noche era ella quien salía. Una cena de trabajo, explicó no sin cierto júbilo, a la que él no estaba invitado.

—Pero... —empezó diciendo Cyrille, aunque sabía que esa batalla estaba perdida de antemano.

Se preguntó qué mentira podía inventar para anular la cita con Lorraine en el último momento.

El contratiempo no podía ser más inoportuno. Cyrille notaba insatisfecha a su amante últimamente, y ello lo perturbaba. Se había embarcado sin pensárselo dos veces en esa relación con Lorraine, viviéndola al día y tomando cada instante como se presentaba, sin preocuparse por el futuro, y sin imaginar ni un solo segundo que Lorraine sí pudiera preocuparse. Sin embargo, soltera y enamorada como estaba, era lógico que un día ella quisiera construir su vida de una manera más serena, sin tener que compartir con nadie al hombre al que amaba y sabiendo qué le depararía el mañana. Construir su vida con él. Y ese día había llegado.

Al poner palabras a sus anhelos, aunque —Cyrille se había dado cuenta de ello— lo hubiera hecho como en un murmullo, como si no se atreviera a reivindicar algo que sin embargo era humano y legítimo, había sacado bruscamente a Cyrille de la actitud de negación de la realidad en la que se refugiaba. Y lo había obligado a enfrentarse a dicha realidad.

Si quería que su relación tuviera un futuro, había que hacer ciertos cambios. No se podía pasar la vida entera mariposeando. No sin una base estable, en cualquier caso, hacia la que volver cada vez.

Lorraine era libre y no tenía esa base a la que vincularse. Pero Cyrille sí. Y muestra de ello había sido la respuesta que le había dado cuando ella le había sugerido de un tirón que podría dejar a su mujer para irse a vivir con ella.

Aunque quería a Lorraine, aunque le encantaba hacer el amor con ella y adoraba los momentos de complicidad que compartían, ahora ya estaba absolutamente seguro de que nunca dejaría a Bénédicte. Porque ella tenía el poder. Porque tenía el dinero. Porque sin ella nunca podría realizar el proyecto que le importaba más que nada y que sería la coronación de su carrera. Y porque estaba acostumbrado a ella.

Cyrille se sentía confuso. Por un lado pensaba que no era el hombre que Lorraine necesitaba, que la estaba engañando y le estaba haciendo perder el tiempo. Pero, por otro, la quería lo suficiente para no tener ni las ganas ni el valor de renunciar a ella.

—¡No hay pero que valga! —replicó suavemente Bénédicte, sacándolo de sus reflexiones—. Para variar, esta noche salgo yo. ¡Está en juego el futuro de la empresa!

Bénédicte llevaba un vestido azul noche drapeado que Cyrille no le conocía y que realzaba las pocas curvas que tenía. Se le pasó por la cabeza que se arreglaba así para otro hombre, aunque la cena fuera profesional, algo que no ponía en duda, y él mismo se sorprendió de la punzada de celos que sintió. Aunque no duró mucho, pues enseguida se impuso la frustración de ver contrariados sus propios planes.

—Octave está invitado a cenar en casa de Pierre, le he dicho que podía quedarse a dormir si quería, pero que antes tenía que avisarte.

Bénédicte se aplicó con cuidado el rímel, a juego con su vestido, un gesto de coquetería que hacía muchos años que Cyrille no le había visto.

—¡Ah! Y le he pedido a Azucena que os deje un pollo en el horno, para ti y para los mellizos, y pisto. Tranquilo, que no os vais a morir de hambre...

Cogió su abrigo y desapareció en el vestíbulo.

—¡Bueno, hala, adiós! ¡Que lo paséis bien! ¡Y seguramente volveré tarde! —concluyó, repitiendo con maligno regocijo las palabras que su marido había convertido en su expresión favorita.

La puerta se cerró con un portazo que dejó a Cyrille aturdido. Marcó el número de Lorraine, diciéndose que sin duda lo mejor era decirle la verdad —en el marco de sus nuevas funciones, a Bénédicte le había surgido una obligación de la que había omitido tenerlo informado—, pero cambió de idea. No tenía ganas de pasar por un perrito faldero a ojos de una mujer que en parte lo amaba por su virilidad.

Recurrió pues a un mensaje fácil y lacónico, en cuya ironía no reparó siquiera:

Estoy atrapado en una reunión que seguramente terminará tarde... No me esperes. *Sorry*.

A continuación, impulsado por el remordimiento, le envió otro mensaje:

¡Ya nos desquitaremos, cariño! ¡Te lo prometo!

En ese preciso momento Jules y Lucrèce, acompañados de *Rose*, que los seguía a todas partes, hacían irrupción en la habitación.

—Papá, papá, ¿nos vamos al McDonald's? —preguntó Lucrèce con voz cantarina, saltando a los brazos de su padre.

La niña sabía cómo engatusarlo, y, cuando su madre no estaba, sus hermanos siempre la mandaban a ella en avanzadilla cuando se trataba de obtener de él lo que quisieran.

Cyrille besó a su hija en el pelo, respirando su olor a almendras y leche, le chocó los cinco a su hijo y, sin pensar ni un segundo en el pollo con pisto que le recordaba demasiado los lunes en la isla de Ré, cogió los abrigos, las bufandas y los gorros de toda la familia y sus llaves.

—¡Trato hecho! ¡Venga, niños, nos vamos!

—¡Síiii! ¡Eres genial, papaíto! —exclamó Lucrèce, poniendo boquita de piñón y bailando de un pie a otro en un afán por eludir el gorro que su padre trataba de ponerle—. ¿Tengo que ponérmelo a la fuerza? Me va a aplastar el pelo... ¡y, además, me pica!

Sin esperar la respuesta de su padre, se lo metió como pudo en el bolsillito de su abrigo.

Corriendo detrás de sus hijos, que bajaban la escalera a toda velocidad gritando, Cyrille se sintió más sereno. Feliz, en el fondo, de pasar una velada a solas con sus hijos pequeños, de los que Bénédicte no paraba de decirle que no se ocupaba lo suficiente. «¡Has querido tener hijos, pues ocúpate de ellos!», le repetía, cada vez más a menudo desde que se había puesto a trabajar.

No fue hasta una hora más tarde, cuando volvió molido y lleno de gases de su cena de hamburguesa con patatas y batido, cuando por fin vio el mensaje que Lorraine le había mandado como respuesta al suyo:

Mejor lo dejamos.

—¡Creo que he metido la pata! —anunció Lorraine al entrar en la floristería al día siguiente.

La tienda olía divinamente a abeto y a especias —clavo, anís estrellado y canela en rama— que Maya añadía a las coronas que realizaba cada año durante las Navidades.

—Date prisa, ¡tenemos que entregar cincuenta centros de mesa antes de las dos para el mercadillo benéfico del hotel Crillon! —La recibió su amiga sin apartar la nariz de las fragantes ramas de enebro de China que entrelazaba con acebo en una trenza de pino de Macedonia.

Cincuenta centros de mesa a setenta euros cada uno, eso eran tres mil quinientos euros que no serían ya para la causa por la que se celebraba el evento benéfico. A los que había que añadir la decoración —suntuosa—, la cena —elaborada por un puñado de cocineros premiados con estrellas Michelín—, y, por supuesto, el champán gran reserva, que corría a litros en esa clase de veladas. Maya no entendía en absoluto la economía de esos saraos de vocación supuestamente humanitaria que proliferaban, sobre todo a finales de año, y, a decir verdad, la asqueaban. Pero, como buena comerciante que era, ni se le pasaba por la cabeza rechazar los ingresos que esas fiestas le generaban. Ello explicaba su mal humor mañanero y el poco interés con el que había acogido la entrada en materia de Lorraine al llegar a la tienda.

Ante la indiferencia de su amiga, Lorraine, que desde el mensaje que le había enviado la víspera a Cyrille en un arranque de hartazgo y de rabia, había dormido muy poco, rompió a llorar.

Sorprendida, Maya se la quedó mirando y abandonó su tarea para ir a abrazarla.

—Pero ¿qué te pasa, cariño? —le preguntó, estrechándola como a una niña contra la suave almohada de su pecho.

—Es... es por Cyrille —hipó Lorraine en un torrente de lágrimas que ya nada podía contener.

—Ya me imagino que es por Cyrille.

Maya la abrazó aún más fuerte y le acarició el cabello, esperando a que su amiga se recuperara un poco y pudiera explicarse.

—Anoche, me... ¿Sabes?, habíamos quedado, y yo hasta había pensado que podría presentárselo a los niños. El otro día lo vieron salir de casa, así que para eso ya mejor que se conozcan, ¿no?

Lorraine se apartó un mechón de pelo que le caía sobre los ojos. Todavía la sacudía de vez en cuando algún sollozo mudo, pero ya no le impedía hablar. Al contrario: más que sincerarse, era como si Lorraine hubiera necesitado vaciarse por completo. Suspiró antes de proseguir.

—Bueno. El caso es que no se presentó la ocasión, porque Cyrille anuló la cita en el último momento, y lo peor... lo peor es que lo hizo con un mensaje de texto. Ni siquiera tuvo cojones para llamarme, ¿te das cuenta? ¡Este tío tiene un problema con el teléfono! Y el mensaje era exactamente como los que le manda a su mujer cuando está conmigo. Nos cuenta las mismas mentiras a su mujer y a mí, ¿te das cuenta, Maya?

—Los hombres cuentan siempre las mismas mentiras —observó Maya con aire docto—. No pensarás que se van a inventar mentiras distintas cada vez, ¿no? Para empezar, les falta imaginación, y después, una vez que ya tienen su pequeño repertorio, es más sencillo recurrir a él en cualquier ocasión. Así al menos no se exponen a confundirse de excusa... ¿Qué te dijo exactamente?

Lorraine fue a buscar el móvil dentro de su bolso y le enseñó a su amiga los mensajes de Cyrille.

—A lo mejor es verdad... ¿Qué te hace pensar que es mentira?

—Pues porque salta a la vista —replicó Lorraine con un tono que traslucía una pizca de desprecio.

Había visto tantas veces a Cyrille mandarle ese mismo

mensaje a su mujer que no podía imaginar ni por un segundo que esa vez pudiera ser verdad. De tanto verlo mentir a su lado y con tanta facilidad, sin darse cuenta había empezado a desconfiar de él. Lorraine amaba a Cyrille, sí, pero no confiaba en él.

—Y ¿tú qué le contestaste? —quiso saber Maya, a quien la situación no le parecía tan grave.

—¡Pues justo ése es el problema! Le contesté «Mejor lo dejamos»... Y, desde entonces, no he vuelto a tener noticias suyas. Naturalmente...

Lorraine sintió de nuevo un nudo en la garganta. Movida por el enfado, había dicho algo de lo que se arrepentía, pero lo dicho, dicho quedaba. Más aún si se había dicho por escrito.

El rostro de la iraní se iluminó.

—Pero ¡si es perfecto! ¡De verdad que no es para ponerte así, querida! Si quieres saber mi opinión, no podías haberle dado una respuesta mejor. Por un lado, le demuestras que no te has dejado engañar, y por otro, que no te gusta mucho que te trate así. No eres su mujer, al fin y al cabo. Y, encima, le dejas claro que no estás a su disposición. Has dado en el clavo con ese «Mejor lo dejamos».

—¿Tú crees?

Lorraine se puso los guantes y empezó a reunir ramas de conífera.

—Estoy segura. ¡Pondría la mano en el fuego a que ese mensaje lo va a sacudir por dentro, y no tardará en dar señales de vida! Si huyes del amor, éste te persigue... ¡Ya conoces el refrán!

—Hmmm...

Lorraine no estaba convencida. Pero quería creerlo.

Desde que Cyrille había recibido el sms de Lorraine, se preguntaba cómo tenía que tomárselo. Aunque su primera reacción había sido la de sentirse irritado —¡Lorraine debería entender que tenía una familia de la que ocuparse!—, olvidando que no era ésa la razón que había esgrimido para anular su cita, pronto había experimentado la frustración de verse rechazado y el miedo de ser abandonado. Pues el mensaje de Lorraine, al decirle que era mejor dejar el tema, demostraba que ella también era capaz de hacerlo... Y no iba a correr el riesgo de poner su vida patas arriba por una mujer que tirase la toalla a la menor contrariedad.

Por ello, la reacción animal que había predicho Maya y que debería haber estimulado en Cyrille, como en todos sus congéneres, un espíritu masculino de conquista, había sido reemplazada por un deseo de huir, que a su juicio era la mejor solución y que, a decir verdad, lo tranquilizaba. «Mejor lo dejamos.» El mensaje de Lorraine había abierto la brecha de lo que Cyrille quería considerar como lo razonable, mientras que Lorraine y Maya, cuando hablaran de ello más adelante, no verían en su gesto más que pura cobardía.

De modo que, comportándose como un perfecto caballero, casi una víctima —pues así era como había decidido considerarse a sí mismo, complaciéndose de vez en cuando en una melancolía y unos altibajos de humor que le parecían justificados—, Cyrille no dio señales de vida ni contestó a las llamadas de Lorraine, plegándose a lo que le pedía su amante. Aliviado de no haber tenido que tomar él la decisión.

El amor que lo unía a Lorraine, y al que podía, ahora que se había roto, nombrar y sobre el que podía fantasear lo que quisiera, era imposible. En el dolor que se infligía, Cyrille estaba a un paso de considerarse un héroe, sumiéndose en la literatura del siglo XIX con nueva empatía. Cyrille estaba triste, pero se sentía engrandecido.

Lejos de esas consideraciones novelescas, tras seguir varios días los consejos de Maya, que consistían en esperar a que el mensaje produjera el efecto previsto, Lorraine empezó a llamar a Cyrille. Sin éxito. Éste no contestaba ni a las llamadas ni a los mensajes con los que, con una desesperación cargada de rabia, lo bombardeaba. Sin miramientos, Cyrille había hecho exactamente lo que ella le pedía: lo había dejado.

—Y, ahora, ¿qué hago? —le preguntó Lorraine a Maya un día que estaban decorando un árbol de Navidad.

El ambiente de las fiestas, tan centradas en la alegría familiar, real o edulcorada, no hacía sino empeorar su humor.

—Nada, ¿qué querrías hacer? —estalló Maya.

Toda esa historia había socavado sus certezas sobre los hombres y su forma de actuar, que tan bien creía conocer; y ello la contrariaba.

—Podría ir a verlo. Podría ir a su casa, o a la puerta de su trabajo...

—¡Ah, sí, muy buena idea! ¡Así podrás explicarte directamente con su mujer! La conoces, ya has hablado con ella este verano... —dijo irónicamente la iraní, tirándose del jersey para taparse los michelines—. Si quieres mi consejo...

—Para lo que valen tus consejos...

Lorraine lamentó esas palabras en cuanto salieron de su boca. Era injusta con su amiga, que siempre había estado ahí para apoyarla. No era culpa de Maya que se hubiera enamoriscado de un hombre casado. Y, encima, cobarde. O sea..., le había tocado el premio gordo...

Lorraine apartó de su mente los recuerdos que acudían en tropel, el cruce de miradas en la iglesia el día del entierro, el ramo que le había hecho componer sin saber que iba a ser para ella, su primer beso en la puerta de su casa, la lubina a la sal fallida y la tortilla que la había reemplazado... Necesitaba ver a Cyrille, no podía dejar que esa relación se terminara sin una explicación. No podía dejar que terminara a secas.

Maya encajó el golpe sin decir nada.

—Pero lo amo —lloriqueó Lorraine con una voz que enseguida detestó.

—Lo amas porque no lo puedes tener. Inconscientemente, lo sabías desde el principio: como no quieres que vuelva a haber un hombre en tu vida, elegiste uno que ya estaba cogido. ¿No es eso lo que me has dicho siempre?

Maya apartó un mechón que le caía a Lorraine en los ojos y la rodeó con el brazo.

—Anda, déjalo ya... —concluyó, maldiciéndose por haber empleado el mismo verbo que lo había desencadenado todo.

Lorraine se zafó del abrazo de su amiga con una vaga sonrisa, cogió su abrigo y cargó el árbol de Navidad en la trasera de la camioneta.

—¡Bueno, voy para allá! —dijo con voz firme, cogiendo las llaves—. ¡Los sentimientos son muy bonitos, pero tenemos que entregar estos malditos árboles de Navidad!

Cuando vio a Lorraine aparcar delante de su oficina y salir de la camioneta para dirigirse con paso decidido a la recepción, Cyrille sintió una oleada de pánico. Había conseguido convencer a Bénédicte para cenar a solas los dos y había quedado con ella en el vestíbulo quince minutos más tarde. Exactamente donde estaba ahora Lorraine.

Para tener un pretexto en caso de un posible encuentro inoportuno —aunque fueran irónicas, las palabras de Maya tenían todo el sentido, y al presentarse en la sede de la empresa Lorraine sabía que se arriesgaba a encontrarse cara a cara con su rival—, la florista se había llevado consigo una enorme corona y el cuaderno de entregas; en caso de urgencia, siempre podría pretender haberse equivocado. Pero no le hizo falta: en cuanto cruzó la doble puerta de la entrada, fue Cyrille quien corrió a su encuentro, muy colorado; la cogió del codo y la llevó a una sala de reuniones cuya puerta cerró de una patada.

—Pero ¿qué haces aquí? —murmuró, lanzando miradas inquietas en dirección a la puerta.

Lorraine se acercó a él para besarlo. Pillado por sorpresa, Cyrille le devolvió el beso, antes de rechazarla.

—Quería verte... —empezó Lorraine, sintiendo que se le llenaba el escote de manchas rojas. «Desde luego no es el momento», pensó, poniéndose la corona delante para ocultarlas—. No puedes desaparecer así...

Cyrille vaciló. Hubiera dado cualquier cosa por que esa conversación no estuviera teniendo lugar. Pero el hecho de ver a Lorraine lo sacudía por dentro, y no sabía ni cómo decirle que había decidido romper con ella, ni siquiera sabía si era de verdad lo que quería hacer.

—Si fuiste tú quien dijo que mejor lo dejábamos... —se aventuró a decir sin embargo con voz insegura—. Y creo que tienes razón...

—Pero ¡eso no es lo que quería decir! —protestó Lorraine, tan fuerte que Cyrille le tapó la boca con la mano.

Sentir bajo los dedos los labios de Lorraine y su aliento cálido contra la palma de su mano le desbarató los sentidos, y Cyrille vio inflarse su entrepierna con aire dubitativo.

—Venga... —insistió Lorraine consciente de su ventaja.

Lo empujó contra la mesa, deslizándole los dedos por debajo de la camisa, electrizándole la piel. Cyrille estaba hundiendo el rostro entre los pechos de Lorraine, preguntándose cómo había sido tan tonto al pensar un solo segundo en renunciar a su suavidad, cuando una voz lo llamó al orden. Bénédicte lo estaba buscando.

Con un movimiento rápido, Cyrille se incorporó, se abrochó la camisa y cogió al azar un montón de papeles antes de dirigirse a la puerta.

—No te muevas de aquí hasta que nos hayamos ido, ¿vale? —le dijo a Lorraine en un murmullo. Y, sin volverse, sin un gesto y sin un beso, apagó la luz antes de cerrar la puerta tras de sí—. ¡Aquí estoy! —le contestó con voz cantarina a su mujer—. ¡Sólo había ido a recoger las actas de la asamblea!

Sola en la oscuridad, sentada con las piernas abiertas sobre la superficie de cristal, Lorraine miró la puerta con una expresión aturdida. Por un segundo se sintió tentada de salir a su vez y dejar que la situación o, al menos, lo que quedaba de ella, quedara al descubierto. Pero se contuvo: pues lo que sentía, más allá de la tristeza y la decepción, lo que había suscitado en ella el tono servil con el que su amante había contestado a Bénédicte —además de su miedo manifiesto y su retirada— era un sentimiento de asco.

Si bien, contrariamente a lo que afirmaba Maya, Lorraine no tenía nada en contra del hecho de volver a contar con un hombre en su vida, lo que desde luego no quería era un perrito faldero.

Encendió la luz, recogió la corona, que, en el ardor de la batalla, se había caído al suelo, y recolocó las ramas de acebo y las pequeñas bayas antes de recomponerse a sí misma. Sólo entonces se permitió estallar en sollozos, consciente de que esas lágrimas no tenían nada que ver con las que había podido derramar hasta entonces: las que resbalaban por sus mejillas esa noche eran lágrimas de rabia.

En efecto, había llegado la hora de dejarlo.

—Estás preciosa esta noche, cariño...

Bénédicte miró extrañada a su marido servirle una copa de vino que estaba decidida a no tocar siquiera, y se sirvió ella misma agua con gas para acompañar la cena. Conservaba el recuerdo vergonzoso de esa noche en la que, ebria de celos y de whisky, había vomitado hasta el hígado en el cuarto de baño, por lo que había decidido no volver a probar jamás una sola gota de alcohol.

La última vez que había bebido vino había sido en una cena con Victor —Victor Damrémont, no le había resultado muy difícil averiguar su apellido— para ese asunto de la homologación. Los temas de trabajo los habían resuelto enseguida, pero sobre lo demás le había abierto los ojos. Sobre su vida, sobre su relación de pareja. Sobre la construcción de sí misma.

—Mírate, querida —le había dicho al verla servirse vino por quinta vez sin esperar a que lo hiciera él mismo—. Bebes como un cosaco, apenas comes... —La había mirado a los ojos—. ¿Qué te ocurre? ¿No eres feliz?

Había bastado una simple alusión a la hipótesis de su felicidad, en la que hacía mucho tiempo que no creía, para que Bénédicte se viniera abajo. Victor le hacía exactamente la misma pregunta que habría podido hacerle su padre, de haber seguido con vida. Con la misma benevolencia y la misma voluntad de ayudarla.

—No, es... Es Cyrille —había confesado, dando rienda suelta a toda la tristeza que llevaba conteniendo en los últimos meses.

Victor le había dicho entonces algo que Bénédicte siempre recordaría. Y que, desde ese mismo momento, había convertido en su mantra.

—Nunca te construyas en función de un hombre, querida. Constrúyete a ti misma, tú sola. Ahora eres responsable de una empresa, que te ha legado tu padre y que por ello forma parte de tu ADN, tienes hijos... Constrúyete a ti misma, y lo demás vendrá por sí solo. Yo te ayudaré si quieres, como lo habría hecho tu padre, te ayudaré a llevar a buen puerto tus proyectos. —Le había cogido la mano, como para sellar un pacto—. Puedes contar conmigo... pero no descansar sobre mí, ¿de acuerdo?

Bénédicte había asimilado sus palabras y se había apresurado a llevar a la práctica esos sabios consejos.

Entonces algo en la actitud de Cyrille había cambiado: sus ojos se posaban sobre ella como si la vieran, y encima le hacía halagos, algo que ella no recordaba que hubiera hecho jamás. No, en toda su vida matrimonial, Cyrille nunca le había dicho nada agradable, y mucho menos que estuviera preciosa. Y aunque, en efecto, esos últimos tiempos le había parecido que se mostraba más atento con ella, su iniciativa de salir a cenar los dos solos la había sorprendido. Bénédicte se preguntaba qué podía haber detrás.

No había, sin embargo, malicia alguna en la actitud de Cyrille: desde que se había enterado de cómo había hecho cambiar de idea Bénédicte a Damrémont, engatusándolo con un veinte por ciento de los beneficios generados por Cyrinol si le cedía al grupo Monthélie la homologación y les permitía a ellos encargarse de su desarrollo y su comercialización —argumentando que su competidor no tenía los medios financieros ni humanos para hacerlo, cosa que Damrémont sabía bien—, veía a su esposa de otra manera. Más madura, más inteligente, en una palabra: más interesante. Y más astuta, lo cual no lo disgustaba en absoluto: cuando había manifestado su descontento por ese veinte por ciento —podía representar cantidades considerables—, ella había replicado que todo dependía de las cifras de las que se partiera, y que ellos serían los únicos en conocer dichas cifras.

Evidentemente, se había abstenido de informarlo del resto de la conversación que había mantenido con el viejo amigo de su padre, pues sólo la incumbía a ella.

Esa noche, Cyrille estaba disfrutando de verdad de esa cena a solas con su mujer, que sellaba entre ambos de manera tácita no sólo el fin de las hostilidades, sino también y sobre todo el inicio de una relación más cordial e igualitaria. Y, quién sabe, quizá un nuevo arranque del amor que en tiempos —dijera lo que dijera él— habían sentido el uno por el otro. Pues Cyrille deseaba a esa nueva mujer en la que se había convertido su esposa, y escrutaba sus ojos para ver si era recíproco.

—Estaba pensando... —prosiguió, atacando su *risotto agli scampi*. Recordó entonces que unos meses antes había compartido ese mismo plato con Lorraine, un recuerdo que se apresuró a apartar de su mente—. ¿Te apetecería hacer un viajecito a un sitio soleado, tú y yo solos...? A lo mejor en febrero...

—Los niños... —replicó Bénédicte en un acto reflejo.

Los niños habían sido siempre la excusa, el parapeto tras el que Bénédicte se refugiaba cuando no sabía qué contestar o quería evitar algo penoso. Sin darse cuenta, con el paso del tiempo se había acostumbrado a oponer a *los niños* a todo lo que le propusieran. Lo cual desde luego le aseguraba cierta tranquilidad, pero también le había llevado a perder algunas oportunidades, ahora se daba cuenta de ello. Sin embargo, un viaje a un sitio soleado con Cyrille, ¿por qué no? Hacía tiempo que soñaba con ello, y nunca lo habían hecho.

—Podríamos pedirle a Azucena que se instalase en casa

para cuidar de los niños —se aventuró a decir Cyrille, como si le leyera el pensamiento.

La chilena de nombre verdiano, contratada para ocuparse de la casa al nacer Octave, era ya parte de la familia y se le podía confiar el cuidado de los tres hermanos con los ojos cerrados.

—No estoy segura...

Bénédicte se enrolló un mechón de pelo en el dedo. Aunque irritado porque su mujer no acogiera su propuesta con la alegría prevista y reaccionara con una vacilación que no esperaba, Cyrille no pudo evitar que ese gesto le pareciera sexi. Y esa manera que tenía de juguetear con su cabello, aunque se lo había visto hacer mil veces sin prestarle atención, lo volvía loco.

—¿Qué? ¿No quieres irte de viaje conmigo...? —le preguntó con una brusquedad que no alcanzaba a ocultar su decepción—. Pues vaya...

—No es eso —se apresuró a decir Bénédicte deseosa de no estropear el ambiente de la velada—. Es sólo que en febrero..., si todo va como está previsto, estaremos en plena homologación de Cyrinol. Y preferiría que ni tú ni yo nos alejáramos demasiado hasta que este asunto esté zanjado.

Cyrille miró a su mujer con admiración. Gracias a ella, había que ser justos, iba a ver realizado el sueño de su carrera; y Bénédicte no retrocedía ante ningún sacrificio para conseguir sus fines. Los de ambos.

—Tienes razón. ¿Qué tal en abril? O a principios de mayo... Para entonces seguro que todo está bajo control.

—Sí, eso es. O incluso mejor a mediados de mayo. —Bénédicte sonrió—. Se lo comentaré a Azucena, para que le dé tiempo a organizarse.

«Mayo», pensó Bénédicte. Eso le dejaba un poco de margen. Pues, aunque se moría de ganas de hacer ese viaje, ya no estaba segura de querer hacerlo con su marido.

Cyrille cogió la mano de su mujer, y ella no la retiró.

—¡Bueno, pues parece que no van muy bien las cosas! —concluyó el ginecólogo tras consultar los resultados de los análisis de Julie. La observó con atención—: ¿Se está tomando el citrato de clomifeno entre el segundo y el quinto día después del primer día de la regla?

—Pues... sí.

Julie se esperaba esa clase de interrogatorio y sabía que, para que su pequeña estratagema se sostuviera en pie, no debía mostrar la más mínima vacilación. Se había condicionado, pues, para meterse en la piel de la mujer enamorada impaciente por darle un heredero a su marido. Y que no comprendía por qué, pese al tratamiento que seguía a rajatabla, no lo conseguía.

—Ya llevo cuatro ciclos... No lo entiendo... —añadió para aumentar su credibilidad.

—Hmmm... —El médico daba vueltas y vueltas a la hoja con sus largos dedos de uñas cuidadas. Julie pensó que le gustaría mucho sentirse acariciada por esas manos—. En ocasiones puede llevar un poco de tiempo. No obstante...

Tamborileó sobre el opulento escritorio de caoba; Julie no apartaba los ojos de sus dedos, fascinada.

—Evidentemente, podríamos pasar ya a las gonadotropinas. —Miró a Julie a los ojos; ésta se estremeció—. Pero ése no es en realidad nuestro problema, ¿o sí?

—No... no entiendo lo que quiere decir —farfulló Julie

tras un largo minuto, sintiendo que la sangre le abandonaba el rostro.

El médico abrió la pequeña nevera oculta en un armario de la misma madera que el escritorio, sacó una Coca-Cola, que sirvió en un vaso y se lo ofreció a Julie.

—Tome..., un poco de azúcar le sentará bien.

Abandonando su butaca al otro lado del escritorio, fue a sentarse junto a su paciente y esperó a que se hubiera recuperado un poco para preguntarle:

—¿Hay algo de lo que quiera hablarme? —preguntó con el tono conciliador de quien no se deja engañar y conoce de antemano la respuesta.

Muy asustada, Julie no sabía qué hacer. ¿Por qué, en lugar de simplemente *olvidarse* de tomar las pastillas, o de tomarlas mal, había tenido que ir un paso más allá y empezar a tomar la píldora? ¿Cómo había podido imaginarse que el ginecólogo, gran especialista en infertilidad, no se daría cuenta de su jueguecito? ¡Su situación hormonal no debía de ser en absoluto la que él esperaba! ¿Cómo había podido creerse lo bastante lista para engañarlo? Y era amigo de Patrice... ¿Cómo iba a salir de ésa ahora?

—Una cosa tiene que estar muy clara —prosiguió el médico sin apartar los ojos de Julie y como si siguiera el hilo de sus pensamientos—. Aunque su marido...

—¡No es mi marido! —lo interrumpió ella algo bruscamente.

El hombre la miró y asintió con la cabeza. Su instinto no le había engañado: ese asunto era mucho más complejo de lo que parecía a simple vista.

—No es su marido... —repitió—. Muy bien. Entonces digamos que aunque Patrice, que no es su marido, me ha quedado claro —sonrió, en un intento por relajarla pero que tuvo el efecto de alterarla aún más—, y que no es mi *amigo* propiamente dicho sino un simple conocido... ¿Sabe?, ¡en esta profesión se conoce a mucha gente! Aunque Patrice tratara de saber lo que usted y yo hemos hablado en esta consulta, yo no se lo desvelaría. Secreto profesional. Todo lo que me cuente quedará entre nosotros.

Calló y tomó la mano de Julie entre las suyas, esperando que empezara a hablar. Ante tanta solicitud, Julie sintió que la abandonaban las fuerzas y que su coraza saltaba en pedazos. Se echó a llorar.

—Yo... no quiero tener un hijo de este hombre, de Patrice. No lo amo, ¡me da miedo! Quiero dejarlo... —estalló, antes de proseguir con una vocecita apenas audible—. Pero no sé cómo hacerlo, me tiene en un puño... Tengo que marcharme... Tengo miedo...

—Y ésa es la razón por la cual no sólo no sigue el tratamiento, sino que, además, toma la píldora...

Julie asintió entre dos sollozos. ¡Qué tonta había sido al creer que nadie descubriría su estratagema!

El médico le tendió un pañuelo de papel.

—Evidentemente... No se tiene un hijo con el hombre al que se ha decidido dejar...

—Me va a matar...

El hombre le dirigió una mirada en la que brillaba algo parecido a la compasión. ¿Cuántas había visto como ella, cuántas mujeres a las que sus compañeros o sus maridos querían dejar embarazadas a toda costa para aprisionarlas mejor? ¿Cuántas veces, consciente o inconscientemente, había sido cómplice de esos acosadores para alimentar la satisfacción narcisista de ser el mejor en lo suyo? ¿A cuántas mujeres había visto desfallecer y darle las gracias sin ganas cuando les anunciaba con aire triunfal que por fin iban a tener un bebé? Volvió a su sillón al otro lado del escritorio y rebuscó en una carpeta.

—Me había dicho usted que tenía formación de enfermera, ¿verdad?

—Sí...

Julie resopló y luego se sonó la nariz.

—Quizá me meta donde no me llaman, pero... —Una vez más, miró fijamente a los ojos de su paciente—. ¿Sabe que dejar a esa clase de hombre, esto... a Patrice, implica tener que marcharse lejos, a un entorno en el que esté usted protegida...? ¿Sabe que no se detendrá ante nada para recuperarla, y que irá a buscarla...?

—No si me marcho..., si abandono Francia...

—Ahí es adonde quería yo llegar. ¿Estaría usted dispuesta a abandonarlo todo?

Nerviosa, Julie destrozaba el pañuelo de papel en mil pedacitos.

—¿Acaso tengo elección?

—¿Quiere una respuesta sincera? No, no tiene elección... —Sacó un folleto de un cajón y se lo tendió a Julie—. Tenga. Mi hermano es cirujano y organiza regularmente misiones en Mauritania para formar in situ a personal médico para reparar fístulas obstétricas. Sé que necesitan enfermeras. ¿Sabe lo que son las fístulas?

Julie indicó que no con la cabeza, invitando al médico a explicárselo. Lo poco que le había contado ya le parecía apasionante.

—Niñas. Niñas muy pequeñas, de doce años, a veces menos. Las casan a la fuerza, los maridos las violan. Se quedan embarazadas y tardan dos días en parir, no entienden lo que les pasa. Al final dan a luz a un niño muerto; entonces las expulsan, diciendo que tienen el mal de ojo, y nadie las quiere. Presentan fístulas, por los desgarros tan grandes que sufren; como consecuencia de ello, son incontinentes.

Julie sintió un nudo en la garganta. El ginecólogo prosiguió:

—Resumiendo, que tienen doce años, huelen mal y se las considera malditas. Las tratan como a animales, peor que a animales. Pasan directamente de la infancia a ser consideradas desechos humanos. Y son millones y millones...

—Y... ¿cuándo podría marcharme? —preguntó Julie.

El médico la observó.

—¿Está segura? Son cosas feas las que va a ver allí...

—Esas niñas me necesitan. Y yo las necesito a ellas...

El ginecólogo escribió unos números en una hoja y se la dio a Julie.

—Aquí tiene el teléfono directo de Paul en el hospital. Y su móvil. Llámelo de mi parte a principios de semana, yo ya lo habré visto el domingo y le habré hablado del tema. —Se levantó—. Y nosotros nos vemos de nuevo dentro de un mes, ¿de acuerdo?

Julie le miró con una expresión interrogadora.

—¡Claro! —le contestó el médico, guiñándole un ojo en un gesto de complicidad—. Hasta que todo esto se ponga en marcha, hacemos como si siguiéramos el tratamiento, ¿no?

Le tendió la mano a Julie, quien, en un impulso de gratitud, lo abrazó.

—¡Gracias, doctor! —murmuró, dándole un beso en la mejilla.

El médico sonrió. Hacía tiempo que no le habían dado las gracias con tanta alegría.

—¡Hala!... ¡Ya estáis de reunión de chicas! —exclamó Bastien, dejando sus cosas de clase en la cocina.

Sentadas a la mesa, Lorraine y Julie estaban enfrascadas en una conversación alrededor de una botella de Merlot casi vacía. Louise rellenaba de Nutella unos pastelillos para el postre —su nuevo invento, para variar un poco del bizcocho— y Maya iba y venía entre el cuarto de baño y la furgoneta aparcada en la puerta para cargar unas catleyas J. A. Carbone cuyos cultivos Lorraine había multiplicado y cuyas flores fucsia, con el corazón rojo oscuro, acababan de alcanzar su madurez.

—¡Pues no creas que al llegar tú la cosa cambia mucho! —le contestó Louise a su hermano, sacándole la lengua.

—¡Me resbala lo que me digas! —masculló Bastien, apoderándose del libro de cocina.

Aunque en un principio la sexualidad de su padre lo había perturbado y había temido que pudiera tener algún efecto sobre la suya, ahora ya se le había quitado el miedo por completo: desde las vacaciones de Todos los Santos salía con la chica más guapa de su clase, que respondía, como por casualidad, al delicado nombre de Fleur. Sólo por eso había pensado que estaba predestinada para él, y que su madre se volvería loca de alegría cuando se la presentara. Compartía con ella su pasión por las flores...

—¡Hace un calor de espanto en tu cuarto de baño, querida! —comentó Maya, sirviéndose una copa.

—Es lo que esas señoritas necesitan —contestó Lorraine, señalando la puerta con la cabeza.

Cada vez que dejaba marchar un lote de flores, que había cultivado amorosamente, a Lorraine se le encogía el corazón, pero a la vez se sentía orgullosa de sus orquídeas y, en particular, de las catleyas. Estaban exuberantes y aterciopeladas, y aguantarían varios meses en casa de quien supiera ocuparse de ellas.

—Bueno, ¡tengo que irme pitando! —dijo Julie, poniéndose el abrigo—. El lobo me espera. —Besó a su hermana, a Maya y a sus sobrinos—. Y ni una palabra a papá y a mamá, ¿eh?

Lorraine mimó el gesto de cerrarse la boca con llave y le devolvió la sonrisa a su hermana, que ya salía corriendo. Julie le había contado su entrevista con el médico, y su huida —pues eso era exactamente lo que se disponía a hacer— se anunciaba ahora realista y concreta. Quizá, después de todo, gracias a un arrojo que no habría sospechado que su hermana tuviera y que no podía evitar admirar, Julie saliera airosa de la situación en la que estaba.

—¡Yo también! —Maya se despidió de Lorraine con un abrazo—. Mañana abres tú la tienda. Yo tengo que entregar a domicilio tus hermosas señoritas, ¡volveré a última hora de la mañana! Por cierto —añadió en voz baja—, ¿tienes noticias de nuestro amigo?

—¡Se acabó! —rugió Lorraine con una voz a la vez demasiado fuerte y demasiado precipitada—. ¡No quiero volver a oír hablar nunca más de ese gilipollas! ¡Se a-ca-bó!

Sin decir una palabra, Maya abrazó a su amiga con más fuerza. No había nada más que añadir.

Mientras Bastien se ocupaba de preparar la cena, *magrets* a la parrilla con patatas, un plato al que no se resistían ni su hermana ni su madre —¡ni él tampoco, de hecho!—, Louise fue a acurrucarse en el regazo de su madre.

—De todas formas, no me gustaba... —le dijo en voz baja, dándole un beso en el cuello y hundiendo la cara entre su cabello para esconder una sonrisita satisfecha.

Pasaron las Navidades, fiesta que Lorraine siempre había odiado. Y, desde su divorcio, más todavía.

Había que aparentar alegría por los niños, que no se dejaban engañar, hacer un esfuerzo, fingir, interpretar el papel de la familia unida y feliz, aunque a esa familia le faltara un trozo y ya nunca volvería a ser completamente una familia. O sería otro tipo de familia. Las Navidades lo obligaban a uno a recordar que la familia era un concepto reinventado, mientras que el resto del año uno se esforzaba por olvidarlo, porque se era moderno y porque así es la vida, y porque eso era algo que le ocurría a más de la mitad de la población. Y recordaba también que todos los esquemas de familia eran posibles y que había que aceptarlos.

Por más que uno tratara de convencerse, si había un momento en el año en el que recibía en plena cara los añicos de sus sueños rotos, con un regusto de fracaso, ése era el de la Navidad. Por suerte para Lorraine, también era un período de muchísimo trabajo, lo que le permitía refugiarse en sus tareas y no le dejaba tiempo para dar demasiadas vueltas a las cosas. Y, para los niños, estaba el aliciente de los regalos.

Pasaron, pues, las fiestas, y Lorraine no pudo evitar pensar en Cyrille en familia, regalándole una joya y haciéndole el amor a su mujer, que era también la presidenta de su empresa. Varias veces quiso llamarlo, pero le bastaba recordar cómo se había arrastrado delante de Bénédicte, cómo la había dejado a ella plantada en la sala de reuniones, con las bragas en los tobillos, y se había echado atrás. Aunque las cosas no se hubieran verbalizado o, en todo caso, confirmado, esa relación había terminado. Y la prueba era que tampoco Cyrille la había vuelto a llamar a ella.

—Díselo... —le sugirió Maya una mañana de febrero, cansada de ver la expresión de su amiga, tan sombría como la previsión del tiempo en invierno.

—Que le diga ¿qué? —preguntó Lorraine por preguntar, sin apartar los ojos del ramo de rosas de Ecuador que estaba componiendo.

Había captado al vuelo a qué se refería su amiga, sobre todo porque el perfume de las flores le recordaba a Cyrille... Todo le recordaba a Cyrille.

—Dile que cortas con él.

—Estás de broma, ¿dos meses después? De todas formas, ya hemos cortado.

Maya se quitó los guantes y tomó el rostro de su amiga entre las manos. Clavó los ojos en los de Lorraine.

—Hablo en serio, querida. No dejes que te corroa por dentro lo que no has llegado a decir. Si necesitas ponerle palabras a esta ruptura para convencerte de que existe y poder pasar página, ¡hazlo!

Lorraine se sintió embargada por una oleada de calor. Maya tenía razón. Si quería que esa historia dejara de atormentarla, tenía que darle al *stop*. No dejar que la película se siguiera proyectando en el vacío, por falta de personajes. Hace falta un cadáver para poder empezar el duelo.

Sin pronunciar una palabra, cogió su móvil y marcó el número de Cyrille. Éste contestó al primer tono.

—Lorraine, ¿qué...?

Parecía sorprendido y enojado a la vez.

—¡Te dejo, no quiero oír hablar más de ti y sobre todo no quiero volver a verte nunca más, ¿me oyes?, nunca más!

—Ya me había dado cuenta —contestó éste con un tono irónico—. ¡Cuídate y feliz año!

Dicho esto, con un suspiro que se asemejaba a una risa, contenida o contrariada, Lorraine no habría sabido decirlo del todo, Cyrille colgó. Lorraine cerró la tapa de su móvil y miró a Maya.

—¡Hala, ya está dicho! —Dejó escapar un largo suspiro.

—Y ¿qué te ha contestado?

—En resumen..., ¡se ha reído en mis narices!

Lorraine se echó a reír a su vez, una risa nerviosa en la que se mezclaron también algunas lágrimas.

—Y ¿cómo te sientes tú ahora?

Maya tocó sobriamente el brazo de su amiga. Lorraine la miró un momento antes de contestar.

—Mejor —dijo por fin—. ¡Bien, incluso! ¡No te imaginas siquiera lo bien que me siento!

Maya sonrió. No se creía una palabra, pero la vida seguía adelante.

—¿Quién llamaba? —preguntó Bénédicte al ver a Cyrille colgar el teléfono.

Desde que se había vuelto más segura de sí misma, tanto en el terreno profesional como en el personal, Bénédicte no se andaba con escrúpulos de ninguna clase y mostraba a las claras su curiosidad. En lugar de amargarse la vida rumiando un montón de preguntas, las planteaba directamente: era la mejor manera de obtener una respuesta, si es que de verdad era una respuesta lo que quería. Pues a veces sus preguntas no tenían más razón de ser que el dejarle claro a su interlocutor que no se la podía engañar fácilmente y que, como dirían sus hijos, lo había *pillado*.

—Nadie —contestó Cyrille, guardándose el móvil en el bolsillo de la chaqueta. Tomó ambas manos de su mujer entre las suyas y dijo en tono de broma—: ¿No te irás a poner celosa ahora, no?

—¿Celosa? ¡Huy, pero si hace tiempo que ya no soy celosa!

Cyrille la miró con atención. En efecto, Bénédicte no parecía sentir celos en absoluto, lo cual casi lo contrarió.

—Por cierto, no te lo he dicho —prosiguió Béné, entrando en su despacho, contiguo al de su marido—, pero ¡vamos a tener un nuevo accionista!

—¿Cómo? —preguntó Cyrille a punto de atragantarse.

Era el director general de la empresa, ¿y su mujer decidía ampliar el capital sin consultarlo antes con él?

—Y ¿quién es el elegido? —prosiguió Cyrille, con una voz que no alcanzaba a ocultar su contrariedad.

—Victor Damrémont...

Cyrille se rascó la barbilla.

—Victor... —Dio un respingo—. ¿Damrémont? No me digas que es el dueño de los laboratorios Unternoséqué... El tío ya se beneficia del veinte por ciento de Cyrinol que aceptaste darle... En resumidas cuentas, no estoy seguro de que esa iniciativa tuya haya sido una buena idea...

Feliz de poder desarrollar por fin sin trabas su nuevo producto, Cyrille había aplaudido la jugada de su mujer, diciéndose que aunque un veinte por ciento de los beneficios generados por las ventas de Cyrinol podía parecer una suma considerable, siempre podrían encontrar la manera de minimizarla mediante una estrategia de provisiones y otras deducciones. Pero si ahora el tipo iba a formar parte del capital de la empresa, la situación era muy distinta: tendría acceso a todas las cifras, y ya no sería tan fácil engañarlo.

Entró en el despacho de su mujer y cerró la puerta antes de desplomarse sobre un sofá. No hacía ninguna falta que todos los colaboradores oyeran su conversación.

—Precisamente —se opuso Bénédicte—. Hacernos con

la homologación del producto, con la molécula clave patentada por otro laboratorio, aun con el acuerdo de ese otro laboratorio, es... es demasiado complicado. Hay que volver a empezar desde cero con las administraciones, eso nos llevará muchísimo tiempo... Por eso he pensado que sería más sencillo meter a Victor, o, más bien, a los laboratorios Unterberg, directamente en el capital...

—Pero ¿de qué estás hablando? ¡No se mete así como así a nadie en el capital de una sociedad! ¡Y mucho menos a una persona jurídica! Y, además, ¿qué cambiaría eso? Con todo el respeto que te debo, ¡lo de ser presidente de una empresa no es algo que se improvise, Bénédicte, joder!

Nervioso, Cyrille daba vueltas por la habitación como un león enjaulado. Tenía la impresión de que la situación se le escapaba de las manos. Nunca hubiera imaginado tener esa clase de discusión con su mujer, que en su vida no había gestionado más cuentas que las de su propio hogar. Pero tenía que admitir que los argumentos de Bénédicte eran pertinentes, y ello lo irritaba sobre todo porque esa idea no se le había ocurrido a él.

—Los laboratorios Unterberg nos entregarán la patente de la Telomerida-D como aportación industrial; a cambio, nosotros les cederemos un cinco por ciento del capital...

—¿Un cinco por ciento? Pero ¡si eso es muchísimo!

—Pues ése es el valor que le ha otorgado el director financiero al que tú mismo contrataste. —Sonrió Bénédicte satisfecha.

—¡Ah! ¡Porque Loïc está enterado, encima! ¡Por lo que veo, todo el mundo está enterado menos yo!

Salió del despacho dando un portazo.

Bénédicte volvió a ponerse los zapatos, que acostumbraba a quitarse cuando estaba sentada a su mesa de trabajo, se estiró la falda de su traje sastre y salió detrás de él.

—¡No te pongas así! —gritó, sin preocuparse de las miradas interrogativas que suscitaban a su paso—. Te lo habría comentado encantada, pero no se presentó la ocasión. ¡Y, bueno, te lo estoy comentando ahora! ¡Así que ya está!

Se colocó detrás de él y se puso a masajearle el cuello.

—Ahora tenemos vía libre para impulsar a tope tu producto... ¡Deberías estar contento!

Le dio un beso en la coronilla y volvió a concentrarse en sus expedientes. Presa de sentimientos encontrados, Cyrille gruñó con aire enfurruñado. La nueva Bénédicte lo exasperaba tanto como la antigua, pero no podía evitar admirarla.

—¡Mira que eres cascarrabias!

Cyrille siguió con los ojos sus andares, que los tacones volvían balanceantes, y se dijo que esa misma noche le enseñaría quién era el hombre.

Cyrille volvía a hacer el amor con Bénédicte. Lorraine no hacía el amor con nadie.

Muy concentrada en su trabajo, multiplicaba los cultivos en el cuarto de baño y en el patio. A base de persuasión, por fin había conseguido convencer al copropietario del edificio donde estaba la tienda de dejarle el uso y disfrute del patio exterior. Allí cultivaba un montón de florecitas, bienales y plantas de rocalla o de sotobosque con las que componía centros que sus clientes se arrancaban de las manos. Así, pensamientos, violetas, gencianas y nomeolvides florecían en los arriates que Lorraine cultivaba con verdadero amor y renovaba para tener siempre en cantidad suficiente para confeccionar sus ramos, delicados y refinados. Había conseguido obtener incluso un parterre entero de amapolas, en pleno centro de París, que eran su gran orgullo.

Allí, en ese patinillo inundado de sol se había acostumbrado Louise a reunirse con su madre. Para charlar de mujer a mujer, y sobre todo para evadirse mientras su hermano agasajaba a su propia flor, que no le caía demasiado bien. Louise no era de temperamento celoso, pero le desagradaba asistir a los desbordamientos hormonales de sus allegados.

—¿Qué haces, Loulou? —preguntó Lorraine al descubrir a su hija inclinada sobre los nomeolvides.

Louise se llevó un dedo a los labios con aire misterioso.

—Escucho lo que me dicen los nomeolvides...

Lorraine sonrió y le dio un beso en el pelo.

—Y ¿qué te dicen, tesoro? —preguntó, entrando en el juego.

Haciendo como que escuchaba con suma atención, la adolescente se inclinó tanto que rozó con la oreja las hojas y abrió mucho los ojos.

—Me dicen... me dicen... —Consultó su reloj— ¡Ay, mierda! ¡Me dicen que hemos quedado con Juju a las siete en casa y que si no nos damos prisa vamos a llegar tarde!

—¿Es esta tarde cuando hemos quedado?

Lorraine se quitó el delantal. Se había olvidado por completo de Julie, que sin embargo se había arriesgado a enviarle un sms para recordarle que venía a París. Louise miró a su madre con lo que le hubiera gustado que fuera un aire afligido, pero en realidad fue una mueca tan cómica que las dos se echaron a reír.

—Mi pobre mamaíta, pero ¿dónde tienes la cabeza? —se metió con ella Louise, cogiendo sus cosas—. Bueno, ¿qué, nos vamos?

Corrieron al metro y llegaron a casa justo a tiempo de cruzarse con Fleur, que se marchaba a toda prisa.

—¡Hola, señora! —Se ruborizó la joven.

—¡Hola, Fleur!

Como cuando era niña y no le hacían caso, Louise tiró de la mano de su madre para que entrara en la cocina, donde Bastien removía el pisto que debía acompañar al pollo. Pollo con pisto: ése era el menú favorito de Bastien desde que había conocido a Fleur, porque se preparaba solo, sin que él tuviera que estar al tanto.

—¡Otra vez pollo con pisto! —exclamó Louise con énfasis—. Pero ¡si sabes muy bien que no me gusta, Bast! ¡El pisto está lleno de verduras!

—Total, ¿qué más da?, si a ti no te gusta nada... ¡Lárgate

a tu cuarto, encima de tu mesa encontrarás algo que sí que te va a gustar!

Louise no se hizo de rogar y volvió con un tarro de Nutella de un kilo envuelto en un lazo.

—¿Y esto?

—Un regalo de Fleur...

Louise vaciló en abrirlo, preguntándose si el que le cayera mal Fleur iba a imponerse sobre su amor por la Nutella. Al final decidió que prefería esta última.

—Qué guay... —masculló a regañadientes, quitando el lazo sin tomarse la molestia de deshacer el nudo.

Bastien comprobaba si el pollo estaba en su punto cuando la puerta se abrió de pronto de par en par. Unos centímetros más y se habría quemado.

—¡Ahí va! —exclamó Julie, entrando en la cocina—. ¡Espero no haberte hecho daño!

Se precipitó hacia su sobrino y le alborotó alegremente el pelo.

—¡Hola a todo el mundo!

—¡Caramba, Juju! ¡Qué entrada más teatral! —bromeó Lorraine, besando a su hermana.

Con las mejillas arreboladas y algo despeinada, a Julie se la veía radiante.

—¡Tengo que contaros una cosa! ¡Lo he conocido!

—¿A quién?

Julie se puso muy colorada. Hacía tiempo que Lorraine no la había visto tan excitada y se preguntaba si no se estaría enamorando.

—No te estarás enamorando, ¿verdad? —preguntó Louise con su clarividencia habitual.

Una vez más, decía en voz alta lo que su madre deseaba que sucediera; a nadie se le había ocurrido, pero una nueva historia de amor sería el modo más eficaz para arrancar de raíz a Julie de las garras de Patrice.

—Te lo pregunto porque... —prosiguió Louise, lamiéndose los dedos llenos de Nutella— si vieras la pinta que tienes y cómo hablas... «LO he conocido»... ¡Si hasta se oyen las mayúsculas!

Julie se echó a reír, sacudiendo la melena.

—¡No, chicas, no es eso para nada! Se trata de Paul Le Crétois, ya sabéis, el hermano de mi ginecólogo, con el que me voy a Mauritania. Y por si acaso os estáis imaginando quién sabe qué, mejor os lo digo ya: ¡tiene la edad de papá!

—Entonces ¿ya es seguro que te marchas? —preguntó Lorraine.

Su rostro se ensombreció. Aunque comprendía que alejarse —por no decir *huir*— era para su hermana la única manera de salir de la situación en la que estaba, sabía que la iba a echar de menos.

—¡Un año, Lolo, tampoco es para tanto! Lo justo para que las cosas vuelvan a la normalidad y para que el imbécil de Patrice se olvide de mí... —Se sacó una foto del bolso—. Mirad, éste es el equipo. Y éste de aquí... es él.

Era un hombre alto, de cabello blanco, con unos ojos muy negros en los que brillaba una chispa de ternura. Se veía a todas luces que se trataba de un hombre generoso, feliz de haber dedicado su vida a los demás. Sonreía a la cámara, rodeando con el brazo a un joven africano con bata verde que debía de ser médico y a una enfermera de uniforme.

—Tiene gracia —comentó Louise, observando la foto atentamente—. Tenéis la misma sonrisa.

El rostro de Julie se iluminó aún más. Con la mente en otra cosa, sacó los platos y empezó a poner la mesa.

«Loulou tiene razón —pensó Lorraine, siguiendo a su hermana con la mirada—. Hay algo en esa sonrisa...»

—¿Qué es eso de que no podemos ponernos en contacto con Julie de ninguna manera? —rugió Christiane en cuanto Lorraine descolgó el teléfono.

Con la llave en la cerradura y un cubo lleno de rosas Constance Printy cortadas a mano, que ese año habían sido particularmente precoces, Lorraine se disponía a marcharse a la floristería cuando la llamada de su madre la interrumpió.

—No es nada, mamá, ya te lo explicaré... Pero ahora tengo que irme a abrir la tienda...

—¡Pero bueno, si es que a mí nunca me contáis nada! Me acabo de enterar, mira tú por dónde... Al parecer todo el mundo lo sabe desde hace meses, y yo me acabo de enterar, y encima de milagro...

Sin soltar el teléfono, Lorraine le mandó un sms a Maya para decirle que estaba hablando con su madre y que llegaría tarde, y volvió a entrar en la cocina, resignada. Esa conversación era necesaria, y como era obvio que Julie no lo había hecho, le tocaba a ella poner al tanto a su madre.

—Pues sí, como te iba diciendo —prosiguió Christiane en un tono que no toleraba interrupción alguna—, acabo de enterarme ahora mismo, ¡y porque se me ha ocurrido cotillear los correos electrónicos de tu padre! ¡Que si no, nada de nada!

Lorraine sonrió. Anticipando la reacción de su mujer, que se precipitaría sobre el teléfono para hablar con Julie y pedirle explicaciones, lo que desde luego era legítimo pero que había que evitar a toda costa, Jean se había guardado la información para él.

—¡No habrás intentado llamarla, espero! —Lorraine se temía lo peor.

—Pues... No del todo...

—¡Mamá, dime la verdad! —Lorraine gritaba—. ¡No me digas que has intentado contactar con ella, cuando es precisamente lo que no hay que hacer ahora!

—¡Mira, hija, primero, haz el favor de no hablarme en ese tono! ¡Y segundo, yo llamo a Julie si me da la gana! ¡Para algo soy su madre, qué caramba!

Lorraine apretó con fuerza el auricular. Le temblaban las manos. Se sirvió un café mientras trataba de recuperar la calma.

—Entiendo lo que quieres decir, mamá —prosiguió, haciendo un esfuerzo sobrehumano por contenerse—. Pero si alguno de nosotros se pone en contacto con Julie en este momento, corremos el riesgo de estropearlo todo.

—¿Qué? —rugió Christiane—. Estropear ¿el qué? Soy su madre, y si ocurre algo debería ser la primera en enterarme.

—Pero ¡es que hablas demasiado, mamá! ¡Ése es el problema! No puedes evitar dar tu opinión sobre todo aunque nadie te la haya pedido, entonces, claro... Si fueras capaz de mantener la boca cerrada, a lo mejor no nos importaría contarte las cosas, pero, mira ahora... Acabas de enterarte de que no hay que ponerse en contacto con Julie, y ¿qué es lo que haces? ¡Vas y la llamas!

—¿Cómo que no soy capaz de mantener la boca cerrada? Ah, ¿qué pasa, que tu padre sí, o qué? Si hubiera cerrado el pico este verano, ¿eh?, ¡nada de esto habría pasado! De modo que nadie diga por ahí que no soy capaz de mantener la boca cerrada porque, vamos..., de verdad, esto es el colmo...

Como solía hacer, Lorraine había dejado el teléfono sobre la mesa hasta que su madre hubiera terminado su diatriba. Al no oír ya más gritos lo volvió a coger. Le llegó entonces un largo maullido sordo.

—Mamá. Ma-má..., ¿estás ahí? ¿Qué haces? ¿Estás llorando?

Lorraine estaba consternada. Nunca había visto ni oído a su madre llorar. Christiane se tragaba sus sapos en silencio, y Dios sabía cuán numerosos eran éstos.

—Es tu padre —sollozó, perdiendo todo dominio de sí misma y sin intentar siquiera ocultarlo.

Lorraine sintió que se le aceleraba el corazón. ¡Ojalá no le hubiera ocurrido nada a su padre! Se le empañaron los ojos.

—Siempre estaba encerrado en su despacho —continuó Christiane con voz ahogada—. Y cada vez que yo entraba, cerraba enseguida la página que estaba consultando en el ordenador... Me daba perfecta cuenta de que no se pasaba el tiempo pensando en las musarañas delante de su protector de pantalla, por eso... quise ver en qué andaba metido... A ver, hija, ya me conoces, y...

Lorraine recuperó la respiración, aliviada.

—¡Tu padre está en Meetic!, ¿te das cuenta? —estalló su madre con una voz que Lorraine no le conocía—. ¿Te das cuenta? —repitió entre dos hipidos.

Atónita, cuando hubo digerido un poco la sorpresa —su padre, con setenta y dos años y casado desde hacía casi cincuenta, ligoteaba con desconocidas por Internet—, Lorraine sintió que la embargaba no la rabia ni la tristeza, sino una risa que no logró controlar.

—¡Es tremendo! —exclamó, riéndose tanto que a punto estuvo de ahogarse.

—¿Te parece gracioso? —preguntó Christiane desconcertada.

—Síii..., perdóname, pero sí, la verdad es que sí... —Lorraine sufría ahora espasmos nerviosos que no la dejaban respirar—. Papá está en Meetic, ¡es tronchante!

—¡Pero bueno, Lolo! ¡No tiene ninguna gracia! ¡Se trata de tu padre! ¡Y se trata de mí, soy tu madre, y me lo hace a mí! ¡Es asqueroso!

—Mamá, cálmate. ¿Qué quieres que haga a su edad? Vale, no es agradable descubrir algo así, pero ¿qué importancia tiene? ¡Ninguna! Se entretiene, fantasea... pero ¡es a ti a quien quiere, lo sabes muy bien! Si te digo lo que pienso, ni tú ni yo tendríamos que habernos enterado nunca. Lo que de verdad es tonto es ¡que lo hayan pillado!

Lorraine no estaba muy segura de lo que decía. Se acordaba de lo que su padre le había contado: había hecho cosas mucho peores en tiempos, y se preguntaba si eso lo sabría su madre. Pero algo de peso debían de tener sus argumentos, pues su madre dejó de llorar.

—¿Tú crees? —preguntó no muy convencida.

—¡Estoy segura! Y ¿qué opina Ama de todo esto, por cierto?

Al otro lado del hilo, Christiane suspiró. Lorraine casi alcanzaba a oírla encogerse de hombros.

—Pfff, tu abuela... Es como tú, mira por dónde. ¡Ha soltado una de sus largas carcajadas mudas, parecía un radiador lleno de aire! Y ¡tendrías que haber visto sus ojos! ¡Y su sonrisa, que le partía la cara en dos! Para saber de verdad lo que es partirse de risa, ¡no había más que mirarla!

Lorraine sonrió. Su madre volvía a ser la de siempre.

—En cuanto a Juju —empezó diciendo, deseosa de darle a su madre una información de primera mano para consolarla y, al mismo tiempo, sin decidirse a desvelarle el secreto—. En cuanto a Juju..., júrame que no se lo vas a decir a nadie, ¿me lo prometes?

—¡Que no, hombre, ya me conoces!

—Ni siquiera a papá.

—Huy, de eso puedes estar segura. Por el momento no pienso dirigirle la palabra: estoy muy enfadada con él.

—Juju va a dejar a Patrice...

—¡Hombre, ya iba siendo hora! ¡Por fin!

Christiane había recuperado su tonillo alegre.

—Por cierto, ¿cuándo venís este verano?

Sí, su madre volvía a ser la de siempre.

—Todavía no lo sé, ya te lo diré. Bueno, que te tengo que dejar. No te preocupes demasiado, mamá, ¿vale? ¡Y dales un beso a Ama y a papá de mi parte!

—A Ama, vale, pero a tu padre... ¡Eso ya es mucho pedirme, me parece a mí!

—Pero, ¡papá! ¿Cómo se te ocurre hacer eso? —lo riñó Lorraine al teléfono.

Aunque había guardado las apariencias delante de su madre, que sobre todo necesitaba que la tranquilizaran, tenía toda la intención del mundo de cantarle las cuarenta a su padre.

—¡Ah, mi pelirrojita! ¡Qué ilusión que me llames! ¡Tu madre no está muy habladora últimamente! En cuanto a tu abuela...

—¡Toma, claro! Después de lo que le has hecho, ¡no creerías que mamá iba a estar encantada contigo!

Lorraine pensó que esa actitud era típica de su padre. En su voz no se notaba ni una pizca de sentimiento de culpa, era como si no se diera cuenta siquiera de que su comportamiento pudiera resultar hiriente.

—En cualquier caso, no podías llamarme en mejor momento. Quería anunciarte una buena noticia: ¡tu rosa está de maravilla! Las mariposas no paran, ¡a mi juicio vamos a tener una temporada buenísima!

Sus flores, sus flores... ¡Sólo le importaban sus flores! En circunstancias normales, a Lorraine le hubiera hecho mucha ilusión la noticia y, encantada, habría hablado de botánica. Pero en ese momento tenía otras cosas en qué pensar.

—¡No cambies de tema, por favor! —bramó en un tono muy poco amable—. ¡Te has pasado por completo de la raya, y ni siquiera pareces darte cuenta!

—¿Qué? No te referirás a ese viajecito virtual y sin consecuencias al país de las sesentonas solitarias. No me digas que tu madre sigue quejándose... ¿Por eso está enfadada conmigo?

Lorraine estaba atónita. O su padre daba muestras de una mala fe a la que no la tenía acostumbrada y que la consternaba, o no se enteraba de nada. Tanto en un caso como en otro, urgía ponerle los puntos sobre las íes.

—¿Tú qué crees? ¿Que, después de todos los sapos que le has hecho tragar, ¡y eso que supongo que no está al tanto de todo!, le ha hecho gracia descubrir que, a los setenta y dos años, cuando debería tener todo el derecho del mundo de esperar un poco de tranquilidad y de serenidad, todavía sigues de flor en flor? ¡Y delante de sus narices, encima!

—¡A falta de pan, buenas son tortas! —replicó Jean, a quien, para disgusto de Lorraine, la conversación parecía divertir—. ¡Tu madre debería estar contenta! Si ligoteo por Internet, como tú dices, es porque ya no lo puedo hacer en la vida real...

El argumento dio en el blanco; Lorraine se conmovió. En la voz de su padre, enmascarada por un entusiasmo probablemente exagerado, asomaba cierto desamparo. El del hombre cuya virilidad se debilita y lo abandona, y cuya libido tiene que conformarse ya con una mujer cualquiera con seudónimo en una página web de contactos. «Es triste —pensó Lorraine—, e incómodo: se tenga la edad que se tenga, no resulta agradable enterarse de la vida sexual que llevan los padres de uno, es algo que uno no debería saber nunca.»

—Pero ¡al menos podrías apañártelas para que no te pillara! —argumentó Lorraine con voz suplicante—. ¡No deberíamos habernos enterado nunca!

Jean soltó un suspiro. Ahora ya lo había abandonado toda alegría; el peso de los años se hacía notar cruelmente desde hacía algún tiempo, y las distracciones ya no lograban hacérselo olvidar.

—Pelirroja, no serviría de nada que lo hiciera a escondidas, sin que tu madre lo supiera. Me hago viejo, me siento disminuido..., es un dolor que tengo que compartir. Y como no me atrevo a comentárselo a tu madre, me pregunto si inconscientemente no será ésa la manera que se me ha ocurrido para sacar el tema. Para alguien que, como yo, ha sido un mujeriego, es duro no ser ya capaz de honrar a las mujeres...

Aunque Lorraine comprendía la posición de su padre, empatizaba con el desasosiego de su madre. Y, fuera como fuese, no le correspondía a ella tomar partido ni juzgar. Esa historia era cosa de sus padres, y nunca debería haberse visto mezclada en ella. Una vez más, no era siempre bueno desvelar la verdad, y algunos secretos nunca deberían dejar de serlo.

—Es cosa vuestra, papá... Mamá no debería haberme hablado de ello, y yo no debería haberte llamado. Así que, venga, háblame de tu rosa —prosiguió Lorraine en tono alegre para cambiar de tema.

—Está radiante, cariño, ya la verás este verano. Por cierto, ¿cuándo venís?

Lorraine se relajó, aliviada. El incidente estaba zanjado, y la sonrisa había vuelto a la voz de su padre.

Desde que se habían resuelto las cuestiones administrativas, el tema de Cyrinol iba viento en popa, y tenían previsto comercializarlo a la vuelta del verano. Las últimas pruebas habían resultado más que concluyentes, el equipo de marketing trabajaba sin descanso, y el *packaging* —un simple frasco blanco que recordaba a un canto rodado— estaba casi terminado. Pasados unos pocos meses, Cyrille conocería su momento de gloria y por fin vería coronados sus esfuerzos y su creatividad.

Animado por la perspectiva de su éxito profesional, Cyrille se mostraba siempre más atento con su mujer, enviándole flores de otra floristería que no era la de Lorraine y llevándola a cenar a menudo y de improviso al italiano de la rue des Martyrs, que siempre había sido su restaurante preferido.

En una de esas cenas —las temperaturas volvían a ser clementes, en la terraza habían instalado unas mesas con estufas—, mientras Cyrille le describía con detalle el centro de ecoturismo de las Maldivas donde había reservado plaza, una vez más Bénédicte lo sorprendió.

—Ya verás, Béné —dijo Cyrille en tono entusiasta, sirviéndose otra copa de rosado—. Cada suite tiene su propia piscina de agua de lluvia y su playa privada, con una hamaca para echar la siesta bajo los mangles. Al parecer es uno de los lugares más bonitos para hacer submarinismo, y el chef tiene en su haber una estrella Michelín... Las frutas y las verduras son todas de cultivo biodinámico, él mismo se encarga de los huertos, y hasta puedes pescar langostas y luego pedir que te las asen en un islote privado... ¿Me estás escuchando?

Con la mente en otra parte, arrullada por el discurso de agencia de viajes de su marido que, en efecto, no estaba escuchando, Bénédicte se preguntaba cómo iba a anunciarle una noticia que ya no podía retrasar más.

—Cyrille, tengo que hablarte de una cosa...

La voz de Bénédicte cortó de cuajo las parrafadas líricas de Cyrille, que se había lanzado ahora a describirle los aceites cien por cien naturales elaborados in situ que utilizaban para los masajes y de los que pensaba inspirarse para sus nuevos proyectos.

—¡No me digas que volvemos a tener problemas con Cyrinol! —exclamó con voz de susto.

Se puso a dar golpecitos nerviosos en la mesa, un tic que Bénédicte no soportaba y que, pese a sus múltiples protestas, no conseguía controlar cuando estaba preocupado por algo.

—Oh, no, Cyrinol... —Bénédicte buscaba las palabras adecuadas—. Todo va bien con Cyrinol, no se trata de eso...

Aliviado, Cyrille dejó de dar golpecitos y miró a su mujer con insistencia, preguntándose adónde querría llegar.

—No, el problema es... —Bénédicte apartó la mirada antes de seguir hablando—. El problema es precisamente el viaje. —Miró a su marido a los ojos—. No puedo hacer ese viaje.

—¿Cómo...? Pero ¡ya no podemos anularlo! Todo está reservado y pagado. ¡No me puedes hacer esto, Béné!

Cyrille no daba crédito. Le organizaba a su mujer el viaje con el que siempre había soñado, y ¿ésta le fallaba en el último momento? Podía aceptar que sus nuevas responsabilidades en la dirección de los laboratorios Monthélie

—pues desde que había resuelto la cuestión de la homologación de Cyrinol, y más aún desde que había introducido a Victor Damrémont en el capital, había tomado sin duda alguna las riendas de la sociedad— la hicieran dudar sobre si ausentarse o no, pero de ahí a anularlo todo...

—Si sólo nos vamos una semana... Y tampoco es que estemos en la otra punta del mundo, quiero decir que allí hay conexión a Internet, estaremos localizables, si es eso lo que te preocupa...

Quiso tomarle la mano, pero Bénédicte la retiró.

Miró a su marido, suspiró, vaciló de nuevo y por fin se lanzó:

—Mira, Cyrille, lo he pensado bien. Toda esta historia, que si el viaje, que si las flores, que si las cenas..., es una tontería. Interpretamos el papel de una pareja que ya no somos, y...

—Pero ¿de qué estás hablando? —Cyrille empezaba a estar muy asustado—. Nunca habíamos estado tan bien, ¡si hasta hemos vuelto a hacer el amor! Es como si viviéramos una segunda luna de miel, y tú... —Dirigió a su mujer una mirada preocupada—. De verdad necesitas descansar, cariño. Estos últimos meses han sido duros, lo has hecho fenomenal... —Llevó los dedos a la muñeca de Bénédicte, pero sólo encontró la miga de su panecillo—. Este viaje te va a sentar estupendamente, ya lo verás.

Muy inquieto, clavó los ojos en los de su mujer, suplicando una respuesta. Nunca había reparado en los cincuenta matices de gris que se mezclaban en sus iris.

Bénédicte sintió una ligera irritación. Cyrille no entendía nada o no quería entenderlo. De mala gana y porque había que acabar con esa historia, decidió decirle las cosas más claramente.

—Mira, Cyrille —empezó, apoyando las manos bien extendidas sobre la mesa, como cuando levantaba sesión en una junta.

Cyrille se estremeció. El tono de Bénédicte, muy profesional, y su lenguaje corporal, que hacía poco había descubierto y aprendido a reconocer, no auguraban nada bueno. Ya no era su mujer la que le hablaba, sino Bénédicte de Monthélie, presidenta de los laboratorios del mismo nombre y, casualmente, su esposa.

—No puedo hacer este viaje contigo porque he decidido divorciarme. Ya no te quiero, y, no nos engañemos, tú tampoco a mí. Los niños ya tienen edad para entenderlo, así es que... ¿de qué sirve fingir? Recupero mi libertad y te devuelvo a ti la tuya. De hecho... —Parpadeó nerviosa, disponiéndose a asestarle el golpe de gracia—. De hecho, me gustaría que este mismo fin de semana te llevaras ya tus cosas y te mudaras a otro sitio.

Cyrille sintió que la sangre abandonaba su rostro y empezó a ver manchitas parpadeantes. Le latía un nervio detrás del párpado, que no logró dominar. A decir verdad, ni siquiera lo intentó, ocupado como estaba en servirse con mano temblorosa un vaso de agua fresca para alejar a duras penas la náusea que se apoderaba de él.

—Pero no puedes... —replicó débilmente, echándose a llorar.

Bénédicte lo miró con circunspección, pero sin emoción. Era eso, entre otras cosas, lo que la había decidido: las lágrimas de Cyrille. Desde el entierro de su padre había pensado mucho en ello. Un hombre que lloraba ni la reconfortaba, ni la conmovía, al contrario: la exasperaba, y no se sentía segura. Cyrille no cumplía su papel, y ella ya no tenía por él los sentimientos que, en el pasado, habían podido si no cegarla, al menos sí llevarla a cerrar los ojos.

El lado femenino de Cyrille, que tanto había conmovido a Lorraine, Bénédicte no lo quería para nada. Tenía ante sí a un hombre débil y ahora ya era consciente de que no era eso lo que quería.

—¡Has conocido a alguien, es eso! —chilló Cyrille, enjugándose los ojos—. ¿Es eso?

Bénédicte suspiró exasperada.

—¡Por así decirlo!

—Victor...

—¿Qué tontería es ésa de Victor? —Bénédicte estaba ahora enfadada, como lo estaba con sus hijos cuando se negaban a entender algo que, sin embargo, resultaba evidente—. Pero ¡si me hacía saltar en su regazo cuando era niña, podría ser mi padre! ¡Victor...! Pfff... —Levantó los ojos al cielo irritada—. Y, de hecho, ¿quién te dice a ti que se trate de un hombre? ¡Qué manía tenéis los tíos de creer que sin vosotros una mujer está perdida!

Arrojó su servilleta sobre la mesa y cogió su bolso, antes de ponerse de pie y dominar desde lo alto de su estatura al hombre que era todavía su marido, demasiado anonadado para levantarse.

—La persona a la que he conocido, ya que tanto te interesa... La persona a la que he conocido soy yo misma. Ya iba siendo hora, ¿no?

Dicho esto, se dirigió a la puerta, dejando a Cyrille solo con sus lágrimas, sus contradicciones... y la cuenta.

Al recibir el sms de Cyrille en el que le proponía llevarla a las Maldivas, Lorraine creyó que se había equivocado de destinataria. Fue, de hecho, lo que se apresuró a contestar, furiosa. Aunque hiciera varios meses que ya no estaban *juntos* —si es que lo habían estado alguna vez—, le sentaba muy mal que llevara a otra persona al centro de ecoturismo que ella misma había encontrado. Se acordaba como si fuera ayer de aquella deliciosa mañana en la que, leyendo la prensa voluptuosamente acurrucados bajo el edredón mientras comían cruasanes y saboreaban una taza de café, ella le había enseñado el artículo sobre esa isla de las Maldivas, y habían pensado que sería una buena idea hacer una escapada allí los dos.

Y, ahora, Cyrille planeaba ir con otra.

Creo que te has equivocado de destinataria —le contestó— pero me gusta que sin querer me tengas al tanto de tu intención de llevar a otra mujer a nuestro sitio.

Estaba a punto de enviar un segundo mensaje para llamar *cobarde* a su antiguo amante, o algo por el estilo, cuando le llegó la respuesta de Cyrille:

Si me hubiera equivocado de destinataria no estaría en la acera de enfrente mandándote un mensaje.

A través del cristal, por el que resbalaba un chaparrón tardío más beneficioso para los cultivos que para el ánimo —el otoño había sido horroroso, el invierno, frío y gris, y la primavera, digamos que inexistente—, Lorraine vio en efecto, al otro lado de la calle, la silueta de Cyrille resguardada bajo una puerta cochera.

Bueno, estoy harto de mojarme... ¿Me dejas entrar?, vibró el teléfono en la mano temblorosa de Lorraine. Y, mientras ésta se preguntaba qué debía —o, más bien, qué le apetecía— hacer, llegó otro mensaje:

Acabo de dejar a mi mujer por ti.

—¡Vaya! —comentó Lorraine en voz alta sin apartar los ojos de la pantalla de su móvil y preguntándose si, dotado de una malicia sobrenatural (los objetos tienen a veces vida propia, una vida que escapa por completo al control de los humanos) ese cacharro no se estaría burlando, lisa y llanamente, de ella.

—Bueno, ¿qué? —preguntó Cyrille con una sonrisa, haciendo tintinear la campanilla de la puerta y entrando a abrazarla—. ¿Estás sorprendida?

Clavó en los ojos de Lorraine una mirada radiante que no tuvo, al menos de manera inmediata, el efecto esperado. Lorraine respondió con rigidez al abrazo del hombre al que se había esforzado por olvidar a toda costa... sin conseguirlo nunca por completo.

—¿No estás contenta? —preguntó Cyrille ofendido.

Esperaba una explosión de alegría, por lo que se llevó un buen chasco.

Lorraine sintió que se le ponían colorados el rostro y el escote, y maldijo una vez más ese dichoso lenguaje corporal que proporcionaba las respuestas antes siquiera de que a ella le hubiera dado tiempo a formularlas. Y, sobre todo, antes de que ella hubiera decidido cómo debía formularlas y qué era lo que quería hacer. Como si su cuerpo, que sólo hacía caso de sus hormonas, despendoladas por la proximidad de su amante —aún más guapo de lo que ella lo recordaba, con esos vaqueros y ese jersey ajustado—, la privara de su libre albedrío.

—Joder, Cyrille, y ¿qué esperabas? Me tratas como a una mierda, desapareces del mapa, te vuelves con tu mujercita de los cojones... —La propia Lorraine estaba escandalizada por las palabras que empleaba, ¡le parecía estar oyendo a sus hijos adolescentes en plena rabieta!— y ¿encima tienes la jeta de imaginar que basta con que abras esa puerta para que caiga rendida en tus brazos?

Cyrille se fijó en todos los detalles de la escena —los temblores de Lorraine, las manchas rojas en su rostro y su pecho, las lágrimas que empezaban a asomar entre sus párpados— antes de inclinarse para besarla. Ésta le devolvió el beso con cierta renuencia.

—Joder, Cyrille, de verdad, cómo te pasas... —protestó una última vez, cuando pudo recuperar el aliento.

Él la volvió a besar y la arrastró al almacén, rezando por que no apareciera Maya de improviso.

—¿Qué es esa historia de viajar a las Maldivas? —preguntó Lorraine algo más tarde.

Acababa de cerrar la tienda, donde Maya, retenida por la decoración floral de una gala benéfica primaveral, no había puesto los pies en todo el día, y estaban sentados a una mesa del bar de la esquina, saboreando una copa de rosado. Había dejado de llover, y el sol inundaba ahora la acera, calentando casi en exceso a los valientes que, desafiando la intemperie y el refrán, se aventuraban a instalarse en la terraza.

—El lugar que habíamos descubierto... —mintió Cyrille, cogiéndole la mano—. Quería darte una sorpresa y había planeado llevarte allí.

—¿Antes de que... Antes de que me dejaras plantada en la sala de juntas?

Cyrille hizo una mueca al recordar esa escena, que habría podido terminar aún peor si Bénédicte hubiera llega-

do a entrar en la habitación, consciente de que ese día se
había comportado como un cerdo, algo que en el fondo no
era y que prefería olvidar.

—No te imaginas siquiera cuánto te odié ese día...
—murmuró Lorraine con la mirada perdida en el vacío—.
Y todos los siguientes... o, bueno, al menos lo intenté.

Y era verdad. Esos últimos meses Lorraine se había esforzado por guardarle a Cyrille el rencor suficiente para
dejar de pensar en él, y creía haberlo conseguido. Hasta el
sms de hacía un rato... Lejos de Cyrille se sentía perfectamente capaz de olvidarlo, pero en cuanto se le acercaba,
era incapaz de resistirse a él.

—Sí, antes de lo de la sala de juntas. Quería llevarte allí
para celebrar nuestro primer aniversario —prosiguió Cyrille, sumergiéndose con naturalidad en la mentira que iba
inventando sobre la marcha—. Ya verás —añadió con entusiasmo—, cada suite tiene su propia piscina de agua de
lluvia y su playa privada, con una hamaca para echar la
siesta bajo los mangles. Al parecer es uno de los lugares
más bonitos para hacer submarinismo, y el chef tiene en su
haber una estrella Michelín... Las frutas y las verduras son
todas de cultivo biodinámico, él mismo se encarga de los
huertos, y hasta puedes pescar langostas y luego pedir que
te las asen en un islote privado...

—Y ¿dónde estás viviendo ahora? —le preguntó Lorraine, dando un rodeo para abordar por la banda el tema que
le interesaba.

—En casa de Louis y de Anna. Desde que Bénédicte
me..., desde que dejé a Bénédicte, me hospedan en su habitación de invitados, pero tengo que encontrar pronto otro
sitio.

El lapsus no escapó a la perspicacia de Lorraine, pero lo
enterró en un rincón de su mente y decidió que no había
oído nada.

—¿Quieres cenar con nosotros? La verdad es que les he

preguntado si te podía proponer que vinieras esta noche... ¡Ellos estarían encantados!

—No, esta noche no puedo... —dijo Lorraine, aunque no tenía ningún plan previsto.

—¿Mañana, entonces? —Seguro de su éxito, Cyrille le sonreía.

—Quizá, no sé. Tengo que pensarlo. No sé si me apetece volver a lo de antes.

Cyrille apartó un mechón de pelo que bailaba sobre el rostro de Lorraine y le acarició la mejilla.

—Ya no será como antes, mi Lolo. Ahora soy libre.

—Nunca se es libre del todo, Cyrille —protestó Lorraine, pese a que se moría de ganas de creerlo—. Las personas nos retienen, y cuando éstas ya no están, lo hacen los fantasmas. Y si uno llega a librarse de los fantasmas, siempre quedan los anhelos frustrados o las cosas que uno lamenta no haber hecho... —Se enrolló un mechón en el dedo—. Me pregunto incluso si no es eso lo peor...

Lorraine consultó su reloj y dijo que tenía que irse corriendo.

Al separarse de Cyrille esa noche ya sabía que al día siguiente cenaría con él en la terraza de los Dumont. No quería anhelos frustrados en su vida.

Bénédicte se sentía aliviada.

Aunque a veces en la oficina observaba a Cyrille con una pizca de nostalgia, sin que éste se diera cuenta, no se arrepentía de nada; la decisión que había tomado le parecía la única posible en un matrimonio que se deshacía. Sobre todo porque los niños se habían tomado la noticia de la separación de sus padres con filosofía y cierta serenidad. La mayoría de sus amigos estaban en su misma situación, y algunos ya les habían explicado cómo sacarle el mejor partido.

Como consecuencia, el ambiente en casa era mucho más relajado; sólo Azucena había puesto el grito en el cielo, pues por motivos religiosos odiaba ver romperse una familia. A lo que Bénédicte había replicado, con una seguridad que no dejaba de sorprenderla a ella misma, que igual que sus creencias eran cosa de Azucena, la manera en la que ella, Bénédicte, quería organizar su vida era cosa suya.

Una vez resuelta la situación familiar, y con la relación entre Bénédicte y Cyrille relegada únicamente al ámbito de la empresa, Cyrille resultó ser un compañero de trabajo mucho más agradable de lo que lo había sido en la época en la que aún vivían bajo el mismo techo. Hay que decir que el proyecto Cyrinol avanzaba a buen ritmo, y, era ya seguro, en otoño harían una irrupción triunfal en el mercado.

Bénédicte y Cyrille habían fracasado en su matrimonio, sí, pero parecía que su divorcio iba a ser todo un éxito. Había sido necesario llegar hasta ahí para que cada uno se comportara de verdad como un adulto.

Lo único que Bénédicte no quería era que Cyrille hiciera el viaje a las Maldivas sin ella; y, menos aún, con otra, y para evitarlo recurrió —fue una decisión fácil y algo cobarde también, todo hay que decirlo— a sus prerrogativas de presidenta para salirse con la suya. Para algo era una mujer, al fin y al cabo.

—Mucho me temo que vas a tener que anular tu escapada a las islas —declaró sin preámbulos, entrando sin llamar en el despacho de Cyrille, una costumbre que aún no había abandonado.

—Podrías llamar antes de entrar. —Cyrille quitó los pies de su mesa.

Bénédicte reparó en que no se había descalzado, una actitud contra la que habría protestado en un pasado. Pero ya no. Ahora Cyrille podía comportarse como le diera la gana: a Bénédicte la traía sin cuidado.

—¿Qué me estás contando? —prosiguió Cyrille, mirando a la madre de sus hijos—. ¿Por qué no voy a poder irme a las Maldivas?

Bénédicte hojeó su agenda.

—Reunión con los servicios sanitarios el día 10, tienes que estar presente; con el equipo de marketing, el 13; con la agencia de publicidad, el 13 también... Me han mandado los primeros borradores, ¡te van a encantar! —concluyó Bénédicte con una sonrisa triunfal—. Estamos en pleno lanzamiento del producto, *tu* producto, te recuerdo, y cuento contigo para llevarlo hasta el final. Convendrás en que no es el mejor momento para irte en plan seductor a una playa de arenas blancas.

¡Por supuesto, Bénédicte tenía razón! Cyrille era consciente de ello. Pero no quería renunciar a su viaje con Lorraine por una simple cuestión de agenda. Además, conocía a Béné: no era casualidad que las reuniones se hubieran fijado justo la semana en la que él debía ausentarse.

—A lo mejor podríamos cambiar las fechas de las reuniones —tanteó; pero lo decía sin mucha convicción.

—¿Y aplazarlo todo hasta Dios sabe cuándo? —Bénédicte apoyó las manos en la mesa y se inclinó sobre Cyrille—. Quieres sacar el producto, ¿sí o no? —le preguntó con voz fría—. Porque si prefieres que le pida a Victor que se encargue él del proyecto para que tú puedas irte de vacaciones, ¡estoy segura de que estará encantado de echarte un cable!

Al oír el nombre de Victor, el semblante de Cyrille se ensombreció. Tenía aún en la cabeza la imagen de Bénédicte arreglándose para ir a cenar con el dueño de los laboratorios Unterberg, y no podía ahuyentar la idea de que quizá éste hubiera tenido algo que ver en su decisión de divorciarse. De hecho, ¿no era precisamente a raíz de esa cena cuando Bénédicte había empezado a cambiar?

—¡Vale, tú ganas! —capituló Cyrille, haciendo trizas sin darse cuenta la primera página de su periódico, señal de que estaba muy irritado—. ¡Ya no me marcho! —Se levantó y le plantó cara a Bénédicte—. Es lo que querías, ¿no?

Bénédicte no contestó. Cogió sus cosas y se dirigió a la puerta, incapaz de contener una sonrisita de satisfacción.

—¡Si quieres un periódico entero, tengo uno en mi despacho! —le dijo antes de salir.

Cyrille la siguió con los ojos. No podía reprochárselo. Cualquier director de empresa habría hecho lo mismo, y él lo sabía.

—Lo he estado pensando —dijo Lorraine cuando se reunieron en el bar que hacía esquina con la calle de la floristería (¿por qué los bares están siempre en esquinas?), donde, desde la cena en casa de Anna y Louis, habían adquirido la costumbre de quedar al final del día—. Me encantaría ir a las Maldivas, pero me es imposible marcharme en mayo. Es uno de nuestros meses de más trabajo, y no puedo hacerle eso a Maya.

Era la verdad o, en todo caso, parte de la verdad. Su lealtad hacia Maya no era la única razón por la cual Lorraine no podía marcharse: mayo era uno de sus meses preferidos, era el mes en el que, en el jardín de su casa y en el patio de la floristería, llegaban a su máximo esplendor un montón de flores que Lorraine adoraba, antes de los calores de junio y de los estragos del verano. Y mayo era también el mes de las fiestas y las bodas y, más que ningún otro mes del año, el momento en el que podía dar rienda suelta a su creatividad. Por no hablar de las terrazas que, en esa época en la que todo florecía, necesitaban sus manos de hada.

—Además, Bastien tiene su examen de bachillerato este año...

—¿Ya? —contestó Cyrille sorprendido. Bastien tenía la misma edad que Octave, por lo que también su hijo tendría que presentarse a ese examen—. Y ¿qué quiere hacer después, tiene ya alguna idea?

—Tal y como están las cosas, no me sorprendería que se matriculara en una escuela de hostelería. —Lorraine acarició los dedos de Cyrille—. Le apasiona la cocina, y es un cocinero consumado, ya lo verás...

La mirada de Lorraine estaba cargada de esperanza. Le había propuesto a Cyrille que dejara la habitación de invitados de los Dumont para mudarse a su casa, en lugar de perder tiempo y dinero buscando un apartamento, y éste aún no le había dado una respuesta. Pero sabía que estaba a punto de ceder. Sobre todo porque había conocido a los niños, y exceptuando el sempiterno y reiterado *no me gusta* de Louise en cuanto Cyrille volvía la espalda, el encuentro no había ido del todo mal.

—¿Estás enfadado conmigo? —preguntó Lorraine, más cariñosa que nunca.

—Enfadado ¿por qué? —Cyrille no lo entendía.

—Por lo del viaje...

—¡Ah!

Cyrille miró a Lorraine. Al contrario: se sentía aliviado. Aliviado de no tener que decepcionarla una vez más. Se preguntó si no debía confesárselo todo, decirle que él tampoco podía marcharse en mayo. Pero ello equivalía a admitir que seguía bajo la autoridad de Bénédicte; prefirió aprovechar esa casualidad para no decir nada.

—Claro que no estoy enfadado contigo —murmuró, hundiendo el rostro entre el cabello de Lorraine antes de besarla—. Sé que tienes muchas obligaciones en tu vida, lo entiendo...

Lorraine sonrió. Nunca antes le había dicho un hombre que la entendía, aparte de su padre, pero quizá comprender a sus hijas formara parte de su papel como progenitor.

—Ya nos desquitaremos en otra ocasión...

Esas palabras... Esas palabras le traían a la memoria un recuerdo que, en esa noche tan hermosa, compartiendo con el hombre al que amaba un mojito perfecto, Lorraine hubiera preferido olvidar.

Quiso decir algo, sólo unas palabras que borraran aquellas otras; pero no las encontró, por lo que se limitó a asentir.

—En otra ocasión, ¡trato hecho!

Con un gesto alegre, Lorraine le chocó los cinco a Cyrille. Lo que cambiaba desde la última vez que había oído esas palabras era que ahora Cyrille era libre, y esas ocasiones a las que aludía no faltarían.

Quince días más tarde, cuando Lorraine y Cyrille tendrían que haber estado a bordo de un Airbus 380 de la compañía Emirates con destino a Dubai y, tres horas más tarde, tomar otro vuelo para Malé y para el Paraíso, un camión de mudanzas de la empresa Déménageurs Bretons aparcaba en la puerta del apartamento de la rue Marcadet y empezaba a sacar todo su cargamento.

Sin calcetines, Cyrille se puso los primeros zapatos que pilló —¡qué manía tenían las empresas de mudanzas de aparecer tan temprano por la mañana!— para vigilar las operaciones con una pizca de angustia. Sólo se había llevado sus muebles preferidos —un secreter holandés pintado al que tenía mucho cariño, el escritorio años setenta destartalado de formica azul celeste que lo seguía a todas partes desde siempre y *su* butaca de falso estilo Luis XV pero de caoba auténtica fabricada por un artesano de los Pirineos—, pero aun así se preguntaba si no era demasiado y cómo se las iba a apañar para encontrarles hueco en casa de Lorraine.

Por su lado, haciendo un esfuerzo considerable por que no se le notara, Lorraine, que nunca había puesto un pie en casa de Cyrille y no tenía ni idea de cómo podían ser sus muebles, observaba la operación con consternación. Ella, que había decorado su casa como una finca rústica, con objetos de mercadillo que la gente le regalaba o que ella encontraba y luego decapaba y volvía a pintar, a menudo al estilo de Sérusier, y cuya función le encantaba reinventar, ¿qué iba a hacer con ese escritorio cojo, ese secreter inmundo y completamente disfuncional y, sobre todo, con esa butaca más pretenciosa que nada que hubiera visto antes en su vida?

Compartiendo sus reticencias, Louise se acercó a su madre y le dio la mano mientras asistía a la escena mascullando. ¡Si al menos el escritorio hubiera sido rosa, pero ni siquiera! Y ¡vaya idea dejar que ese tío con tan pésimo gusto se instalara en su territorio! Decididamente, no le gustaba un pelo.

Sólo Bastien era indiferente a lo que ocurría a su alrededor. Al despertarle a las siete justo la mañana en la que no tenía clase, se había levantado despotricando, pero después se había dedicado a ensayar una nueva receta de torrijas con canela para desayunar. Ya que le habían estropeado la mañana, al menos se daría un buen festín.

Cuando los de la mudanza, que no se habían quitado el sombrero —tan bretón como ellos mismos— ni un momento, sacaron un enano de jardín y lo dejaron, partiéndose de risa, delante de las Belles de Crécy, Lorraine se precipitó a cogerlo y lo aparcó en un rincón, junto a la manguera. «No pienso dejar este horror en medio de mis flores», bramó en su fuero interno. Louise la siguió, aprovechando que Cyrille había entrado en casa con los empleados, para decirle al oído, señalando todos esos trastos con aire contrariado:

—Esto no va a salir bien, ¿no crees, mamá?... ¡No tiene nada que ver con nosotros!

Lorraine estaba aterrada. Desde la primera vez que Cyrille había abierto la puerta de la floristería, había esperado ese momento más que nada, antes de resignarse y pensar que nunca llegaría. Y, sin embargo, había llegado, pero, al hacerlo, había suscitado también un montón de dudas que se metían a la fuerza en su cabeza. Y todo eso ¿por qué? Por tres tristes muebles que no tardaría en relegar a los rincones de la casa donde menos estorbaran. ¡Pues si en su casa había algo eran rincones y recovecos! Lorraine se dijo que estaba reaccionando exageradamente por culpa de la emoción, los nervios y el miedo ante una nueva vida que empezaba y acaparaba ahora toda su realidad. Se dijo también que era normal, que necesitaría tiempo para acostumbrarse a esa nueva configuración que, aunque le aportaba compañía, conformidad y estabilidad, también la privaba de una libertad que —ahora se daba cuenta— nunca había sabido apreciar ni identificar siquiera. Pero amaba a Cyrille, y todo saldría bien.

Sin embargo, la frase de su hija no dejaba de atormentarla.

—¿Qué, estás contenta? —susurró Cyrille, abrazándola.

Lorraine se sobresaltó; no lo había oído acercarse.

—Hmmm...

—Les he dicho que coloquen el mueble holandés en nuestro dormitorio, en el lugar de la cómoda. ¿Dónde quieres que les diga que la pongan?

Inclinada sobre un capullo de rosa cuyo tallo los de la mudanza habían roto al meter en la casa su cargamento, Lorraine se incorporó con un gesto vivo.

—¿Cómo?

—La cómoda. Que dónde quieres ponerla. He pensado que no quedaría mal en el pasillo de la entrada...

—¡La cómoda se queda donde está! —declaró Lorraine con una voz más seca de lo que le hubiera gustado.

La escena le recordaba a cuando se había mudado con Arnaud, y le traía recuerdos que se había esforzado por olvidar. Sin embargo, había decidido rehacer su vida y sabía que la reconstrucción del universo de cada uno en el del otro era la primera de una larga e inevitable serie de concesiones.

—Pero ¡va a quedar muy feo, los dos muebles uno al lado del otro! —insistió Cyrille—. ¡Ven a verlo!

Lorraine entró en la casa. El escritorio ocupaba la mitad del vestíbulo —«Puede hacer las veces de consola», dijo Cyrille, que venía tras ella—, la butaca presidía un extremo de la mesa de la cocina y en el dormitorio, pegado a la cómoda de Lorraine, frente a la cama, estaba el mueble holandés. Como para recordarles, cada mañana al despertar, que había divergencias estructurales en el seno de la pareja que acababan de formar.

Al ver surgir el gorro de resina roja del enano de jardín entre las orquídeas del cuarto de baño, Lorraine se echó a llorar.

—Pero ¿qué te pasa, Lolo, querida? —preguntó Cyrille con una voz que Lorraine no le conocía y que le pareció muy bobalicona—. ¡Es Hercule!

Hercule fue el golpe de gracia.

Abandonando sus fogones, Bastien irrumpió en la habitación. Se le había ocurrido una idea.

—Oye, Cyrille, quería preguntarte una cosa... —dijo, cogiendo del brazo, con un gesto todo lo viril que pudo, al hombre con el que desde ese momento iban a compartir sus vidas—. Siempre me han gustado los enanos de jardín. ¿Me prestas a Hercule para que lo ponga en mi habitación?

Cyrille vaciló. Se había comprado la estatuilla con su primer sueldo, y al hilo de todos esos años se había convertido en su objeto fetiche y en su amuleto. Por otro lado, dársela a ese simpático grandullón para el que iba a interpretar el papel de padrastro podía ser una buena manera de convertirlo en su aliado. Sobre todo porque sabía que las cosas con su hermana iban a ser más difíciles.

—¡Te lo regalo! —declaró solemnemente, sacando al enano de su jungla para dárselo a Bastien—. Pero cuida bien de él: ¡Hercule y yo somos grandes amigos!

El adolescente sonrió y abrazó a Cyrille ante la mirada asombrada pero agradecida de Lorraine. Su hijo siempre había detestado los enanos de jardín. Hasta que no oyó los gritos de su hermana no entendió la idea que tenía en la cabeza.

—Pero, tío, ¿tú eres imbécil, o qué te pasa? —chilló Louise al ver a su hermano entrar en su cuarto con la figura—. ¡Yo no quiero ese chisme para nada!

—¡Un regalito! —clamó Bastien incapaz de contener la carcajada.

—¡No me gusta! ¡No me gusta, no me gusta y no me gusta!

Furiosa, Louise empezó a arrojarle a su hermano todo lo que pillaba.

—¡Bueno, niños, ya basta! —intervino Lorraine, entrando en la habitación.

Esquivando los proyectiles, se apoderó del enano de jardín y fue a dejarlo en la cocina, en lo alto del aparador.

—¡Hala! Ponemos a Hercule aquí arriba ¡y listo!

Y así fue como Hercule, con sus sesenta centímetros de estatura y sus dos kilos y medio de resina hueca verde, amarilla, turquesa y roja, hizo su entrada en la familia.

—¡Mamá! ¡Tu ligue se ha vuelto a zampar todos mis cereales! —protestó Louise con vehemencia, irrumpiendo en la habitación de su madre.

Eran las ocho, Cyrille estaba en la ducha con las orquídeas. Lorraine había tratado de convencerlo para que utilizara mejor la bañera, que por ahora no contenía nenúfares, pero Cyrille era un incondicional —por no decir un integrista— del chorro de agua, y no quería renunciar a él. Por ello había tenido que abrir un hueco entre las epifitas para que su compañero pudiera ducharse sin estropearlas, confiriendo al habitáculo un aire de selva amazónica que parecía contentar a todo el mundo. Las flores tenían su lluvia tropical, y Cyrille, la impresión de viajar.

—¿Qué cereales? —le preguntó Lorraine a su hija, mientras se ponía un pantalón corto—. E intenta no llamar a Cyrille mi *ligue* a todas horas, Loulou. No es muy amable por tu parte.

—Ya, pero desde que está él aquí, no hay manera de que haya Choco Pops..., ¡se los come todos! —Louise miró a su madre dispuesta a lanzar su mejor argumento—. Y por eso —prosiguió con una vocecita quejicosa—, por su culpa, no tengo nada para desayunar y me tengo que ir a clase con el estómago vacío...

Louise observó a Lorraine de reojo: sabía lo intransigente que era su madre con el desayuno, siempre insistía en que sus hijos tomaran cereales, productos lácteos, fruta y proteínas antes de irse a clase. La ausencia recurrente de Choco Pops iba a tocarle la fibra, Louise estaba convencida de ello.

—Porque, además de los Choco Pops, se bebe también toda la botella de leche... ¡Y Bastien tampoco puede desayunar! —añadió en tono pérfido.

Entre dos fuegos, y consciente de que su hija intentaba manipularla —la relación entre Louise y Cyrille era complicada, y cada uno pretendía que tomara partido contra el otro—, Lorraine suspiró y se dirigió a la cocina.

—¿De qué me estás hablando, Loulou? —se irritó al ver un paquete de cereales en su sitio en la despensa—. Hay un paquete entero.

—¡Vacío! —exclamó Louise triunfal, apoderándose de la caja y agitándola por encima de su cabeza—. ¡Encima deja los paquetes vacíos en la despensa, por lo que ni siquiera nos enteramos de que hay que comprar más! Y con la leche hace igual, mira. —Abrió la nevera y sacó un cartón de leche, que sacudió encima del fregadero. Vacío también—. ¡Tu ligue es un coñazo, mamá!

Dicho lo cual, satisfecha de sí misma, desapareció en su habitación y volvió con sus cosas del colegio.

—¡Tengo que irme pitando! —Louise besó a su madre y abrió la puerta de la calle.

—Pero ¡si no has comido nada!

—¡Porque no puedo, mamá! No hay nada que comer... —añadió Louise, con absoluta mala fe.

Y se fue, dejando a su madre sola con su irritación —por las cajas guardadas vacías— y su sentimiento de culpa.

—¿No quedan cereales? —preguntó Cyrille recién afeitado, poniendo boquita de piñón.

Una de las cosas más *molonas* desde que estaba en esa casa mucho más bohemia y mucho más alegre, había que reconocer, que su propia casa era que Cyrille podía comer y hablar como un adolescente sin que nadie le dijera nada. A Lorraine le parecía hasta simpático, pues lo veía como un intento loable e incluso conmovedor por su parte de crear un ambiente de complicidad con sus hijos. Hasta esa mañana, en la que se preguntó si básicamente Cyrille no era en realidad más que un adolescente de cuarenta años, al que convenía dirigirse... como a un adolescente. Y eso fue lo que hizo.

—¡Podrías tirar las cajas cuando estén vacías, y avisar cuando te terminas algo y hay que comprar más! —le regañó—. Ya no quedan cereales, ni leche... ¡Por tu culpa esta mañana los niños no han podido desayunar!

—Que sí, hombre, que hay un paquete entero de cereales... —contestó Cyrille, abriendo la despensa.

—¡Vacío! —rugió Lorraine, reproduciendo el gesto de su hija—. Y la leche, también vacía. —Ya puestos...

Cyrille abrazó a Lorraine y se puso a besarla. Ésta se zafó de él.

—¡De verdad, Cy, cómo eres! No tengo nada en contra de que comas lo mismo que los niños, incluso hasta me puede parecer simpático, pero al menos apáñatelas para que ellos no se queden sin comer. ¡No puedo estar todo el día detrás de ti también!

—Lo siento mucho... —Cyrille consultó su reloj—. Huy, será mejor que me dé prisa, ¡tengo una reunión dentro de veinte minutos! ¿Nos vemos esta noche en el bar?

—Si tú quieres... —dijo Lorraine con más entusiasmo del que le hubiera gustado mostrar.

Pero es que le encantaba ese ritual de final de jornada, una copa en la terraza antes de volver a casa. Y Cyrille lo sabía.

Cuando se reunió con ella esa noche había hecho la compra: leche fresca, dos paquetes gigantes de Choco Pops, quesitos de cabra, el pan preferido de Lorraine, mantequilla salada... Hasta se había puesto de acuerdo con

Bastien por sms para traerle lo que necesitaba para preparar la cena.

Y un tarro de Nutella para Louise, que ésta ni tocó siquiera, argumentando con muy mala fe que sería fantástico que dejaran de considerarla una niña pequeña.

Había decidido que ya no le gustaban los Choco Pops y que iba a dejar de tomar Nutella.

Para presentar a los niños, que aún no se conocían, Cyrille y Lorraine habían organizado una excursión por el bosque, cuyo programa incluía picnic y paseo en bicicleta. «¡Qué rollo!», había replicado Louise de inmediato. «¡Y si viene Fleur, peor todavía!», había añadido, mirando de reojo a Bastien y señalándose el bolsillo del pantalón corto rosa con falsa inocencia.

—Bah, no, paso: según parece ya no eres un bebé... —le había contestado su hermano sin esbozar el más mínimo gesto hacia su cartera.

Desconcertada por un instante, Louise se había encogido de hombros, subiéndose ostensiblemente el tirante del sujetador. Ser mayor no tenía sólo ventajas.

Lucrèce y Jules habían estado tan contentos de ver a su padre, tan contentos de montar en bicicleta, tan contentos de atiborrarse a sándwiches de mantequilla de cacahuete y de mermelada de frambuesa preparados por Bastien, que estaba en pleno período americano en su cocina, tan contentos por todo que se habían pasado el día pegados a Cyrille, acaparándolo por completo.

Después de pedalear cada uno por su lado sin hablarse, Louise con su madre, Bastien al ritmo de Fleur y cogiéndola de la mano, los pequeños, pegados a las ruedas de su padre, y Octave, que era mucho más rápido, yendo de un grupo a otro, Louise hizo un *sprint* para alcanzar al hijo mayor de Cyrille, ante el que derrapó al querer dar media vuelta y se pegó un buen batacazo. Bastien se lanzó a soco-rrer a su hermana, pero su madre lo retuvo: Octave ya ha-bía corrido a levantar a Louise del suelo y le estaba enju-gando con cuidado la herida de la rodilla con una toallita húmeda mientras ella le sonreía. Se había roto el hielo.

La excursión prosiguió sin incidentes, y, para sorpresa de todos, cuando hubo que separarse al volver a París, Loui-se preguntó si los hijos de Cyrille podían quedarse a cenar.

—Esta vez no, Loulou —le contestó amablemente Cyri-lle, no sin asombro—. Pero quizá el fin de semana que vie-ne...

Dejó la frase a medias, buscando la aprobación de Lo-rraine; el fin de semana siguiente en principio no les tocaba estar con los niños.

—Si su madre está de acuerdo... —Sonrió Lorraine, a quien no le hacía muy feliz recibir a toda la patulea de una vez.

¡Ocuparse de dos niños era una cosa, pero de cinco era otra muy distinta!, aunque se alegraba de que todo estu-viera saliendo bien.

«Ojalá pudieran hacerse amigos —pensó—, ¡así tendría una preocupación menos!»

—¡Síííí! —exclamaron los pequeños—. ¡Mamá dirá que vale, ya lo verás, papá! —Jules y Lucrèce ya lo habían en-tendido todo de los mecanismos del divorcio, así como de las ventajas de tener dos hogares y dos progenitores cuyo sentimiento de culpa podían utilizar para conseguir de am-bos todo lo que se les antojaba—. ¡Y nos traeremos a *Rose*!

Octave no dijo nada, pero le guiñó el ojo a Louise. Antes de subirse al coche le pasó discretamente su número de móvil garabateado en un papel.

¡Tienes unas rodillas muy bonitas!

El sms llegó cuando Louise estaba a punto de dormirse. Al reconocer el número que se había apresurado a grabar, sonrió y metió el móvil debajo de la almohada.

¿Hace un café después de clase? Salgo a las 15.30, ¿quieres que pase a recogerte? ;)

¡Guay! Yo salgo a las 16.20... :)

Tranquila, te espero.

:p

Nació una gran amistad entre Louise y Octave, que se pasó las dos semanas en las que supuestamente debería haber estado preparando su examen de bachillerato en el bar con Louise, en el cine con Louise, paseando y tomando helados con Louise, o simplemente en la habitación de Louise tratando de convencerla de que era hora de cambiar su música de adolescente por algo más de adultos. Así, Bowie sustituyó a Lady Gaga, Mika borró del mapa a Shakira, y los Rolling —«¡Qué horror, no me gustan nada!», había dicho Loulou la primera vez que había oído la guitarra de Keith Richards— desbancaron a Madonna, decididamente demasiado vieja y musculosa para dárselas de virgen asustada.

De repente Louise empezó a mostrarse mucho más amable con Cyrille, y Lorraine estaba encantada de dejar de verse ya entre dos fuegos, teniendo que decidir continuamente entre su amor incondicional de madre y su deseo de mujer, lo cual le resultaba agotador.

En cuanto a Bénédicte, pensaba que su hijo mayor repasaba para el examen en casa de su amigo Pierre —era lo que Octave le había dicho para no suscitar los celos y las preguntas de su madre—, lo cual aliviaba su sentimiento de culpa por no estar más tiempo en casa para tomarle la lección. Pero se decía, porque le convenía, que los niños eran mayores ya, y hacía mucho tiempo que sus padres ya no les tomaban la lección.

—¿Tu hermana sale con alguien? —le preguntó un día Octave a Bastien, que observaba mortificado su reflejo en el cristal del horno, preguntándose cómo iba a ocultar antes de su cita con Fleur el grano que acababa de salirle en mitad de la frente.

—Hmmm...

Octave se sacó del bolsillo un tubito de crema con color.

—Toma —dijo, tendiéndoselo a Bastien—, ponte esto. Te tapa el grano y de paso te lo cura. —Abrió el tubo y se puso un poco de crema en el dorso de la mano—. Basta que te des unos toquecitos, ¿lo ves?..., así. ¿Quieres que te lo haga yo?

Bastien vaciló. Pero como ni su madre ni su hermana andaban por ahí, y le daba miedo empeorar las cosas poniéndose él mismo el producto, aceptó.

—Pero ¡no te pases, tío! No quiero parecer un maricón, ¿vale?

Desde que su padre había salido del armario, y aunque su relación con Fleur lo había convencido de una vez por todas de que la homosexualidad no era hereditaria, Bastien era sensible al tema.

—¡Tranqui, que sé lo que me hago! ¡Te recuerdo que vengo de una familia de farmacéuticos! Bueno, entonces Louise... —insistió, mientras untaba de crema el grano y sus alrededores con mucho cuidado.

—¿Qué pasa con Louise? ¡Ah! ¡Que si sale con alguien? No, no creo... Desde lo del cabrón del verano pasado...

—¿Qué pasó el verano pasado? —preguntó Octave con aire interesado.

—Poca cosa, precisamente. Pues nada, acababan de celebrar que llevaban un mes juntos, y luego durante las vacaciones se fue cada uno por su lado, y fffiu..., el tío se evaporó.

—Ah, ya... —dijo Octave pensativo—. Qué mal rollo...

—Ya te digo, tío. Muy mal rollo...

Bastien sacó de la nevera un trozo de parmesano y se puso a rallarlo.

—¿Por qué? ¿Es que te interesa mi hermana?

Octave se puso colorado.

—No, no, no es eso... esto... es sólo que le he cogido cariño y no me gustaría que nadie le hiciera daño, ¿entiendes? Siento que tengo, cómo diría yo... Siento que tengo como el deber de protegerla. —Le tocó el brazo a Bastien—. ¿Entiendes?

Bastien lo entendía perfectamente. Eso era justo lo que él sentía por Fleur: la necesidad de velar por ella y de protegerla. Pero viniendo de Octave, y tratándose de su hermana, le parecía del todo absurdo.

—Bueno, es normal —se tranquilizó—. Un poco es como si formaras parte de la familia, entonces... —Miró a Octave—. Pero no te estarás enamorando, ¿no?

Octave apartó la mirada.

—Porque... no puedes enamorarte de mi hermana, tío, no tienes derecho, sería... ¡sería incestuoso!

—¡Qué dices, tío! —se defendió Octave—. ¡Como si me fuera a enamorar de la hija de la novia de mi padre! ¡Ni que fuera imbécil! ¿Qué vas a hacer con ese parmesano?

Bastien salió al patio y volvió con un ramito de albahaca.

—¡Pesto! —Enjuagó las hierbas y se las pasó a Octave—. ¿Me ayudas? Sólo tienes que quitar las hojas y ponerlas en la batidora, mira, de esta manera...

Así los encontraron Lorraine y Cyrille: juntos en la cocina, uno deshojando la albahaca, y el otro tostando piñones, hablando de chicas, de recetas de cocina y de productos cosméticos.

Y entonces se planteó la cuestión de las vacaciones.

Bénédicte se adjudicó el mes de agosto. Como todos los años, pensaba llevarse a los niños a la isla de Ré. Era impensable saltarse la tradición, y el hecho de que Cyrille y ella estuvieran separados no tenía por qué cambiar nada. Al contrario: era el momento preciso de mantener las costumbres para que los niños no se sintieran totalmente perdidos.

Cyrille quería alquilar una casa la segunda quincena de julio, pero como no se había enfrentado nunca al problema de encontrar un destino para las vacaciones estivales, no tardó en darse cuenta de que sus finanzas no le permitían alquilar, no ya la casa de sus sueños, sino ni tan siquiera el equivalente a la isla de Ré. Pero no podía aspirar a menos: era una cuestión de orgullo. Como tampoco podía aspirar a más: era una cuestión de presupuesto.

En ese callejón sin salida estaba cuando Octave le dio la solución; o, por lo menos, un esbozo de la solución.

—¡Estoy harto de ir a la isla de Ré! —protestó una noche durante la cena.

Le había dicho a su madre que se quedaba a dormir en casa de Pierre, y habían desplegado el futón de la entrada. La puerta de la cocina estaba entreabierta, una brisa ligera traía a bocanadas los efluvios especiados de las rosas antiguas, y Cyrille había descorchado una botella de rosado. El ambiente era como de vacaciones, aunque todavía no hubieran llegado del todo.

—¿Qué te crees, que a mí no me parece también un rollo ir a Dordoña? —refunfuñó Louise, metiéndose en la boca una cucharada de pastel de cerezas; era el postre preferido de Octave, y ella de pronto había decidido que le gustaba.

Lorraine le lanzó a Cyrille una mirada desamparada: siempre había sido un horror organizar las vacaciones, nadie parecía estar nunca allí donde quería estar; y ahí cristalizaba la esencia de la familia recompuesta. Entre las fechas de unos y las de otros, quién tiene a los niños cuándo, el verano pasaba a convertirse no ya en una simple obligación, sino en un auténtico quebradero de cabeza.

—Y ¿por qué no os venís todos con nosotros? —sugirió Bastien, a quien le seducía la idea de pasar las vacaciones con un amigo de su edad.

Cyrille miró a Lorraine, mientras que el hijo de éste ya se embalaba.

—¡Ay, sí, estaría guay! Le puedo decir a mamá que estoy currando...

—No. Ni hablar de mentirle a tu madre, ¡hasta ahí podíamos llegar!

—No pasa nada por que vayamos a Dordoña a mediados de julio —propuso Lorraine, a quien exasperaba el hecho de enfrentarse una vez más a problemas de organización.

Ella, que hasta entonces había sido tan libre de hacer las cosas como le diera la gana. Pero ésa era una más de las muchas concesiones inherentes a la vida de pareja y, más todavía, a la vida de familia recompuesta.

Louise, que empezaba a considerar su verano desde otra perspectiva, mucho más atractiva, añadió:

—¡Ay, sí! Y Octave no tiene por qué pasarse todo el mes de agosto en la isla de Ré, ¿no? Podríamos llegar a un punto medio, por ejemplo estar en Dordoña del 15 de julio al 15 de agosto...

—¿Desde cuándo te quieres pasar un mes entero en Dordoña? —la chinchó su hermano, sarcástico—. Pensaba que te parecía un rollo...

—Sí, pero he *crecido*, te recuerdo...

Lorraine le cogió la mano a Cyrille. Louise apartó la mirada.

—¿Tú qué opinas?

—Tengo que verlo con Béné, pero ¿por qué no? Aunque ¿estás segura de que no será una molestia para tus padres?

Quiero decir..., con los pequeños, Octave y yo, somos cuatro, que no es poco.

—¡A la abuela siempre le ha encantado que seamos un montón a la mesa! —concluyó Louise, zanjando la cuestión.

Y era cierto. Cuando Lorraine la llamó al día siguiente, Christiane aceptó sin vacilar. No sólo estaba impaciente por conocer a ese famoso Cyrille que tanto había hecho llorar a su hija el verano anterior, sino que le hacía mucha ilusión también poder cocinar de nuevo con mimo y cariño para tanta gente.

—¡Qué contenta te vas a poner, Ama! —dijo Christiane, entrando sin llamar en la habitación de su madre.

No era su costumbre, pero se dejó llevar porque le hacía muy feliz la idea de tener en casa a su hija menor, no sólo con el hombre al que amaba, sino con toda su familia. Por fin, tras los tumultos de los últimos años, las cosas iban a volver a la normalidad, o casi. A decir verdad, Christiane era sumamente convencional. Le tranquilizaba hacer las cosas como todo el mundo.

—¿Ama?

Al percatarse de que su madre no estaba en la habitación, Christiane dio media vuelta, preguntándose dónde se habría metido la anciana. La encontró en la terraza, arrebujada en su estola gris, con unas tijeras de podar en la mano y un gran cesto a los pies.

—Pero ¿qué haces aquí? —la regañó Christiane, corriendo a sujetarle el taburete al que, con paso frágil pero resuelto, Ama se disponía a subir—. ¡Si ni siquiera has desayunado!

Con gesto decidido y apoyándose en el hombro de su hija, la anciana cortó varios racimos de uva agraz, que cayeron al cesto.

—¡Ya sé lo que me vas a decir! —Christiane ayudó a su madre a desplazar el taburete—. El mosto no espera, ¿verdad?

Impaciente, Ama golpeaba con la punta de sus bailarinas azul oscuro el escalón en el que se había subido. El mosto no esperaba, en efecto.

Christiane avanzó un poco más el escabel, llevándose de paso a la anciana, agarrada a su cabello rubio. Amari era tan ligera que resultaba inútil pedirle que se bajara. Quiso coger unas tijeras para ayudarla, pero ésta se las quitó de las manos; desde hacía más de setenta años la cosecha de la uva agraz era privilegio suyo, y no estaba dispuesta a cedérselo a nadie.

Una hora más tarde ambas mujeres se encontraban en la cocina, pasando los granos por el pasapurés. Christiane ya estaba haciendo proyectos.

—Qué bien por Lorraine, ¿no te parece? Ha conseguido lo que quería. Este hombre u otro, poco importa...

Ama fue a tirar los hollejos a la basura.

—¡Porque no se podía quedar así, caramba! Una mujer sola, con niños..., ¡no puede ser! Porque luego los hijos se van cada uno por su lado, y ¿qué habría sido entonces de nuestra Lorraine?

Miedo a la soledad y a la mirada de los demás, un deseo de conformidad e incluso una interpretación personal de la moralidad: todas las preocupaciones de Christiane se mezclaban en sus palabras. Ama la observaba con una sonrisita divertida.

—¿Qué pasa? —Christiane se limpió las manos en el delantal—. ¡Ya sé lo que estás pensando! Que tú te las apañaste muy bien sola, no necesitaste volver a casarte ni tener un hombre a tu lado. Pero ¡es que no es lo mismo! ¡Nosotros siempre hemos estado a tu lado! La casa, la familia..., en esos tiempos los hijos se quedaban, no se iban. ¡Tú no sabes lo que es estar sola, Ama!

De ahí los sapos... Siempre es mejor tragarse algún que otro sapo que la soledad, terror absoluto de Christiane y en la que se había jurado no sumirse jamás.

Con un gesto breve Ama rozó la mano de su hija. Aunque su rostro permanecía impasible, sus ojos le decían que se equivocaba. Sabía a la perfección lo que era la soledad. Por mucho que hubiera estado siempre rodeada de gente.

Simplemente la soledad no era algo que le diera miedo.

Al llegar a Dordoña tras un viaje interminable en el Renault Espace de Cyrille —Bénédicte y él habían acordado que se turnarían para utilizar el coche familiar, en función de cuándo les tocara estar con los hijos—, Lorraine se llevó una sorpresa al ver que Julie ya estaba allí. Y que había venido sola. Con la complicidad de su ginecólogo, le había hecho creer a Patrice que uno de los intentos de fertilidad había funcionado, pero desgraciadamente había terminado con un aborto natural en la octava semana, por lo que Julie debía guardar reposo. Y ¿dónde mejor sino en el campo, en la casa familiar, podrían cuidarla hasta que se recuperase del todo?

De primeras Patrice había refunfuñado, pero después había pensado que quizá fuera para él la ocasión de hacer con sus amigos médicos el viajecito para jugar al golf del que no dejaban de hablar; y, por qué no, de llevarse consigo a la joven interna que le ponía ojitos y que tenía un escote para caerse de espaldas.

—¡Qué coche más familiar! —comentó Christiane al recibirlos, lanzándole al Renault una mirada medio seria medio divertida.

Había salido de casa ajetreada, con su gran delantal a la cintura; cuando Christiane tenía público, necesitaba exagerar y perorar, interpretando hasta la caricatura su papel preferido, el de matriarca solícita, cariñosa y un pelín invasiva.

—¡Loulou, querida! —exclamó—. ¡Si es que ya eres toda una mujercita! —Y, volviéndose hacia Cyrille, añadió—: De modo que es usted el...

—¡El mismo! —contestó Cyrille, abrazando a Lorraine por la cintura, sin dejarle a Christiane el tiempo de encontrar un calificativo que probablemente quedaría fuera de lugar.

—¿El qué? —preguntó Louise, besando a su abuela. Y, sin esperar la respuesta, cogió a Octave de la mano y lo arrastró ante Christiane—. Mira, abuela, te presento a Octave. Y éstos son Lucrèce y Jules —añadió, señalando a los dos pequeños, que corrían ya detrás de las mariposas, extasiándose de su tamaño y su hermosura.

—¡Buenos días, señora!

Con los ojos fijos en la punta de sus zapatos, Octave estrechó con una mano blanda y sudada la que Christiane le tendía y que ésta a continuación se secó en el delantal.

—Hola, Octave. ¡Puedes llamarme Christiane! —le dijo, sonriendo.

Lorraine hizo una mueca. La jovialidad afectada de su madre la exasperaba. ¿Por qué era incapaz de ser ella misma cada vez que había invitados? Entrelazó sus dedos con los de Cyrille, y, cogidos de la mano, fueron a saludar a Jean, que estaba ocupado con sus rosales.

—¿Ama está con papá? —le preguntó Lorraine a su madre, que ya le estaba contando a Bastien las recetas que tenía pensado preparar.

—Con papá, debajo de su sombrilla y con su jarra de limonada. ¡Ya llevan allí un buen rato! —Christiane se dirigió a la casa—. Y con tu hermana también... —Se detuvo y se volvió—. Por cierto, ¿tú sabías que tenía intención de marcharse?

—¡Lo que sé es que no tiene elección! —exclamó Lorraine con una sonrisa triste—. Pero no será por mucho tiempo. ¡Luego lo hablamos!

Christiane entró en la cocina.

—¡Eso es! —gritó por la ventana abierta, de la que se escapaba el aroma característico de los *confits* de oca, un olor a parrilla, a grasa y a azúcar—. ¡Cenamos dentro de una hora! *Confit* con patatas y ensaladas de la huerta, ¿os parece bien?

—Y tanto que me parece bien —susurró Cyrille, hundiendo la cabeza entre el cabello de Lorraine, antes de empujarla suavemente contra un tilo para besarla.

Él, que no había tenido familia y, con la muerte de los padres de Bénédicte, había perdido a su familia de adopción, se había quedado encantado con el exuberante recibimiento de Christiane y con la gran casa de piedra amarilla. Lorraine no era consciente de lo afortunada que era al tener una madre tan solícita que le cocinaba su plato preferido para recibirla.

Cyrille prolongó su beso, besando no sólo a Lorraine sino a toda su familia con ella. Se sentía como en casa.

El árbol olía maravillosamente bien, y su aroma se mezclaba con los efluvios especiados de los nogales y con las notas de acacia del heno segado. Todo ello de pronto a Lorraine le recordó su infancia, cuando con Julie se dejaban besar por los chicos del pueblo en los hangares de tabaco.

—¡Hey, pelirroja! —los saludó Jean cuando los vio llegar de lejos por el camino, cogidos de la mano—. ¡Ven aquí, tengo algo que enseñarte!

—Una nueva rosa... —le explicó Lorraine a Cyrille, tirando de él hacia el invernadero, delante del cual los esperaba Jean.

—Papá, Cyrille... —los presentó, besando a su padre.

Los dos hombres se calibraron, sin quitarse ni uno ni otro la máscara amable que convenía lucir para la ocasión. Hacían buena pareja, habría dicho Ama cuando aún quería hablar.

—¡Venid a ver esto! —La voz de Julie salía del invernadero, jadeante y emocionada.

Lorraine se acercó a besar a su abuela, que parecía dor-

mitar arrellanada en su butaca a la sombra de un cerezo
—«¡Nunca a la sombra de un nogal, hace demasiado fresco!», decían en la región, y nadie en la familia había osado
contradecir esa máxima—. Abrió un ojo de tortuga, azul,
de penetrante viveza, antes de volver a sumirse en sus en-
soñaciones. A menos que no estuviera fingiendo: la anciana sabía perfectamente cómo pasar inadvertida; con los
párpados cerrados y el oído alerta, no perdía ripio de lo
que se decía a su alrededor.

Demasiado frágil aún para plantarla en la tierra, en el
invernadero se abría una rosa increíble de un negro casi
azulado, profundo y aterciopelado.

—Amour Noir —declaró Jean solemnemente—. La he
creado para mi morenita.

Besó a Julie y la abrazó.

Lágrimas de emoción resbalaron por las mejillas de Julie; saltaba a la vista que, entre su padre y ella, todo estaba
ya arreglado.

—Mira, Lolo... —sonrió Julie entre las lágrimas—, la
rosa también ha nacido por fecundación in vitro...

Haciendo caso omiso del comentario —contrariamente
a lo que creía Lorraine, padre e hija aún no se lo habían dicho todo, y Julie trataba torpemente de sacar el tema—,
Jean fingió concentrarse en una rosa.

Cyrille lanzó a Lorraine una mirada extrañada, pero
ésta le indicó con un gesto que ya se lo explicaría más tarde; no era ni el lugar ni el momento de hablar de ello.

—Cuando Julie vuelva de Mauritania, su rosa seguramente habrá atraído a las mariposas, y tendremos ya cultivos enteros.

Mientras guardaba sus herramientas, señaló el campo
donde crecían alegres flores de todos los tamaños, aromas
y colores. Luego fue a coger una Rousse de Lorraine, de
color púrpura y delicadamente perfumada, y se la ofreció a
su hija menor.

—Me alegro de verte, corazón. —Cogió por la cintura a sus dos hijas y le guiñó un ojo a Cyrille—. ¡Me alegro de veros a todos!

El sol declinaba en el horizonte, tiñendo de rojo las cimas de los álamos, que, a lo lejos, se balanceaban sobre el Dordoña. El campanario del pueblo tocó el ángelus. Ama se despertó sobresaltada, se volvió a poner sobre los hombros la estola gris, que se le había resbalado, e indicó con una mirada que era hora de volver a casa.

—Bueno, ¿qué? ¿Qué te parece? —le preguntó Lorraine a su madre cuando se reunieron en la cocina para recoger los cacharros después de la cena.

Los hombres tomaban un aguardiente casero en la terraza, acompañados de Ama, que nunca decía que no a un licorcito antes de irse a la cama. En cuanto a los niños, habían desaparecido los cinco en la buhardilla: seguramente estarían exhumando de las maletas del desván, donde todo estaba conservado con mucho cuidado, los viejos juguetes y los recuerdos de las dos hermanas.

—¡Huy! ¡Él me gusta mucho! —contestó Christiane, secando los vasos—. La ridícula eres tú, cariño, con ese aire encandilado que pones.

A Lorraine se le borró la sonrisa de la cara. Venía en busca de aprobación, aliento o un gesto de simpatía cualquiera por parte de su madre en una situación nueva para ella y en la que necesitaba sentirse apoyada. Después de todos esos años, después de un divorcio difícil y del tiempo que había necesitado para reconstruirse, le presentaba por fin un hombre al que amaba, y eso era lo que cosechaba: un juicio amargo y sarcástico, con una voz de vieja perentoria. Lorraine la detestaba.

—¿Sabes lo que te digo? ¡Que no hay quien te aguante, mamá! —exclamó furiosa, con las mejillas y el escote colorados—. Cuando no tengo novio, me das la tabarra porque no me conformo al modelo de mujer que...

—¡Yo nunca he dicho eso! —replicó Christiane con aire molesto.

—¡Claro que lo has dicho! ¡El verano pasado, sin ir más lejos! ¡Hasta añadiste que más me valía encontrar a alguien antes de ser demasiado vieja! —Lorraine sintió que le picaban los ojos y luchó con todas sus fuerzas para no llorar—. Y ahora que sí tengo novio, sigues dándome la tabarra igual, con tus comentarios pueriles. Pero ¿qué te pasa, mamá? ¿Es que estás celosa? Porque por fin soy feliz, mientras que tú, con papá...

Lorraine se arrepintió de sus palabras nada más pronunciarlas. Recordarle a su madre los últimos escarceos —aunque fueran virtuales— de su padre no era de muy buen gusto, se daba perfecta cuenta. Pero Christiane la había herido —a fuerza de tragarse sapos, era imbatible cuando se trataba de soltar comentarios venenosos—, y Lorraine necesitaba herirla a su vez.

—¡Menos mal que pongo *aire encandilado*, como tú dices! —prosiguió, tratando de calmarse—. Lo hago porque lo amo. Y porque lo amo estoy con él. No tiene ningún sentido estar con un hombre al que no amas. O al que has dejado de amar...

—Sí, bueno, ya, el amor...

—¿Cómo que *sí, bueno, ya, el amor*? —preguntó Lorraine, imitando la voz de su madre—. Que tú estés amargada no quiere decir que todo el mundo tenga que estarlo y que no pueda creer ya en nada. Yo ya me equivoqué una vez, así que ahora *quiero* creer en el amor. Quiero que mis hijos crean en el amor, y que mis nietos, cuando los tenga, crean en el amor. El amor es la vida, mamá. ¡Y la vida no merece la pena vivirla sin amor!

—Vaya, vaya... —comentó Louise al descubrir en la cocina a la madre y a la hija mirándose muy serias.

Se sirvió en un plato la porción de tarta que sobraba y besó a su madre y a su abuela antes de subir a su habitación.

—Yo estoy de acuerdo con mamá: ¡hay que creer en el amor! —añadió antes de desaparecer bailando por la escalera.

Lorraine y Christiane intercambiaron una mirada cómplice. Louise había cogido dos tenedores, ambas se habían dado cuenta. Se pusieron de nuevo a secar vasos en silencio, dejando que la tormenta se alejara poco a poco.

Desde que Lorraine había contado la historia de la lubina a la sal, Cyrille, que hasta entonces se esforzaba por ayudar a Christiane, entorpeciéndola más que nada, la verdad sea dicha, tenía prohibida la entrada en la cocina. «¿Sabe? —le había explicado amablemente la dueña de la casa—, exceptuando a Bastien, que muestra una disposición especial, en esta familia la cocina siempre ha sido cosa de mujeres. ¡Jean apenas sabe dónde están los fogones, y no recuerdo yo que en vida mi padre pusiera jamás un pie aquí!»

Los hombres habían tomado la costumbre de instalarse bajo el emparrado con un licorcito después de cenar y, ante los ojos soñolientos de Ama, rehacían el mundo bajo las estrellas. Cyrille sentía con Jean una complicidad que se asemejaba a la que lo había unido al padre de Bénédicte, y podían pasarse horas hablando de botánica y de los efectos de las plantas en el cuerpo y en el corazón.

Octave ayudaba a Louise a quitar la mesa, y luego se encerraban en el desván con sus iPods y algunas provisiones dulces hasta que era hora de irse a la cama, a veces hasta más tarde. Los gemelos habían cogido el tren para reunirse en la isla de Ré con su madre, que se había dejado convencer para que Octave se quedara en Dordoña hasta el 15 de agosto; éste le había prometido que iría la segunda quincena. Nadie sabía lo que le había dicho, pero el caso es que había salido vencedor en la negociación en la que Cyrille había fracasado.

—Es extraño —comentó Julie, entrando en la cocina con el mantel que acababa de sacudir—, va a hacer una semana que no tengo ninguna noticia de Patrice.

Consultaba su móvil varias veces al día, para después guardarlo con un gesto casi contrariado. Las filípicas permanentes del cirujano formaban parte de su vida, y su ausencia la desorientaba.

—¡Pues tanto mejor! —replicó Lorraine, que no quería en absoluto que su hermana volviera a caer bajo el yugo de ese monstruo.

Todo estaba preparado para su próxima partida, no era momento de echarse atrás.

—Y puedes estar segura de que, cuando no te vea volver, ¡dará señales de vida! —añadió Christiane, inclinándose hacia su hija—. De hecho, ¿cuándo le has dicho que volvías?

—Hacia el 15... Pero también le he dicho que era posible que hiciera una parada en París para ver a mi médico, y que lo mantendría al corriente...

—No te olvides de dejarnos tu móvil cuando te marches —le dijo Louise antes de coger a Octave de la mano y tirar de él hacia la escalera—. Así podremos enviarle mensajes, haciéndole creer que eres tú... Para cuando se dé cuenta de que no vas a volver, ¡ya estarás lejos!

Julie asintió con la cabeza. La realidad de ese viaje se volvía cada vez más concreta a medida que se acercaba la fecha de su partida, lo que hacía inminente y segura su ruptura con Patrice. Ella, que siempre había soñado con ello y lo había hecho todo para que llegara ese momento, se preguntaba, ahora que ya no había vuelta atrás, si todo eso era necesario y si la decisión que había tomado era acertada. A veces se decía que lo mejor era tener un hijo y olvidarse de lo demás.

—¿No te irás a rajar ahora, eh? —Lorraine se acercó a su hermana y la abrazó con ternura—. ¿No irás a dejar que ese tipo vuelva a ser dueño de ti...? —Le apartó a su hermana un mechón oscuro que le caía sobre la cara, antes de proseguir, con una voz tan baja que sólo su hermana alcanzaba a oírla—: A veces pienso que hacerlo podría costarte la vida...

El cuerpo de Julie se contrajo. Lorraine tenía razón: le bastaba con recordar las últimas vejaciones, de las que no había hablado con nadie; ahora que había tomado la decisión de marcharse de nada servía alarmar a su familia. El trato degradante había ido a más esas últimas semanas, hasta ese día en el que le había bajado la regla, y Patrice, loco de decepción y de rabia, la había empujado violentamente en el salón. Ella había caído al suelo y había visto en los ojos enajenados de su compañero que éste se contenía para no molerla a patadas.

Y estaba también el aura del profesor Paul Le Crétois, la fuerza y la bondad que emanaban de él: Julie no se hubiera perdonado defraudar a un hombre así. No, no daría marcha atrás en sus planes; estaba decidido, se iba.

—No, no te preocupes... —murmuró Julie, apretándole el brazo a su hermana en un gesto tranquilizador—. Me marcho seguro...

Dejando que Christiane apagara las luces, las dos hermanas subieron a acostarse.

Antes de reunirse con Cyrille, como todas las noches, Lorraine fue a la habitación de Ama a darle un beso. La encontró de pie delante de la chimenea, contemplando el cuadro que había sobre la repisa. La mujer con el vientre en forma de jaula, cuyo bebé era un pájaro y cuyo rostro guardaba cierto parecido con el de su abuela.

—Qué susto me has dado —dijo Ama al oír entrar a Lorraine.

Ésta se sobresaltó; había algo que no le parecía normal, pero ¿el qué?

Hasta que no vio moverse en el espejo los labios de su abuela no cayó en la cuenta: Ama estaba hablando.

—¡Ama, ¿estás hablando?!

Con lágrimas en los ojos, Lorraine se precipitó hacia la anciana y quiso empujarla hasta la butaca azul que tanto le gustaba. Ama se resistió.

—Ponla ahí —dijo con una voz increíblemente joven y aguda, como si el hecho de no utilizarla la hubiera preservado—. La butaca. Delante del cuadro, acércala... Te voy a contar...

Con el corazón acelerado, Lorraine obedeció. Después de más de cuarenta años de silencio, su abuela volvía a hablar; ¡era milagroso!

Ama se dejó acomodar frente al lienzo y dio unas palmaditas en la butaca con su manita frágil, invitando a su nieta a sentarse a su lado. Después, tras probar la voz varias veces, se lanzó.

—Mira este cuadro —empezó diciendo. Lorraine clavó la mirada en la pintura, a la que nunca había prestado verdadera atención—. Es la prueba de amor más hermosa que me han dado nunca. Salvo que, y eso no lo entendí hasta más tarde, quien me la dio no era la persona a quien yo amaba...

»Cuando recibí este cuadro —recordó Ama—, estaba en la cocina preparando los membrillos para la mermelada. Era el final del verano, ya habían empezado las tormentas, y tu madre estaba ayudando a tu padre a meter el tabaco en los hangares. Ni tú ni Julie habíais nacido todavía, aunque no tardaríais en llegar. Tu abuelo ya nos había dejado, vencido por la enfermedad que había contraído durante la guerra y de la que nunca pudieron curarlo de verdad.

Al recordar a su marido, los ojos de la anciana se empañaron, y adoptaron el color de la noche y de sus pensamientos.

—Tienes que saber que cuando llamaron a filas a tu abuelo, en enero de 1941, yo tenía veinte años y, de la noche a la mañana, me vi yo sola para ocuparme de la finca. Mi padre había muerto el año anterior; en cuanto a mi madre, no llegué a conocerla: mi nacimiento se cobró su vida. Resumiendo, que estamos en 1941, a tu abuelo lo mandan al frente, y yo me encuentro sin hombre para protegerme y sin brazos para ayudarme. Me las apañaba como mejor sabía, con las mujeres del pueblo cultivábamos en el huerto lo que podíamos para comer y tratábamos de mantener los campos de trigo para hacer pan; al menos, gracias a eso, no nos morimos de hambre. Pero en cuanto a lo demás, el tabaco, los otros cultivos, los nogales..., todo se iba a la deriva, no tenía medios suficientes para ocuparme de todo.

»Hasta que una noche, y con gran sigilo, llegó al pueblo una familia que venía de Burdeos, nos dijeron sin más precisiones, y a la que había que ocultar. Nadie hizo preguntas; era mejor no saber con certeza aquello que todos sospechábamos, pero todos éramos conscientes de los riesgos que corríamos. Al mismo tiempo, el pueblo está tan perdido entre los collados, que nos decíamos que aquí nadie vendría a buscarlos. La familia estaba compuesta por los padres, dos niñas y un muchacho más o menos de mi edad: Ferdinand.

»Enseguida, Ferdinand y su padre se pusieron a ayudarme con las tierras. Aunque, según entendí entonces, lo suyo eran más bien las viñas, eran cultivadores, y sabían ocuparse de una propiedad como ésta. De día se ocultaban en un hangar de tabaco abandonado que teníamos a orillas del río; y al caer la noche se ponían a trabajar. Nos iba algo mejor que a los demás, y eso nos pasó factura en un momento dado. Alguien denunció a la familia, y hubo que sacarlos de allí antes de que llegara la milicia. El padre, la madre y las dos niñas se marcharon; Ferdinand, en cambio, decidió quedarse.

»Con la complicidad de las mujeres del pueblo, que ali-
mentaban a sus familias gracias a mi huerto y por ello se
sentían en deuda conmigo, lo hicimos pasar por un primo
algo retrasado; ello explicaba por qué no lo habían llamado
a filas. Era arriesgado, pero, por razones que ignoro, nadie
nos descubrió, o alguien hizo la vista gorda. Lo más extraño es que aquellos que denunciaron a la familia, que nunca
supimos quiénes fueron, no dijeron ni pío. ¿Quizá encontraron así la manera de hacer las paces con su conciencia?
Ah, sí, que no te lo he dicho: nos enteramos de que atrapa-
ron a los demás miembros de la familia al día siguiente de
su marcha y los deportaron a todos.

»Estábamos, pues, en 1943, Ferdinand vivía conmigo en
esta casa. Era mi primo, después de todo, habría resultado
sospechoso que no durmiera bajo mi techo. Y yo seguía sin
recibir noticias de tu abuelo.

»Y lo que tenía que pasar pasó. Yo era una mujer joven,
y Ferdinand, un muchacho robusto y solícito. Nos enamo-
ramos locamente. Quizá te parezca extraño, pero esos dos
años fueron los más felices de mi vida. Estábamos en guerra, vivíamos con miedo y lo éramos todo el uno para el
otro. Nada une más a las personas que la adversidad, ¡y
desde luego la época era de lo más adversa!

»Nos esforzábamos por no llamar la atención, pero nos
amábamos tanto que al final terminó por saberse en el pueblo. Algunos torcían el gesto, pero, a fin de cuentas, ¿qué
mal hacíamos a nadie? Las demás mujeres tenían noticias
de sus hombres, y yo en cambio ninguna: estaba convencida de que tu abuelo nunca volvería, y la única carta que yo
esperaba ya era la del ejército para anunciarme su falleci-
miento.

»Sólo que esa carta nunca llegó.

»Cuando la Liberación, en 1945, pero mucho después
de la vuelta de los demás hombres del pueblo, apareció tu
abuelo: había caído gravemente enfermo, y una familia ha-

bía cuidado de él hasta que pudo regresar. Una mañana Ferdinand y yo nos levantamos tranquilamente y nos lo encontramos justo ahí, en la terraza, fumando.

»Yo acababa de anunciarle a Ferdinand que estaba embarazada.

»Al ver a tu abuelo, lancé un grito y me desmayé. Cuando recobré el conocimiento me vi en la cama. Tu abuelo estaba junto a mí. Ferdinand había desaparecido. Nunca más lo volví a ver.

»Esa misma noche tu abuelo y yo hicimos el amor. Tu madre nació siete meses después.

—Pero ¿qué ocurrió? —preguntó Lorraine cautivada—. Y...

Ama la interrumpió con un gesto.

—Espera, aún no he terminado... Veintitrés años más tarde, recibí ese cuadro que ves sobre la chimenea. Iba acompañado de una carta que leí una vez y a continuación quemé. Pero la recuerdo palabra por palabra, de tanto como me impresionó su contenido.

»Ferdinand acababa de morir, eso lo sabía porque se había convertido en un pintor bastante conocido y los periódicos habían hablado de él, y fue su hermana, una de las niñas a las que yo había ocultado, quien encontró entre sus cosas una carta y un cuadro dirigidos a mí. Eran de 1946, sólo Dios sabe por qué no me los envió antes.

Ama prosiguió:

—«*Mi dulce pájaro*, decía la carta, *la paternidad es una jaula, y yo soy demasiado libre para dejarme encerrar en ella. Ni siquiera por aquella a quien le debo la vida y a quien amo más que a mi vida. Pero ¿en qué se convierte el amor cuando se le ponen cadenas?*

»*Es una de las razones por las que, cuando te desmayaste, y tu marido me pidió que me fuera y desapareciera de tu vida, le obedecí, aunque tuviera un abismo de tristeza en el alma. La otra razón es que, al recuperar su lugar junto a ti, que era legítimo,*

me convertía a mí en un usurpador. Peor aún, convertía a nues-
tro hijo en un bastardo, y eso yo no lo podía aceptar.

»Le pedí que cuidara de ti y del niño. Sí, le hablé del niño, no
podía no hacerlo, ¿verdad? Imaginaba que palidecería, que se
pondría furioso, no me habría sorprendido que me hubiese gol-
peado incluso. Pero sonrió con infinita dulzura, se le llenaron los
ojos de lágrimas y, nunca me creerás: ¡hasta me dio las gracias!

»Me dijo que ese niño era un regalo del cielo, pues la enferme-
dad que había contraído lo había dejado estéril, por lo que nunca
podría tener hijos.

»Nada más. Te doy este cuadro de ti y de nuestro hijo al que
sólo puedo imaginar. Brillaréis en mi cielo por siempre jamás.

»Tuyo para siempre.

»Tu Ferdinand.»

Ama lloraba ahora, con largos sollozos silenciosos, con
gritos que eran como susurros. Por las mejillas de Lorraine
resbalaban las lágrimas sin parar.

—Así que, a fin de cuentas, la prueba de amor más hermosa me la dio tu abuelo: durante toda su vida quiso a mi
hija, tu madre, como si fuera suya, de la manera más incondicional y más entregada, sin mostrar jamás que sabía
que no lo era. Y, sin embargo, durante todo ese tiempo, lo
sabía...

Lorraine cogió el cuadro y lo observó con atención.

—Pero el pintor, Ama... Si era el amor de tu vida y el
padre de mamá..., ¿por qué nunca intentaste encontrarlo?

—Pues ¡porque me había abandonado! —exclamó la
anciana, irguiéndose con orgullo—. Yo lo único que sabía
era que le había anunciado que estaba embarazada, y él
había desaparecido. ¡De ninguna manera pensaba perse-
guirlo!

Lorraine le acarició el cabello a su abuela y la ayudó a
acostarse.

—Y ¿por eso dejaste de hablar? Desde esa carta...
—murmuró Lorraine, arropando a Ama como a una niña.

—Había que guardar el secreto...

—Mamá no lo sabe... —Más que una pregunta, era una afirmación.

Lorraine besó a la anciana, cuyos ojos ya se cerraban.

—¿De qué habría servido?

Fueron las últimas palabras de Ama antes de que, agotada, se sumiera en un profundo sueño.

—¿Qué hacemos con mamá? —le preguntó Lorraine a Julie, que seguía muy impresionada por lo que su hermana acababa de revelarle.

Tras abandonar la habitación de su abuela, Lorraine se había precipitado a la de su hermana para contárselo todo.

—¡Vaya! Ahí está la constelación familiar... —dijo Julie como para sí misma—. Papá, y ahora el abuelo...

Como Lorraine no entendía a qué se refería, Julie se lo explicó:

—Cuando hay un hijo ilegítimo en una familia, hay muchas probabilidades de que el caso se repita en las generaciones sucesivas...

—Sí, pero aquí no se trata de eso exactamente —replicó Lorraine—. Bueno, sí, en el caso de mamá sí. Pero no en el tuyo. Al contrario: ¡tú eres cualquier cosa menos una hija ilegítima! —bromeó, a fin de relajar el ambiente—. ¡Tú eres la hija menos ilegítima que pueda haber!

—Vale, pero piénsalo, Lolo: en ambos casos los padres son estériles, o lo fueron en un momento dado, en lo que respecta a papá, y ambos crían a la hija de otro como si fuera suya... —A Julie se le quebró la voz—. Y *sin decírselo*, en ambos casos. Eso es lo más extraordinario: aunque no hayamos conocido nunca a nuestros antepasados, aunque la existencia de la primera hija ilegítima se mantuviera en secreto, ¡zas! ¡El mismo esquema se repite de generación en generación, y no hay nada que hacer!

—¡Es que sí son suyas, Juju! —exclamó Lorraine, cogiendo a su hermana de ambas manos—. Son sus hijas.

Se aventuraban por un terreno pantanoso por el que nunca antes se habían adentrado. Y Lorraine no sabía hasta qué punto había digerido la situación Julie y lo que podía oír sobre el tema sin sufrir.

—Claro que son sus hijas —convino Julie, que había pensado mucho en ese tema para saber lo que sentía al respecto—. Pero no es menos cierto que, *genéticamente*, no lo son. Ahora, lo importante es saber si deberíamos decírselo o no...

Julie dejó la frase en el aire. Si bien en su propio caso la revelación, que no había cambiado en nada lo que sentía por Jean, había sido como un detonante para saber lo que debía hacer con su vida, no estaba segura de que ocurriera lo mismo con su madre. A los setenta años, Christiane ya había vivido su vida, y el hecho de saber hoy que su padre no era su padre o, en todo caso, no del todo, no iba a cambiar nada. Sobre todo porque éste había muerto hacía mucho tiempo, era cruel suscitar preguntas para las que de todos modos Christiane nunca tendría respuesta al no disponer ya de interlocutor.

En el mejor de los casos, la revelación no aportaría nada; en el peor, traería consigo anhelos frustrados.

—Ahora ya lo sabes... —concluyó Lorraine—. Entonces, en tu opinión, ¿qué debemos hacer?

—En mi opinión, nada de nada. Aprovechemos el hecho de que Ama ha recuperado el habla como cortina de humo. Eso en sí ya es una noticia tremenda, ¿no? Y, de lo demás, mejor no decir ni mu. Mamá es demasiado mayor, sus dos *padres* han muerto ya... Enterarse ahora de la verdad no va a cambiar nada en su vida. Al contrario: podría incluso amargársela. Francamente, no veo la necesidad de contárselo.

Lorraine se mostraba escéptica. El argumento de Julie se sostenía, desde luego, y ella sin duda sabía mejor que nadie de lo que hablaba. Pero no concebía ocultarle a su madre un secreto tan grave y que la concernía directamente.

—Si Ama ha callado durante todos estos años, es porque pensaba lo mismo que yo... —añadió Julie.

—Pero, entonces, ¿por qué habrá hablado ahora?

Julie no contestó. Creía tener la respuesta a esa pregunta, pero albergaba la viva esperanza de estar equivocada.

—¡Mamá!

Lorraine estaba soñando. Era la hija de un pintor, vivía en una villa de Ramatuelle y todas las mañanas su padre la hacía posar para pintar su retrato. Pero el hombre era un anciano, y ella se preguntaba cómo podía tener un padre tan mayor.

—¡Ma-má! ¡Despierta, deprisa! —La voz de Louise se hizo más acuciante.

Palpando la almohada de al lado para asegurarse de la presencia tranquilizadora de Cyrille —para Lorraine dormir a su lado era una de las cosas más dulces de su nueva vida en pareja y no dejaba de conmoverla profundamente—, abrió los párpados y se encontró cara a cara con su hija. Del todo despierta, con los ojos rojos e hinchados, Louise había ido a buscar su mano bajo las sábanas y tiraba de ella para obligarla a levantarse.

—¿Has tenido una pesadilla, Loulou? —le preguntó Lorraine con voz soñolienta.

Tras las emociones de la noche anterior se había refugiado en brazos de Cyrille, y habían hecho el amor en silencio hasta que se había quedado dormida, agotada, barriendo así todas sus preguntas. La irrupción de su hija en su cama, que debía de apestar a sexo, la incomodaba. Se sonrojó, cogió la camisa de Cyrille y se apresuró a levantarse.

—Se trata de Ama —dijo Louise, echándose a llorar—. ¡Ha muerto!

Lorraine se puso rígida y abrazó a su hija.

—¡No, hombre, no! Habrás tenido una pesadilla, Loulou... Ven...

Lorraine condujo a su hija hacia la escalera, y bajaron sin hacer ruido a la cocina, donde le calentó un poco de leche. Rechazando el tazón de chocolate con miel que le alargaba su madre y que muchas veces había ahuyentado sus pesadillas, Louise se echó a llorar de nuevo, con más fuerza todavía.

—¡Tenemos que ir a verla! —le suplicó a su madre, sorbiéndose la nariz.

—No, que la vamos a despertar. Yo misma la arropé antes de irme a la cama.

Louise olió el chocolate y bebió un sorbo.

—Tenemos que ir a verla, mamá —repitió con una voz más serena—. Estoy segura de que no era un sueño. Ha venido a verme a mi habitación, bueno, debía de ser su alma la que ha venido a verme, o algo así... Me ha dicho que había llegado su hora. Y ¿sabes lo más increíble, mamá? —Los ojos de Louise volvieron a llenarse de lágrimas, que resbalaron por sus mejillas—. ¡Hablaba! ¡Ama ha venido a verme a mi cama y me ha hablado!

Lorraine palideció. Veía borroso a causa de las lágrimas. Mordió una onza de chocolate para no perder el conocimiento, reconociendo los síntomas del calor brutal que se adueñaba de ella. Louise se levantó y trató de arrastrar a su madre hacia la habitación de la anciana.

—Espera, Loulou, piensa un poco: si Ama hablaba, es la prueba de que sólo puede ser un sueño. Nunca la has oído hablar...

—Tenía una vocecita muy fina, mucho más joven que la de una mujer de su edad. Y yo la he visto levantar el vuelo, y se lo he dicho, le he dicho estas palabras, mamá, me ha despertado mi propia voz. Le he dicho: «Vete, Ama, allá arriba estarás mejor». Y ella se ha inclinado hacia mí y me ha besado...

Desconcertada por las palabras de su hija, que no sabía que su bisabuela había hablado la noche anterior y no tenía modo alguno de saber la voz que tenía, aunque la describía exactamente como ella misma la había oído, Lorraine se levantó y le alargó la mano a Louise.

—Bueno, mira, vamos a verla, así te quedas tranquila. Pero sin hacer ruido, ¿vale?

Ama descansaba en su cama, tal y como Lorraine la había dejado, con su gorro blanco de dormir desatado sobre la almohada.

Sólo el cuadro había abandonado su lugar en la repisa de la chimenea. Estaba sobre la sábana, junto a la anciana, y parecía que sus dedos inmóviles lo acariciaran.

—¿Ama? —susurró Lorraine, precipitándose hacia la cama—. ¡¿Ama?! —gritó, pero el grito no la despertó.

Ama se había ido, exactamente como había descrito Louise. Y Lorraine era ahora la única depositaria de su terrible secreto.

El entierro de Ama fue una de las cosas más conmovedoras que Lorraine había vivido.

Ella adoraba a esa abuela muda, naturalmente, pero se dio cuenta de que el pueblo entero, pese a los inevitables enfrentamientos y envidias típicos de los pueblos, la quería y la respetaba. Ahí estaban todos, apiñados delante de la pequeña iglesia romana contigua al ayuntamiento, esperando la salida del féretro para acompañar a pie a la Vieja, como tenían costumbre de llamarla, hasta su última morada.

Agarrado al instrumento, un monaguillo tocó la campana, un tañido que casi podría haber parecido alegre, durante todo el tiempo que tardó el cortejo en llegar al cementerio. Así eran en Saint-Vincent-de-Cose: esencialmente alegres pese a la adversidad. La vida siempre acababa imponiéndose, y, como cada vez que alguno de los suyos los dejaba, los lugareños se reunirían en el bar alrededor de una Suze o de un pastis para consolarse. Contarían anécdotas sobre la difunta, los más viejos serían los más numerosos, y todos aportarían sus interjecciones nostálgicas, asintiendo con la cabeza.

El Amérique, el único bar estanco del pueblo que era también tienda de ultramarinos, ya había sacado las mesas fuera, a la sombra de los plátanos. Para el dueño, un paracaidista de Misuri que había aterrizado allí después de la guerra y nunca había sentido la necesidad de regresar a su tierra, un entierro era promesa de buenas ganancias.

Durante la misa y la inhumación posterior, Cyrille lloró mucho, y Lorraine le agradeció poder apoyar la cabeza en su hombro y abandonarse a su lado. El entierro le recordaba al de François de Monthélie, así como el camino que había recorrido desde la muerte de su suegro. Éxito profesional, pero fracaso sentimental —¿éxito profesional *a costa* de un fracaso sentimental?— y una familia en vías de recomposición: Cyrille se preguntaba si su suegro habría estado orgulloso de él o si, al contrario, se habría sentido traicionado. Algunos podrían considerar que había utilizado a Bénédicte para después dejarla tirada una vez asegurado su éxito. Sólo que no era él quien la había dejado tirada a ella, sino al contrario; algo que a Cyrille aún le costaba asimilar.

—¿En qué piensas? —le preguntó Lorraine, enjugándose las lágrimas que volvían a afluir a sus ojos.

—En nada —mintió Cyrille. Entrelazó los dedos con los de Lorraine—. O bueno, sí: estaba pensando que es increíble el cariño que le había cogido a tu abuela en tan poco tiempo. La voy a echar de menos.

—Eres un ángel —dijo Lorraine emocionada, acariciándole la mejilla.

Hasta en los momentos difíciles, Cyrille sabía mostrarse fuerte, y Lorraine se sentía protegida.

En cuanto a él, apenas se dio cuenta de que mentía: era su naturaleza, no podía evitarlo. Para tranquilizar o para no herir, pero esencialmente para que lo dejaran en paz, Cyrille mentía. Estaba convencido de que no era bueno decir siempre la verdad y de que sólo importaba la verdad del instante.

Tras una semana de silencio volvieron las llamadas de Patrice, exactamente el mismo día en el que Julie abandonó la casa familiar para coger un avión rumbo a Mauritania.

Habían quedado en que Lorraine y Cyrille la acompañarían hasta Merignac, donde debía reunirse con Paul Le Crétois y el resto de la misión, dos cirujanos y una enfermera, a los que no conocía. Una vez que Julie estuviera en buenas manos y las despedidas hubieran concluido —las dos hermanas se habían dicho adiós por la mañana, pues detestaban la idea de ofrecer un espectáculo en el aeropuerto—, aprovecharían para hacer una escapada los dos solos a la playa de Hourtin. Los niños se quedarían con Christiane, para consolarla y distraerla: aunque ésta no dijera nada, y aunque sólo se tratara de un año que pasaría deprisa, la partida de su hija mayor la afectaba más de lo que estaba dispuesta a reconocer. No ver a los tuyos sabiendo que están cerca es una cosa; y saberlos lejos, siendo casi imposible contactar con ellos, es otra muy distinta, mucho más frustrante.

Al despedirse de su padre, que se había refugiado entre sus rosales y al que había encontrado en el invernadero acariciando con melancolía la rosa Amour Noir, Julie le había hecho la pregunta cuya respuesta necesitaba oír de viva voz y de labios del principal interesado, aunque ya la conociera.

—Entonces ¿es verdad? —le había preguntado bajito, cogiendo de manos de Jean la flor que éste le ofrecía.

Jean había asentido con la cabeza, perdido en sus pensamientos. Julie se había refugiado en sus brazos, como le gustaba hacer cuando era niña. Exactamente en ese mismo lugar, entre los rosales.

—Pero ¿por qué no me lo dijisteis?

—Ay, hija, es que... ¡Antes, porque no era momento, y después, porque tampoco era momento ya! Tu madre y yo no encontramos nunca el momento adecuado para hablar de ello, y cuando pasó el tiempo, pensamos que ya no valía la pena. —Jean había mirado a su hija con intensidad—. Y, además, ¿qué habría cambiado, de todos modos?

Nada, se había dicho Julie. En efecto, no habría —no *había*— cambiado nada. Era y sería siempre la hija de Jean, y él sería siempre su padre.

—Y ¿dónde se hizo? La fecundación in vitro...

Aunque a Jean esa última pregunta le había parecido incongruente, no había dejado que se le notara. A decir verdad, lo entendía: cuando uno se marcha lejos, quiere atar todos los cabos antes de partir.

—En Burdeos...

Se habían abrazado en silencio, y Julie había podido marcharse tranquila.

Mientras Bastien ayudaba a su abuela a preparar el dulce de membrillo —una tradición familiar que a nadie le gustaba verdaderamente, pero que se transmitía de generación en generación y que nunca se había infringido—, Louise lidiaba, con el móvil que su tía le había dejado, con la impaciencia de Patrice, que no tardaría en transformarse en rabia.

«Qué detalle darme por fin noticias tuyas...», se permitió el lujo de enviar como respuesta al primer y lacónico «¿Dónde estás?» del cirujano. Con eso lo mantendría a distancia unas horas, pensó la muy astuta: si no había dado señales de vida durante una semana, sería porque tenía sus razones y quizá no le apeteciera dar explicaciones. Louise sonrió antes de añadir: «Y ¿dónde estabas tú, por cierto?». La antigua Julie jamás se hubiera permitido tal insolencia; pero la nueva, la que había tomado la decisión y había tenido la valentía de marcharse, la que Patrice no conocía y no conocería nunca, ésa sí.

«Julie, no juegues a ese jueguecito conmigo.» El mensaje salió despedido, más deprisa de lo que hubiera deseado Louise. Lo dejó sin respuesta y apagó el móvil, para después abandonarlo el resto del día en su capazo de mimbre.

—Bueno... Vamos a dejar que este gilipollas se haga un poco de mala sangre. Hasta que ella esté a salvo en el avión...

Octave la miró con aire divertido.

—En esta familia no os gustan mucho los hombres, ¿verdad? —preguntó atónito al ver la desenvoltura con la que Louise trataba al compañero de su tía y la manera en la que hablaba de él.

—¡Huy, qué va! ¡Al contrario! —replicó Louise, alborotándole el pelo con un gesto travieso—. ¡Nos encantan! Sólo que con un abuelo mujeriego a más no poder, que culmina sus andanzas ligando en Meetic, y un padre que se volvió marica y al que casi nunca vemos, por no hablar de ése de ahí... —hizo una mueca de asco en dirección al capazo—..., ese gilipollas de campeonato, ya sabemos cómo funcionan los hombres. Así que los queremos, sí, pero no nos dejamos engañar por ellos: sabemos que es un toma y daca, que con ellos se pueden *vivir* cosas maravillosas, pero que tampoco conviene hacerse muchas ilusiones...

—Es una forma de ver las cosas un poco desencantada, ¿no?

Octave miró a Louise con insistencia. Esa extraña chica, tan madura y a la vez tan infantil todavía, lo fascinaba y lo asustaba.

Louise agarró a Octave de la muñeca y lo atrajo junto a sí sobre la cama.

—¿Quieres que te demuestre cómo queremos a los hombres?

Y, sin darle tiempo a responder, le cogió suavemente el rostro entre las manos y lo besó.

La cena fue aburrida y deliciosa.

En un intento por olvidar su tristeza, Christiane se había superado a sí misma: además del dulce de membrillo para acompañar los quesos frescos de cabra y las castañas asadas en la chimenea, había guisado en jugo de uva dos pollos de corral de la granja de al lado, acompañados con una guarnición de patatas rehogadas, y había preparado una ensalada de la huerta. De postre, natillas, que aunque a ella no le gustaban mucho, a Jean y a los niños les encantaban.

—Entonces ¿se ha marchado bien? —les preguntó por enésima vez a Lorraine y a Cyrille.

Éstos cambiaron una mirada cómplice antes de asentir.

—¡Que sí, mamá! ¡No te preocupes! Tu hija está ya en buenas manos, en un avión rumbo a Nuakchot, y a salvo.

—¡Ah! Porque el tipejo ese...

Todas las miradas se centraron en Louise, que había vuelto a encender el móvil justo antes de sentarse a la mesa y encajado —bueno, ella no, Julie— una bronca que no presagiaba nada bueno. Aunque Patrice tuviera algo que reprocharse, no sentía ni pizca de remordimientos y seguía fiel a sí mismo: manipulador y odioso.

Los mensajes, primero de texto, cada vez más seguidos, y después ya recados en el buzón de voz, iban desde el simple «Vuelve» hasta unos «Ahora» acuciantes y amenazadores, pasando por súplicas que no sonaban nada sinceras pero que, en tiempos, y él lo sabía, habían convencido a

Julie y le habían hecho precipitarse en sus redes. «Te echo de menos, amor mío» y «He trabajado como una bestia y te deseo». En ningún momento preguntaba Patrice cómo se encontraba Julie, ni lo que hacía. Lo importante era lo que él quería y sentía; lo demás lo traía sin cuidado.

—Será ca... —empezó diciendo Louise cuando el móvil hubo pasado de mano en mano.

Octave le apretó la rodilla debajo del mantel a la vez que le guiñaba el ojo. Todo el mundo sabía lo que pensaba Louise del cirujano, no se había cansado de repetirlo.

—¡En cualquier caso, tus respuestas están muy bien, Loulou! —la felicitó Lorraine—. A lo mejor habría que enviar algo esta noche, ¿no? Es lo que habría hecho Julie...

—Sí, pero tenemos que andarnos con cuidado. Está claro que ya empieza a ponerse nervioso... No me apetece lo más mínimo verlo aparecer por aquí —dijo Jean, que nunca había digerido que Patrice le descubriera a Julie un secreto que le correspondía a él desvelar—. Si no, no respondo de mis actos —añadió, haciendo chocar los puños.

Jean no era un hombre violento, siempre y cuando no se lo provocara. En dos o tres ocasiones se había pegado con hombres del pueblo —entre los cuales, en tiempos, estaba el marido de la hermosa panadera—, y todavía la gente se acordaba. Aunque la edad ya no jugaba a su favor, no había perdido su silueta robusta e impresionante y una fuerza física que las faenas del campo contribuían a preservar.

—«Estoy durmiendo» —leyó Louise en voz alta, mientras tecleaba el mensaje en el móvil de su tía—. Esto debería bastar para que pase mala noche... y ya veremos lo que le soltamos mañana por la mañana. ¿Qué os parece?

Los chicos reconocieron que un mensaje así los enfurecería, y a Lorraine y a Christiane les pareció perfecto; Louise le dio al botón de enviar, y el mensaje partió hacia su destino, semejante a una declaración de guerra.

—Bueno —empezó diciendo Lorraine cuando se quedó a solas con su madre en la cocina después de la cena.

Había tomado una decisión, y había esperado a que Julie se hubiera marchado para actuar en contra de la opinión de su hermana. El secreto de Ama le resultaba demasiado pesado, y pensaba que su madre le agradecería que le dijera la verdad. Sobre todo porque el argumento de su hermana —enterarse ahora no le cambiaría la vida— podía interpretarse de dos maneras: en efecto, ¿qué podía cambiar?

En la terraza los hombres se bebían una copa a la salud de Ama, cuya ausencia hacía más ruido del que su presencia silenciosa había hecho jamás. Desde que se había marchado, era como si con ella se hubiera ido también el alma de la casa.

Christiane fregaba la olla en la que habían hervido los pollos, escuchando distraídamente lo que le contaba su hija.

—Tengo que decirte una cosa importante, mamá... —Lorraine jugueteaba con el mantel que estaba doblando—. Una cosa grave...

—Hmmm... —Christiane seguía a lo suyo.

—Antes de morir, Ama me habló.

Christiane enarcó una ceja pero no reaccionó. Sorprendida, Lorraine miró a su madre y se dijo que, después de todo, quizá fuera ésa su manera, movida por un sexto sentido o por una de esas jugadas del inconsciente, de prepararse para lo que seguiría. Y ¿quién sabe? Puede que hasta ya lo hubiera adivinado.

—Me contó una historia, su historia. —Lorraine tomó entre sus manos las de su madre para impedir que gesticulara y obligarla a escuchar—. Que es también la tuya...

Sin decir una palabra, Christiane se zafó y empezó a recorrer la cocina de un extremo a otro, cogiendo aquí y allá vasos que vaciar, y luego la jarra, que había que enjuagar con vinagre blanco antes de guardarla en su sitio.

Luego puso agua a hervir y la vertió en una tetera, sobre las hojas de verbena previamente machacadas —una costumbre que había heredado de Ama, machacar las hojas de las plantas aromáticas para extraerles el sabor—, y miró a su hija con curiosidad.

—Mamá te ha *hablado*. A ti... —comentó por fin Christiane con voz apagada.

Había en su tono una gran tristeza: la de no haber oído ella misma la voz de su madre por última vez. No sólo no había sido ella la elegida —Ama había preferido dirigirse a su nieta antes que a su hija—, sino que, además, sentía que la había dejado al margen.

Estaba también el amor que, todos esos años, exasperada por el mutismo de su madre, Christiane había reprimido.

Y, por encima de todo, estaba ese *mamá*. Era la primera vez que Lorraine oía a su madre llamar a Ama *mamá*.

—Y ¿qué es eso tan importante que te dijo? —Ahora la voz de Christiane temblaba.

Lorraine observó a esa mujer cuya fachada se estaba desmoronando. Toda su vida se había tragado sapo tras sapo con un buen humor inquebrantable y se las había apañado, en un afán de protegerse a sí misma y a los suyos, para que los acontecimientos resbalaran sobre ella como el agua en las plumas de un pato. Pero hete aquí que ahora se quebraba como una nuez —Lorraine alcanzaba casi a oír el crujido siniestro del dolor—, aplastada por la tristeza y los anhelos frustrados.

—Me dijo... —empezó Lorraine con voz insegura—. Me dijo...

Su madre parpadeó, como si dudara entre abrirlos para *ver* o cerrarlos, como tantas veces había hecho.

—Fue extraño, ¿sabes? —prosiguió Lorraine con repentina desenvoltura—. Me dijo: «¡Es normal que no te salgan bien las mermeladas, cariño! ¡Siempre te he dicho que nunca hay que lavar la fruta antes de echar el azúcar!».

Dos semanas más tarde, cuando ya todo el mundo había vuelto a París y había reanudado sus ocupaciones, Patrice irrumpió un día en la floristería. Lívido, demacrado, con los rasgos cansados y grandes ojeras, había perdido parte de su soberbia pero no su agresividad.

—¿Has visto lo que me ha mandado? —ladró, blandiendo su móvil en dirección a Lorraine, que salía en ese momento de la trastienda con los brazos llenos de dalias y de ramas.

Lorraine se sobresaltó y soltó un grito de sorpresa. Aunque se había preparado para una visita así, no imaginaba ver aparecer tan pronto al cirujano, y encima en la tienda. En cuanto al mensaje que supuestamente le había mandado Julie, sabía de sobra cuál era, pues lo había redactado con Louise el día anterior por la noche, siguiendo las instrucciones de su hermana, que les había pedido que esperaran quince días antes de enviarlo. Decía así: «Me he marchado para no volver. No intentes encontrarme. Te dejo y no quiero volver a oír hablar de ti nunca más».

Dosificando sabiamente los mensajes, ora cálidos, ora distantes, y cuidándose mucho de no adoptar un tono demasiado alarmante —la situación ya lo era bastante de por sí—, Lorraine y su hija habían logrado mantener a Patrice a distancia durante dos semanas. Los últimos días habían sido difíciles, sin embargo, pues llamaba múltiples veces; había llegado incluso a llamar a Dordoña, exigiendo hablar con Julie, pero Jean lo había puesto en su sitio diciéndole que su hija necesitaba descansar y que por el momento no quería hablar con él. Patrice también había llamado a Lorraine a su fijo y a su móvil, pero ésta, al reconocer el número, había rechazado la llamada.

Sintiendo que se le escapaba su presa y que ocurría algo que él no controlaba, Patrice había cogido el primer tren para tratar de recuperarla. Pero para eso antes tenía que encontrarla.

—No hay manera de hablar con ella, y me deja con un mensaje de texto, ¿te das cuenta? ¡Me deja ella a mí! —eructó.

Se puso a andar de un extremo a otro de la floristería, empujando los cubos con flores, cuyos pétalos arrugaba al pasar. Lorraine hacía cuanto podía por alejarlo de las plantas, pero el tipo emanaba tal odio que llegó a preguntarse si no la golpearía.

—¿Dónde está? —prosiguió violentamente. Se plantó delante de Lorraine, señalándola con el dedo con un gesto rabioso—. Exijo que me digas dónde está, y exijo que vuelva hoy mismo, ¿me oyes? ¿Otra vez le habéis lavado el cerebro? ¡Ya sabía yo que nunca debería haberla dejado marcharse sola con esa familia de degenerados!

Maya entró en ese momento, infundiéndole a Lorraine el valor necesario para darle a ese loco rabioso la respuesta que se merecía.

—Primero, no sé dónde está Julie —mintió con una voz que traslucía una calma aterradora.

Mentía doblemente, pues, además de soltarle a Patrice el discursito que se había preparado, en el fondo del bolsillo trituraba las esquinas de una carta de Julie que había llegado esa misma mañana por valija diplomática y que todavía no había tenido tiempo de leer.

—Sé que se quedó unos días más en Dordoña para descansar después de marcharnos nosotros, pero, desde entonces, no he vuelto a tener noticias suyas. Y, segundo, ¿podrías decirnos lo que has estado haciendo *tú*? Tengo entendido que no has dado señales de vida durante más de una semana. No es propio de ti... Así que no te extrañes si a Julie no le apetece volver contigo, mi hermana no tiene un pelo de tonta.

—Tenía mis razones —se defendió Patrice, algo más inseguro.

—¿Ah, sí? Y ¿cómo se llama esa *mis razones*? —se burló Maya, que estaba al corriente de todo y que, al ver a Patrice, había entendido enseguida de qué iba la historia.

Con las manos entre los pliegues de su abrigo para que nadie viera que temblaban y el rostro atormentado de tics nerviosos, el cirujano no contestó. Pero por su expresión las chicas comprendieron que habían acertado y que estaba a punto de estallar.

—Será mejor —prosiguió Maya con voz serena— que salga usted de mi tienda y se vaya a buscar a su Julie a otra parte. O no: haga el favor de dejarla en paz.

Retrocedió un paso y escrutó a Patrice con una mirada de acero.

—Sí, porque le voy a decir una cosa: da usted tanto miedo que no me extraña que Julie lo haya dejado. ¡Adiós! —le dijo, abriéndole la puerta para invitarlo a marcharse.

Completamente desconcertado, y comprendiendo que no conseguiría nada de esas dos arpías furiosas —así consideraba él a las mujeres que se le resistían y que, a decir verdad, siempre lo habían aterrado: como arpías furiosas—, Patrice fue a refugiarse en el anonimato de la rue des Martyrs,[3] que bien hacía honor a su nombre. Lorraine lo siguió con la mirada con una expresión de asco.

3. *Martyrs* significa *mártires*. (N. de la t.)

—Espero que tu hermana esté en un lugar seguro y que haya gente para protegerla. ¡Porque me extrañaría mucho que este tío dejara las cosas correr!

—No te preocupes, no irá a buscarla allí donde está. Además, como tú bien has dicho —sonrió Lorraine—, ahora tiene *sus razones*...

Las dos mujeres se echaron a reír y fueron al almacén a buscar una botella de Chasse-Spleen.

Esa noche al quitarse la ropa Lorraine se topó con la carta de Julie, que la escena con Patrice y, sobre todo, el vino de Burdeos, le habían hecho olvidar.

La abrió febrilmente. Aunque desde que su hermana había empezado su relación con el cirujano no la veía a menudo, el hecho de saberla a miles de kilómetros le provocaba una añoranza que no recordaba haber sentido nunca.

Al menos no por su hermana mayor.

Kiffa, 15 de septiembre

Querida Lolo:

Cuando me marché no sabía exactamente lo que me iba a encontrar, y lo que he visto aquí va más allá de todo lo imaginable.

En Mauritania mueren dos mujeres cada día —cada día— por complicaciones debidas al embarazo. Y, cuando digo mujeres, por lo general se trata de chiquillas que ni siquiera tienen la edad de Loulou. Trece, catorce años, a veces menos. Las casan a la fuerza, no tienen seguimiento médico durante el embarazo y pueden tardar varios días en dar a luz. El otro día recogí a una niña que había tardado setenta y dos horas en expulsar a un bebé muerto. Son muy pocas las que salen indemnes.

Cuando no fallecen, tienen lo que se llama una fístula, un agujero entre la vejiga y la vagina. Disculpa estos detalles sórdi-

dos, pero es para que puedas visualizar el problema. Ocurre durante el parto y las hace incontinentes. Y eso las margina de la sociedad. Sus maridos las abandonan, y sus familias las rechazan. Son sólo niñas, y ya son parias.

Esta enfermedad se ve como una maldición, y aquí lo del mal de ojo no es ninguna broma. Así es que debemos multiplicar los esfuerzos no sólo para atender a estas niñas, sino también para encontrarlas. Avergonzadas, aisladas, a menos que tengan una hermana o una amiga a quien hayamos atendido antes nosotros y que nos las traiga al hospital, estas niñas suelen ser muy difíciles de localizar. Ése es otro aspecto en el que tenemos que trabajar.

Pero la recompensa es tan grande como el horror al que nos enfrentamos cotidianamente: la sonrisa de las niñas cuando se curan, la forma en la que hablan de la asociación y en la que animan a las demás a venir a vernos, el brillo de una vida recuperada nos provoca, cada vez y a cada uno de nosotros —¿has visto?, ya digo nosotros y eso que acabo de llegar—, una inmensa felicidad. Una felicidad auténtica, pura, desinteresada: no sé cómo explicártelo. Aquí se habla de cirugía de la esperanza; la palabra no podría ser más apropiada.

En cuanto a mí, ¡me ha pasado algo increíble! Ya te hablé de Paul Le Crétois, el director de la misión, y te dije que era un poco como el padre de todos nosotros aquí. ¡Pues tómate mis palabras en sentido literal! Porque, mira tú por dónde, resulta que en los años setenta era internista en Burdeos. Como lo apasionaba el tema de la reproducción asistida, fue uno de los primeros donantes franceses. Me ha dicho que, si yo quiero, podría ayudarme a encontrar a mi padre. A mi padre biológico, me refiero.

Por un lado, ahora que tengo a mi alcance una manera de saberlo, me apetece mucho; pero también me digo que sería como traicionar a papá, y eso es algo que no haría por nada del mundo. Ya conoces mi punto de vista: hay secretos que es mejor no desvelar nunca.

Si estuvieras en mi lugar, ¿a ti te apetecería saberlo? Dime...

Te mando muchos besos para ti y para los niños. ¡Os echo de menos!

Tu hermana, que te quiere,

JULIE

P. D.: Pronto llegará un nuevo equipo de cirujanos. La verdad es que aquí todos los brazos son pocos... ¡Estoy impaciente!

Volveré tarde —decía el sms de Cyrille—. No me **esperes** para cenar.

El semblante de Lorraine se ensombreció. Le pasó el móvil a Maya.

—Ya van dos veces esta semana —le dijo simplemente.

Maya levantó la mano en un gesto apaciguador. Conocía a Lorraine: a su amiga no le hacía falta más para montarse una película en la cabeza y perder el norte por completo.

—¡No vayas a imaginarte qué sé yo qué! —La voz de la iraní buscaba mostrarse convincente—. ¿No me habías dicho que estaba ocupado con el lanzamiento de su producto?

Lorraine no apartaba los ojos de su móvil. Leía y releía el mensaje, pulsando la pantalla cuando se apagaba para seguir flagelándose. Varias veces le había mandado ya Cyrille, palabra por palabra, los mismos mensajes que le había visto enviarle a su mujer cuando estaba con ella. Y varias veces también había vuelto tan tarde que Lorraine, agotada, había renunciado a esperarlo y se había ido a la cama antes de que llegara.

—Pero es que ¡lo conozco! —prosiguió Lorraine—. Me viene exactamente con la misma mentira que...

—... le contaba a su mujer cuando había quedado contigo. Lo sé. Ya lo hemos hablado, ¿recuerdas?

Maya guardó una remesa de rosas de Kenia en la cámara. Lorraine la siguió, desamparada.

—Entonces ¿qué hago?

—¡Pues confiar en él! Es perfectamente posible que sea verdad que tenga que quedarse en el trabajo. —Miró a su amiga, rascándose la nariz—. Tiene gracia, parece que, incluso ahora que tienes a Cyrille para ti sola y que todo va bastante bien, te niegas a creer en vuestra relación...

—No, hombre, no es eso...

—¡Claro que sí! La prueba es que lo llamas Cy,[4] ¿te crees que es mera casualidad? Oye, ¡que ha dejado a su mujer por ti, que no es poco! Y tú sigues dudando. ¡Como si, en el fondo, no quisieras esta relación!

—Eso era antes de conocerlo —se defendió Lorraine—. Pero ya no. ¡Yo lo quiero!

Seguramente Maya estaba en lo cierto. Tenía que dejar ya de imaginarse Dios sabe qué y de ver malas intenciones por todas partes, como habría dicho Ama.

—Entonces, si lo quieres, ¡tienes que confiar en él! Contéstale con un mensaje cariñoso, y esta noche evita estar de morros cuando vuelva a casa. Además, querida, es lo mejor que puedes hacer: si lo que dice es verdad, tu mensaje le gustará, y si por casualidad te está mintiendo, que no lo creo, entonces lo harás sentirse culpable y le arruinarás la velada...

Como Lorraine la miraba con cara de espanto y no parecía del todo convencida, Maya se echó a reír.

—¡Anda, venga, no pongas esa cara! ¡Tu chico no tiene nada que reprocharse! ¡Haz caso de tu amiga!

Se limpió las manos en el pecho, se quitó el delantal y fue a buscar su abrigo. Ya empezaba a refrescar por las tardes.

—¿Nos tomamos una copa antes de volver a casa? —propuso la florista, consultando su reloj—. Doudou tiene yoga hoy. Me ha dicho que no lo espere para cenar —añadió, guiñándole el ojo a Lorraine.

---

4. En francés, *Cy* se pronuncia igual que la conjunción condicional *si*. (*N. de la t.*)

Más que una copa, se tomaron entre las dos una botella entera de Pouilly ahumado. Cuando llegó a su casa, Lorraine había entrado en calor por completo.

—¡No vayas al cuarto de baño, mamá! —advirtió Bastien cuando Lorraine entró en la cocina y arrojó sus llaves sobre la mesa—. ¡Es de lo más *gore*!

Como cada noche, ya estaba la mesa puesta, y de la olla donde hervía a fuego lento un osobuco se escapaba un riquísimo aroma.

—¿Por qué, qué ocurre? —preguntó Lorraine, quitando el cubierto de Cyrille—. ¿Dónde está tu hermana?

—¡De eso se trata precisamente! ¡Está en el cuarto de baño! Lleva allí media hora. Con Octave...

Lorraine frunció el ceño y, quitándose el abrigo y los zapatos, que dejó tirados en la entrada, fue a ver qué pasaba.

La recibió un ruido como de arcadas, y se puso a golpear la puerta cerrada con llave.

—Loulou, ¿estás bien?

Su hija no contestó, pero la puerta se abrió y se asomó Octave, al borde de la náusea, sujetando con las dos manos el largo cabello de Louise mientras ésta vomitaba.

—Me parece que ha pillado una gastroenteritis o algo así... —dijo con voz átona—. Hay que sujetarle el pelo, porque si no...

Louise se incorporó, con los ojos llenos de lágrimas.

—Ya estoy mejor. —Tuvo una última arcada—. Creo que ya se me ha pasado.

Lorraine sonrió a Octave y sacó a su hija del cuarto de baño.

—Bueno, voy a limpiar todo esto y luego la voy a acostar. ¿Te quedas a cenar con nosotros? Tu padre tiene mucho trabajo, ¡ha dicho que empecemos sin él!

—No, no hace falta... esto... gracias —contestó el adolescente—. Me parece que voy a hacerle compañía a Loulou. ¿Luego me puedo quedar a dormir en el futón?

—¡Claro! —A Lorraine le caía bien Octave, y le gustaba lo atento que era con su hija—. Pero, en cuanto se quede dormida, ven a cenar algo con nosotros. ¡No quiero que tu padre diga que no te alimento como es debido! —bromeó, dándole un capirotazo al chico.

—Sí, vale..., ¡gracias! —repitió Octave, que nunca sabía muy bien cómo tenía que comportarse.

Desde que *salía* con Louise a escondidas —ni siquiera Bastien estaba al corriente—, Octave no sabía muy bien qué postura adoptar. El idilio de su padre lo colocaba en una situación de hermano mayor, cuando por sus propios sentimientos le hubiera correspondido el papel de novio. Además, el de hermano ya estaba cogido, se decía para quedarse más tranquilo. Pero seguía teniendo un buen lío en la cabeza y, a decir verdad, Octave no sabía muy bien en qué situación estaba.

—¡Bueno, Bastien, me parece que vamos a tener que cenar tú y yo solos, como dos enamorados! —dijo Lorraine, destapando la olla—. Mmm... ¡Esto tiene muy buena pinta!

Bastien estaba encantado. Desde que Cyrille había entrado en su vida, y Octave se pasaba casi todo el tiempo en la rue Marcadet, apenas tenía ocasión de estar a solas con su madre y lo echaba de menos. Por eso estaba feliz y se deshacía en atenciones con ella.

—Tú no te muevas, ¿vale, mamá? ¡Tú siéntate, te sirvo una copa de vino y me ocupo yo de todo!

Lorraine estaba encantada. Ese chico al menos sabría ocuparse de una mujer más adelante, pensó. Octave también, de hecho, pues cuidaba muy bien de Louise. Quizá después de todo fuera una cuestión generacional, ¿podía ser que los adolescentes de hoy en día resultaran mejores hombres que sus padres?

Quiso coger el móvil de su bolso para ver si Cyrille había contestado al mensaje comprensivo y alentador que le había enviado, siguiendo el consejo de Maya. Pero, al ver a Bastien esforzándose tanto por ella, pensó que no sería muy considerado por su parte que la viera tan pendiente de la pantalla de su teléfono.

—¿Quieres invitar a Fleur este fin de semana? —le preguntó Lorraine a su hijo una vez que se hubieron sentado a la mesa.

El osobuco era una maravilla, y la pasta fresca que lo acompañaba —unos *linguini*— estaba *al dente*, como debía ser.

—¡Ah, sí! —contestó Bastien con la boca llena—. No me atrevía a preguntártelo, tenía miedo de que ya fuéramos demasiados, con Octave y los mellizos. —Ralló un poco de parmesano en el plato de su madre antes de terminarse el trozo de un bocado—. Octave es muy majo, ¿no te parece?

—¡Sí! —Lorraine se sirvió otra ración—. Oye, ¡está buenísimo este plato que has preparado! ¿Nunca has pensado que podrías convertirlo en tu profesión? Me refiero a la cocina. Tienes verdadero talento, Bast, ¿lo sabías?

Bastien se puso como un tomate. Poco acostumbrado a los halagos, no sabía cómo recibirlos.

Con un gesto tierno y divertido, Lorraine le alborotó el cabello.

—Oye, mamá... —dijo entonces Bastien con voz seria—. Hace ya varios días que Loulou no se encuentra bien, ¿estás segura de que es gastroenteritis lo que tiene? Quiero decir..., ¿estás segura de que no está embarazada?

—No, hombre. —Lorraine se estremeció—. ¿Por qué dices eso?

Bastien se encogió de hombros.

—No, por nada...

Oculto detrás de su flequillo, cambió los platos y desmoldó las natillas.

La fiesta de lanzamiento de Cyrinol estaba siendo todo un éxito.

Bénédicte había reservado para la ocasión un restaurante del distrito 8 que había sido de un famoso realizador y productor de cine, antes de que unos negocios algo turbios lo obligaran a venderlo. Pero el chef, premiado con dos estrellas Michelín, se había quedado, y eso era lo importante.

Orquesta en directo, cena con sitios asignados, bar *lounge* y pista de baile: ochenta y cinco invitados escogidos de entre lo más granado, entre los cuales estaban los funcionarios pertinentes —Victor Damrémont había sorprendido a todos invitando al ministro de Salud, un viejo compañero de clase mucho más campechano y jovial que sus representantes, que había aceptado encantado la invitación— y unos cuantos periodistas adeptos a su causa y dispuestos a extasiarse ante ese producto revolucionario inventado, por una vez, por un laboratorio independiente que no se había aliado con ninguna de las multinacionales omnipresentes en el mercado. A la prensa le gustaban las historias de éxito a la francesa, y eso era precisamente lo que los laboratorios Monthélie ofrecían.

Bénédicte presidía la mesa de honor. A su derecha estaba el ministro, como exigía el protocolo, y a su izquierda, su accionista de más edad, aquel que había hecho posible esa aventura en un tiempo récord, sin tener que someterse a eternas negociaciones y fastidiosos trámites: Victor. El inventor del producto, Cyrille, a quien los periódicos no tardarían en calificar de *genio* y al que ensalzarían millones de mujeres, estaba sentado muy ufano al otro lado de la mesa, frente a su exmujer, a la que podía observar a sus anchas. Lorraine no estaba invitada, evidentemente, pues Bénédicte había opuesto un veto no negociable —«¡Ni hablar de que te traigas a esa pedorra!»—, y una vez más, Cyrille había tenido que buscar una excusa de su repertorio para que ésta no lo esperase para cenar, pero sin decirle lo que estaba haciendo esa noche.

Con un vestido amarillo dorado que realzaba su tez todavía morena, el cabello más corto, mejor peinado y con un tinte realizado por manos expertas que le daba más volumen, Bénédicte estaba radiante. «Publicidad viva para Cyrinol», pensó Cyrille divertido, sin sospechar que su ex ya llevaba varios meses tomándolo. Bénédicte se había tomado al pie de la letra la máxima según la cual no había nada mejor para uno que lo que uno mismo fabricaba, y había probado el producto al mismo tiempo que el último plantel de mujeres. Los resultados eran tan espectaculares que ya no podía prescindir de él.

—¡Estás guapísima, querida! —la felicitó Cyrille, sacándola a bailar.

Lo decía sinceramente: la nueva Bénédicte, a la que sólo veía ya en la oficina, lo tenía subyugado. Peor aún: la deseaba.

—¡Cyrinol! —exclamó Bénédicte con gracia, barriendo la sala con la mirada para asegurarse de que los periodistas lo hubieran oído, y tomado buena nota de ello.

Vaciló apenas un instante antes de tomar la mano que le tendía Cyrille y dejarse arrastrar hasta la pista. Aunque le parecía algo incongruente bailar con su exmarido, sí consideraba lógico en cambio honrar a su director general, padre del producto y héroe de la velada. Negarse podría haber dañado la imagen de la empresa, y la imagen era algo que les convenía mimar a partir de ahora.

Embriagado por su éxito y por las copas de Billecart-Salmon rosado que se había tomado una tras otra, Cyrille se permitió abrazarla con demasiadas confianzas y dejó que sus labios se perdieran en su cuello, en un intento por besarla. El cuerpo de Bénédicte se puso rígido, y ésta retrocedió imperceptiblemente.

—¿No estarás intentando besarme, por casualidad? —murmuró sin dejar de sonreír, como si se estuviera divirtiendo muchísimo.

Pero su sonrisa era sólo de cara a la galería. Se arrepentía ya de haber aceptado ese baile y estaba deseando que terminara.

—¿Por qué no? —preguntó Cyrille, atrayéndola hacia sí lo suficiente para que Bénédicte notara su erección.

Con su vestido amarillo y su aureola de éxito, su exmujer estaba más sexi que nunca.

—¡Para inmediatamente, Cyrille! —le susurró ésta, furiosa bajo su máscara imperturbable de base de maquillaje y fingida felicidad—. A ver si te queda claro de una vez: todo ha terminado entre nosotros, en lo que me concierne he pasado página, y no puedes esperar nada de mí, ¿estamos? Eres el padre de mis hijos y un excelente director general, punto pelota.

La música cesó, y un fotógrafo aprovechó para acercarse a robarles una foto. Profesional hasta el final, Bénédicte cogió a Cyrille por la cintura y pegó su rostro al suyo. Éste sonrió mecánicamente. Parecían enamorados.

—Nada de peros. ¡Me sueltas y no hay más que hablar, Cyrille! —añadió Bénédicte como si nada, mientras la cámara seguía haciendo fotos—. De hecho, he conocido a alguien.

Él se inclinó sobre su mano, ella le lanzó un beso, conscientes ambos de que los observaban. Después Bénédicte se apartó y fue a mariposear de un grupo a otro de invitados.

Cyrille estaba anonadado: si había algo que nunca hubiera imaginado era que Bénédicte pudiera gustarle a otro hombre, y tan pronto después de su divorcio. Pero ¿acaso no era su propio deseo reflejo de ello?

—¿Se puede saber qué significa esto? —preguntó Lorraine una semana más tarde cuando las fotos de la fiesta se publicaron en la prensa rosa.

Arrojó sobre la mesa de la cocina la revista que acababa de comprar, ante la mirada atónita de Cyrille. Éste salía en una foto bailando una canción lenta, muy pegado a su exmujer, justo cuando ella le había dicho que había pasado página y que no podía esperar ya nada de ella. Y por supuesto estaba ese primer plano de sus rostros muy juntos, en el que cada uno sonreía feliz, no *a* sino *para* la cámara.

Cyrille abrió la boca pero la volvió a cerrar y fue a abrazar a Lorraine. Ésta se zafó de su abrazo.

—«Volveré tarde», «No me esperes para cenar» —leyó en voz alta, blandiéndole el móvil en las narices—. ¿Era éste el de esa noche? ¿O este otro: «No me esperéis, empezad sin mí»?... —A Lorraine se le quebró la voz.

Cyrille la miró sin decir nada. No le gustaba verla llorar, le resultaba incómodo.

—¿Qué quieres que te diga?... —empezó diciendo, preguntándose, efectivamente, qué nueva excusa iba a encontrar ahora.

—¡La verdad! —estalló Lorraine—. ¿Por qué no puedes decirme sólo la verdad?

—Pues ¡porque *no te gustaría* escuchar la verdad, Lolo! —dijo por fin Cyrille, apartando las manos en un gesto de impotencia—. ¿Por qué hay que decirlo siempre todo, aun a riesgo de hacer daño a los demás? ¿De qué sirve?

—Sirve para comprenderse. Sirve para vivir juntos confiando el uno en el otro, en eso consiste normalmente una relación de pareja...

Guardó con cuidado su móvil en el bolso y se puso a hacer gurruños con las páginas de la revista.

—Si hay cosas que no puedes contarme —continuó con voz átona y sin mirarlo—, sería mejor que no las hicieras.

—Si hay cosas que no te cuento, es como si no las hubiera hecho. Contar las cosas es lo que las hace más reales...

Se miraron sin verse; los separaba un muro de incomprensión.

—Nuestra relación no funcionará nunca... —dijo de pronto Lorraine con voz dulce.

Era absolutamente consciente, en el momento de pronunciarlas, de que esas palabras eran el final de todo y nunca podría anularlas.

Estaba como anestesiada.

—Tienes razón. Probablemente no...

Cyrille rodeó la mesa y la abrazó. Esta vez Lorraine no se zafó y hundió el rostro en el cuello de Cyrille para conservar su olor para siempre.

Después éste se apartó, se subió a una silla para coger a Hercule, que había asistido a la escena desde lo alto del aparador, y se marchó a la habitación de invitados de los Dumont.

Se encontraba en la cúspide de su carrera. Y estaba solo.

A la mañana siguiente, cuando, hundida, pero también curiosamente aliviada, Lorraine le contó a Maya cómo, con una sola frase —«¡Una sola frase, Maya, ¿te das cuenta?!»—, había puesto punto final a su relación con Cyrille, Maya le dijo que se lo esperaba.

—¡Desde el principio no creías en ello, querida! Y cuantos más obstáculos desaparecían, más dudabas de él, como

si necesitaras más y más impedimentos, lo que significa...
¡que lo vuestro no podía funcionar!

—De todas formas, es mejor así... —concluyó Lorraine
con una voz ligeramente temblorosa.

Pero no era *mejor así*. Aunque por lo general era una fer-
viente partidaria de la verdad, Lorraine se abandonaba a la
mentira, con pleno conocimiento de causa pero sin poderlo
remediar.

Una mentira de la peor índole que existe: la que se cuenta uno a sí mismo.

Bastien no se había equivocado: Louise estaba embarazada. Embarazada de Octave. La ironía de la situación golpeó de lleno a Lorraine cuando vinieron a anunciárselo, cogidos de la mano, como los dos niños que aún eran.

—Imagino que habrá que hacer lo que sea necesario —dijo Lorraine, dando vueltas y vueltas en la mano a la prueba de embarazo que mostraba sus dos rayitas.

Sentía un gran cansancio. Todo se desmoronaba a su alrededor, era incapaz de construir algo con un hombre porque ya no confiaba en ninguno, y su hija, a la que creía, sin embargo, haber educado lo bastante bien como para protegerla de esa clase de incidentes, se había quedado embarazada a los dieciséis años. Ni siquiera tenía fuerzas para enfadarse; sólo le apetecía meter la cabeza en la arena y esperar a que las cosas se resolvieran por sí solas, pero sabía, por supuesto, que una vez más le tocaba a ella encontrar una solución. Una solución que, de hecho, se le antojaba de lo más evidente. No había más que una.

—Vamos a hacer lo que sea necesario —repitió con lágrimas en los ojos.

El ginecólogo, el hospital, las lágrimas y las miradas compasivas: todo ello la agotaba de antemano.

Al ver la angustia de su madre, Louise se acurrucó en su regazo y se echó a llorar.

—¡Lo siento mucho, mamá! Yo..., de verdad que no estaba previsto, y eso que tomamos precauciones... Lo siento mucho.

Balanceándose de un pie a otro, Octave no sabía dónde meterse. Sobre todo porque acababa de llevarse una buena bronca de su padre, que le había dicho que no contara con él para sacarlo *de ese berenjenal.* Un berenjenal en el que se había metido él solito como un adulto, por querer dárselas de adulto, precisamente. Así que ya podía apañárselas solo.

Lo que Cyrille no había dicho —de milagro, porque había estado a punto— era que ese embarazo le recordaba que él mismo se había casado con Bénédicte porque estaba embarazada de Octave, y de no haber sido por eso quizá nunca lo hubiera hecho. Pero Louise y su hijo eran todavía unos críos, y todo eso no tenía nada que ver con su pasado. ¿Nada que ver? Todo se repetía, sin embargo.

Pero ni Octave ni Louise querían apañárselas de esa manera. Una vez pasado el susto, lo habían hablado como los adultos en los que se habían convertido de golpe y se habían dicho que, teniendo en cuenta el flechazo instantáneo que habían sentido, de todas maneras tarde o temprano habría llegado el día en el que se hubieran casado y hubieran tenido hijos. Así es que ¿por qué no ya mismo?... Al menos lo del hijo.

—A propósito de eso, mamá... —prosiguió Louise, armándose de valor—. Queremos tenerlo.

Había estado a punto de decir *lo vamos a tener,* pero había recordado en el último momento que era menor de edad y que su madre todavía podía decidir por ella. Más valía convencerla por las buenas que entrar en un conflicto en el que sabía que saldría perdiendo, inevitablemente.

—Un montón de chicas de mi clase lo han hecho... Desde que estrenaron esa película, ¿sabes cuál te digo?

Ocho chicas de un instituto, o nueve, o doce, Lorraine no sabía cuántas exactamente, que habían decidido quedarse embarazadas todas a la vez para reivindicar... ¿el qué? ¿La libertad de poseer algo que por fin sería suyo? No se puede decir que se *posee* una persona, sin embargo, era de posesión de lo que se trataba, ¿no? ¿Que eran adultas y que ya no había que tratarlas como a bebés, puesto que eran ellas ahora quienes iban a tener un bebé? ¿Un himno a la vida cuando todo a nuestro alrededor estaba podrido? Lorraine recordaba que ese fenómeno la había dejado estupefacta, pero no se había sentido verdaderamente concernida. Si había gente a quien le divertía traer hijos al mundo sin tener medios para criarlos, allá ellos...

Louise y Octave no reivindicaban nada. El niño era un accidente, y querían tenerlo. El hecho de que hubiera otros en su misma situación en su entorno los tranquilizaba un poco, pero no era ésa la razón de su decisión.

«Ahí está la constelación», pensó Lorraine, recordando lo que le había explicado Julie sobre los hijos ilegítimos. Ahí está la *maldita* constelación. Primero Ama, y ahora Louise; salvo que el hijo de Louise sí sabría quién era su padre.

—¿Estáis seguros? —insistió sin embargo Lorraine. La situación a la que se enfrentaba le parecía irreal. Inconcebible—. Vas a tener que ir a clase con el barrigón, Loulou, y si hay complicaciones...

—¡No habrá complicaciones! —prometió Louise con mucho énfasis, sintiendo que ya había ganado a medias la partida—. Porque vaya a tener un bebé no voy a dejar de sacarme el diploma de bachillerato, ni de estudiar, ya nos organizaremos. ¡Los tiempos han cambiado, mamá!

Un embarazo adolescente no era para Lorraine señal de que los tiempos hubieran cambiado. Para nada. Era más bien una vuelta atrás, la marca de cierta desesperación en una sociedad en decadencia que buscaba en el hecho de reproducirse la prueba de que aún estaba viva. «Creced y multiplicaos», hmmm...

—Pero, niños, ¡es que no os dais cuenta de las cosas! —argumentó Lorraine, eligiendo las palabras con cuidado.

Se estaba aventurando por un terreno resbaladizo y no quería que los chicos se sintieran heridos. Sólo quería sensibilizarlos ante las implicaciones irreversibles inherentes al hecho de tener un niño—. Un hijo es una carga. Y lo es para toda la vida. No es un juguete que te compras porque sí y luego dejas tirado cuando te has cansado de él. ¡Ni tampoco es un *it-bag*!

—¡Le prometo que cuidaré de ella! —intervino Octave con voz seria, cogiendo a Louise por la cintura. Por una vez logró que no se le escapara un gallo; todavía no le había cambiado del todo la voz—. Bueno, de los dos.

Con su corpachón grande y torpe y sus andares titubeantes, quería hacerle creer que era un hombre hecho y derecho.

Lorraine sonrió. Después de todo, ¿por qué no? Si Louise era feliz así, si eso era lo que ella quería... Observó a su hija, que se había convertido en una mujer prácticamente en sus narices, y sintió un pellizco en el corazón. Su niña pequeña había dejado de serlo.

—¿Entonces?

Pendiente de los labios de su madre, Louise la miraba con unos ojos llenos de esperanza.

—¡Al menos vamos a preguntarle a Bastien qué opina él!

Louise se levantó de un salto y abrazó a su madre, loca de alegría.

—¡Él está de acuerdo, mamá, él está de acuerdo! Le mandé un mensaje de texto cuando vi el resultado de la prueba, ¡y me dijo que estaba de acuerdo! Vamos a tener un bebé, mamá, ¿te das cuenta? Vamos a tener un bebé.

Como siempre que estaba contenta, Louise se alejó bailando por toda la habitación. Octave la agarró de la muñeca y la obligó con ternura a tranquilizarse.

—¡Eh, Loulou! ¡Calma! ¡No empieces ya a alborotar al bebé!

Lorraine contempló esa vida que seguía adelante.

Por la noche se observó con atención en el espejo: sin darse cuenta, pues para los adolescentes la edad es un concepto que les es del todo ajeno, y porque estaba muy centrada en su agitación y su felicidad, Louise acababa de infligirle a su madre una herida narcisista que ésta temía. La había hecho envejecer. Durante cerca de una hora, Lorraine siguió con el dedo, sin concesión, las finas arrugas que nacían en sus ojos y se extendían hacia las sienes, las pequeñas estrías casi invisibles que ribeteaban el contorno de sus labios. Inconscientemente, reproducía el gesto de su abuela.

Desnuda, se llevó las manos al vientre para alisarlo, sin reparar en que su hija había entrado sin hacer ruido y se había sentado sobre el montón de ropa sucia que se acumulaba en la cesta.

—Qué guapa eres, mamá... —dijo Louise, mirando a su madre con admiración—. ¡Siempre serás la mamá más guapa de todas, ¿sabes?!

Lorraine sintió que se le llenaban los ojos de lágrimas. Fue a abrazar a Louise. Seguía siendo su niña pequeña, pese a todo.

—Supongo que ahora toman el relevo los niños... —le dijo Lorraine a Cyrille cuando pasó a recogerla por la floristería para llevarla a su bar preferido.

Habían pasado página ellos también, pero se alegraban de que sus hijos les hubieran dado la ocasión de sustituir la pasión que tanto los había atormentado por una amistad serena y tranquila. Lo que tanto uno como otro más temía al separarse era no volver a verse nunca más: eso no lo hubieran soportado.

Lorraine y Cyrille se querían de una manera profunda, sin que ninguno de los dos fuera capaz o tuviera el deseo de comprometerse, y menos aún de cambiar. Cyrille mentía por naturaleza, a Lorraine sólo le gustaba la verdad: dos extremos que no podían conciliarse mientras lo que hubiera en juego fuera una relación amorosa. Uno se habría sentido constantemente engañado, y el otro, frustrado y vigilado. Pero una vez desprovistos de toda veleidad de posesión o de pertenencia, una vez fuera del modelo de pareja tal y como la sociedad insistía en definirla, podían entregarse libremente a una tierna amistad.

Necesitaban saberse cerca el uno del otro, sin por ello tener que estar juntos.

—Es un poco por eso por lo que les he dado mi visto bueno —dijo Cyrille.

A continuación pidió una botella de Chateau d'Armaillac. Un Burdeos muy bueno en cuya etiqueta salían dos personas bailando.

Como Lorraine lo miraba sin comprender, sonrió antes de proseguir.

—A lo del niño. Si no he obligado a mi hijo a hacer lo que había que hacer, y si hasta he defendido su causa ante su madre —Lorraine reparó encantada, aunque ya fuera demasiado tarde, en que ya no decía *Béné*—, es porque he pensado que... hmmm. —Carraspeó—. Que para nosotros sería la manera de no alejarnos del todo y de seguir viéndonos. ¡Sobre otras bases, por supuesto! —añadió precipitadamente. Miró a Lorraine a los ojos—. No podía resignarme a perderte. De hecho..., no quiero perderte, mi Lolo.

Lorraine saboreó un sorbo de vino. Sentía que flotaba en una felicidad como de algodón.

—No deja de ser irónico, ¿no te parece? —observó, haciendo girar el Burdeos en su copa—. Tener que dejarse para no perderse.

Cyrille no contestó. Era la única solución, y ambos lo sabían.

—¡Menos mal que están nuestros hijos! —Sonrió, alzando su copa—. ¡Por nuestros hijos!

—¡Por Louise y Octave! Y por Bastien...

—¡Y por el bebé!

Cyrille acarició la mejilla de Lorraine.

—¡Y por nosotros!

Lorraine sonrió al sentir el dedo de su amigo en su mejilla.

—¿Por qué sonríes? —preguntó Cyrille con aire canalla, con la misma voz a la que recurría, cuarenta años atrás, para robarle un bocado de su merienda en el colegio.

—Estaba pensando... Tiene gracia cómo las cosas acaban siempre por volver al lugar que les corresponde. Tú siempre has sido mi mejor amigo... —Dejó la frase en el aire, apartando las manos para subrayar la evidencia.

Cyrille la miró largo rato antes de levantar su copa. Mirándose a los ojos, brindaron por la familia que formaban ahora.

Que no era como la habían imaginado en un principio.

Impreso en
Rotativas de Estella, S. L.
Villatuerta (Navarra)